www.tredition.de

AF214726

„Wer das Leben zu ernst nimmt, der hat vergessen zu leben. "

Petra Klonowski

Petra Klonowski

Marrenya

© 2018 Petra Klonowski
Umschlag, Illustration: Elena Danaan, www.elenadanaan.com
Lektorat, Korrektorat: Benedikt Klonowski

Verlag & Druck: tredition GmbH, Hamburg

ISBN
Paperback   978-3-7469-4331-2
Hardcover   978-3-7469-4332-9
e-Book   978-3-7469-4333-6

Inhaltsverzeichnis

1 Der Umbruch

Alexas Teilnahmslosigkeit an den Vorbereitungen für das Fest verbindet Hansgar, König des Landes „Im Süden", lieber mit ihrem beleidigt sein, dass er ihr keine Informationen zu dem geheimen Treffpunkt gibt. Sie hält sich viel lieber in ihren Gemächern im Schloss auf, anstelle sich für das Fest die Finger schmutzig zu machen. Aufgeregt geht sie in ihren Gemächern auf und ab. „Ausgerechnet das Einhorn!", denkt sich Alexa. „Jetzt da ich mit Granog in Verbindung stehe! Der Alte hat doch keine Ahnung, dass ich die Lieblosen zu meinen Verbündeten gemacht habe. Ich bin von königlichem Blut und ich will Königin sein! Hier in seinem, nein meinem Land. Ich will die Macht über sein Reich!" Das Einhorn kommt ihr ungelegen. Marrenya, die in die Herzen der Wesen schauen kann, wird sie durchschauen und ihren Plan auffliegen lassen. In ihrem Herzen kann sie nur noch Rache, Wut und Angst fühlen. Ein Bewohner aus dem Land der Lieblosen, der Kobold Romos, hat sich bei Alexa eingeschlichen. Das war für ihn eine Kleinigkeit. In der Zeit der Vorbereitung schaut keiner so genau darauf, was um sie herum alles geschieht, da sie alles schön und festlich gestalten wollen. In ihren Gedanken unterbrochen nimmt Alexa den Eindringling war. Wütend über so viel Dreistigkeit und Abscheu vor seinem vernarbten und von Warzen überzogenen

Körper, will Alexa ihn tadeln. „Entschuldigt mein Eindringen", beginnt er zu reden, noch bevor sie etwas sagen kann. „Ihr habt nach mir gerufen? Ich möchte nur wissen, wie euer Plan aussieht und was ich dabei zu tun habe, dann bin ich auch schon wieder weg." „Ach ja, ich habe ja nach dir gerufen." Davon überrumpelt vergisst Alexa völlig, dass sie ihn tadeln wollte. „Der Gedanke daran, dass das Einhorn in den nächsten Tagen hier her kommt, macht mich nervös." Erschrocken darüber, dass sie ihre Gedanken vor dem Kobold Romos ausspricht, macht sie wütend auf sich selbst. „Aber, aber", beginnt der Kobold um sie zu beruhigen, „Ihr seid doch Priesterin der schwarzen Magie. Ihr werdet doch bestimmt einen Zauberspruch haben, der euren Plan verschleiern kann!" „Ach du Schwachkopf, du glaubst das geht so einfach? Als ob ich ein Einhorn mit einem Zauberspruch täuschen könnte." Fassungslos über so viel Dummheit geht Alexa auf und ab und versucht ihre Fassung wieder zu erlangen. „Sie durchschauen eine Täuschung noch bevor du sie gedacht hast, denn sie schauen dir direkt ins Herz und wissen, was in dir vorgeht. Einhörner werden aus der reinen Liebe geboren. Ihr Leben besteht nur aus Liebe. Sie sind die reine Liebe! Außerdem ist, war, Marrenya, meine Freundin bis, ja bis ich die Wahrheit über meine Vergangenheit erfahren habe." Sie beginnt in sich hinein zu lächeln, dreht sich zu Romos und spricht mit überheblicher Stimme: „Mein Lieber. Wieso täuschen und zaubern? Ich muss nur meinen Plan durchziehen."

Etwas verdutzt und einsilbig schaut Romos sie mit seinen roten Augen an. „Du siehst so aus als ob du keinen Verstand hättest. Wenn du so dumm bist, wie du jetzt schaust, bist du der Falsche für mein Vorhaben und Granog muss mir einen anderen schicken." „Meine große Feenpriesterin", beginnt er ihr zu schmeicheln, während sein großer Mund und die dunklen Zähne ein Lächeln anzeigen, „ich habe verstanden, was Ihr meint. Das ist doch gefährlich, dass das Einhorn über ihren Plan Bescheid weiß, wenn es doch in die Herzen der Wesen schauen kann." Seine spitzen überdimensionalen Ohren legen sich nach vorne. „Du verstehst schnell." Alexa hatte ihn anders eingeschätzt. „Denn jetzt kommst du ins Spiel. Du bist doch hier, um deinen Teil in dem Plan zu erfahren; hier ist er". In einem hitzigen mehrstündigen Gespräch, bei dem Alexa immer genügend Abstand zu Romos hält, da mehr Sabber als Worte aus seinem Mund kommen, sprechen sie über ihren Plan. Wie sie doch noch an ihr Ziel kommt und welchen wichtigen Teil er zu übernehmen hat.

Morgen ist es soweit, die Ankunft von Marrenya. Alexa ist in sich etwas unsicher, was dies betrifft. Der Kobold Romos hat von ihr die Anweisung bekommen, sich in den Geheimgängen zu verstecken und sich erst dann wieder blicken zu lassen, wenn sie nach ihm verlangt. Alexa vergewissert sich, bevor sie zu Bett geht, dass Romos keinen Zugang zu ihrem Schlafgemach über die geheimen Gänge hat.

Unruhig schläft sie ein und hofft, in ihrem Traum Granog zu sprechen.

Seit sich Alexa der schwarzen Magie zugewandt hat, nimmt Granog so Kontakt zu ihr auf, um sie zu beeinflussen und zu manipulieren. Er hat Alexa glauben lassen, dass ihr Vater, König Jandelion, verantwortlich dafür ist, dass sich ihre Mutter, die Feenkönigin Andeliana, noch in der Menschenwelt aufhält. Als Kind hat sie oft ihren Vater gefragt, wo denn ihre Mutter sei. Doch sie bekam nur traurige Augen zu sehen, keine Antworten auf ihre Fragen. Damals waren die Tore in die Menschenwelt für jeden offen. Andeliana hat sich oft, schon zu oft, auf der anderen Seite bei den Menschen aufgehalten. Als Jandelion sie bat, ihre Besuche zu reduzieren, wurde sie zornig und hat für sich beschlossen, in der Welt der Menschen zu bleiben. Alexa machte ihren Vater dafür verantwortlich, dass ihre Mutter dort blieb. Das Einzige, was ihr von ihrer Mutter erzählt wurde, war, dass sie die Schönheit von ihr hat. Diese Gefühle der Enttäuschung und des Verlassenseins, die Alexa in sich trägt, nimmt Granog als Zugang, um sie zu beeinflussen. Mit Alexas magischen Fähigkeiten will er die Tore zur Menschenwelt wieder öffnen. Er hat nur keine Ahnung, wie das geht und hofft auf Alexas Wissen und ihre Magie. Sollte es fehlschlagen, will er die Welt des kleinen Volkes beherrschen.

Auf ihrer Traumebene wartet Granog schon auf Alexa. „Da bist du ja. Na, wie findest du Romos?", fragt er sie gleich beim Erscheinen. Zielstrebig geht sie auf ihn zu und ohne zu Zögern bekommt Granog von ihr eine Ohrfeige. „Was soll denn das jetzt?", beschwert dieser sich bei Alexa. „Warum schickst du mir den denn?" Ironisch fügt sie hinzu: „Was musst du mir das Hässlichste schicken, das du in deinem Land gefunden hast?!" Granog lässt sich davon kaum beeindrucken und tritt ganz nah vor ihr Gesicht. Sie spürt und riecht seinen stinkenden Atem. Mit ernster Stimme sagt er: „Sei froh, dass ich dir helfe und du zu deinem Recht kommst. Ohne meine Hilfe würdest du immer nur Prinzessin bleiben und nie wieder deine Mutter sehen. Ich bin es, der dir hilft. Vergiss das niemals!" Er tritt einen Schritt zurück um sich zu vergewissern, dass Alexa es verstanden hat. Verstört wie ein kleines Kind antwortet sie: „Ja, schon gut. Ich habe ja verstanden." Granog will wissen, warum sie sich mit ihm treffen wollte. Alexa erzählt ihm von der Ankunft Marrenyas am folgenden Tag. Sie weiß nur, dass die Könige etwas im Schilde führen. Ob das ihr Vorhaben in Gefahr bringt, ist unklar. Granog schaut nachdenklich und beruhigt sie. „Kein Einhorn hat es je geschafft, in all den Jahren, etwas zu verändern. Außerdem werden es eh immer weniger. Die sind so damit beschäftigt, in die Menschenwelt geboren zu werden, um die Liebe zu verbreiten." Alexa weiß, dass sich die Zahl verringert, doch nun weiß sie warum. Granog spricht weiter. „Je weniger es sind, desto leichter für uns, so zu herrschen, wie wir es wollen. Haben wir erst einmal Hansgars Reich übernommen, wird es ein leichtes sein, das von Friederjus auch zu übernehmen und so weiter. Die Zwerge halten sich weiterhin aus allem raus und sind froh, wenn sie in Ruhe in ihren Bergen hausen können und Wanieras See ist schon tot." Alexa sieht sich bereits auf den Thron von Hansgar sitzen. Sie erzählt Granog: „Hansgar schöpft Verdacht, dass ich in die Geschichte verstrickt sein könnte." „Und was willst du mir damit sagen?" entgegnet er ihr uninteressiert. „Ich wollte nur, dass du Bescheid weißt." Gelangweilt über diese Form der Unsicherheit, erwiderte er nur: „Das ist dein Problem. Du wirst schon eine Lösung finden. Jetzt geh und sieh zu, dass alles zu unseren Gunsten läuft. Denke immer daran, dass „Sie" dich zu Hansgar gebracht hat. Und bevor du die Wahrheit über deine Mutter erfahren hast, wurdest du von Marrenya belogen. Halte dir das immer vor Augen." Das hat gesessen. Alexa, wieder zurückgekehrt in ihrem Hass, wacht am Morgen auf und überlegt sich, wie sie die Aufmerksamkeit, die Hansgar auf sie gerichtet hat, von sich ablenken kann. So einfach, wie es sich Alexa und vor allem Granog denken, ist es auf keinen Fall.

2 Die Feier

Der große Tag der Feier ist gekommen. Schon am frühen Morgen sind alle in heller Aufregung und machen sich Gedanken, ob es so klappen wird, wie sie es geplant haben. In der Küche von Quasiemir kocht und brutzelt es aus allen Töpfen. Die Gerüche von gutem Essen lassen die Herzen höher schlagen. Auf dem Festplatz zwischen dem See und dem Schloss sind viele Tische und Bänke in Form eines Hufeisens aufgebaut, in deren Mitte eine Tanzfläche errichtet wird. Das Hämmern und Klopfen wird immer wieder vom Gelächter und Gesang der Männer unterbrochen. Nach der Tanzfläche wird noch eine Tribüne für das Orchester errichtet. An der Kopfseite des Hufeisens werden die Plätze des Königs und des Einhorns sein. Damit das Einhorn sich bequem hinlegen kann, wird ein Teil des Verbindungsstückes freigelassen. An dieser Stelle werden von allen Anwesenden gesegnete Blüten für sie niedergelegt, welche auch ihre Energienahrung ist, die sie dann zu sich nehmen kann. Alles Weitere wird mit vielen Blumen, roten, gelben, weißen und rosafarbenen Blütenkelchen dekoriert und mit Tellern aus Blättern gedeckt. Tausende von Blumen schmücken die Tische. Die Blumen sind ineinander geflochten, gedreht und in festlichen Behältnissen arrangiert. Es wird das Fest der Feste werden.

Es ist noch Zeit bis zur Ankunft des Einhorns. So lange hält sich Hansgar in seinen Gemächern auf. In Gedanken spielt er all das, was war und noch kommen könnte, durch. Ob das, was er mit Friederjus besprochen hat, auch so gelingen kann. Er betet und geht in sich, um eine Vision zu bekommen. Er hofft noch etwas zu sehen, was ihm weiter helfen könnte. Doch es bleibt dunkel. Keine Vision, keine Ahnung. Eine Leere ist in ihm. So wie es aussieht, wird ihm nur eines übrigbleiben: die Sorgen loszulassen und sich auf das Einhorn Marrenya und das Fest zu freuen. Ebenso auf das, was sie an Informationen mitbringt. Gerade in den Momenten der Sorge und des Zweifels wird er sich bewusst, dass er für einen Moment aus der Balance gekommen ist. Er wird warten müssen, um mit dem Einhorn die Sachlage zu besprechen. Er weiß nur, dass Marrenya eine wichtige Entscheidung treffen muss. Sie hat dann eine große Aufgabe, die für das Gelingen der Erlösung und der Zusammenführung der Reiche dient.

Romos hat bis zu dem bevorstehenden Ereignis noch nie ein Einhorn zu Gesicht bekommen. Er hat bisher nur Geschichten von ihnen gehört, wie anmutig und rein sie doch seien. Und was Alexa ihm erzählt hat. Seine Neugierde veranlasste ihn im Schloss zu bleiben. Er versteckt sich in den Geheimgängen, die sie ihm zeigte, in denen er unauffällig vom Waldrand bis in ihre Gemächer kommen kann, weil das Risiko zu groß war, dass er entdeckt werden könnte.

Der königliche Koch Quasiemir ist ein sehr gewissenhafter, schon fast akribisch pedantischer Küchenchef. Er beschuldigte schon die Koboldkinder, dass diese ihm ein gebratenes Huhn stibitzt hätten. Den kleinen Rackern macht es oft Spaß, ihn zu ärgern. In Wahrheit war es jedoch Romos, der seine Finger in die Töpfe mit den Leckereien steckte.

Das Essen ist fertig und wartet nur noch darauf angerichtet zu werden. Quasiemir blickt sich zufrieden in seiner Küche um, all die helfenden Hände sind schon auf dem Dorfplatz versammelt. In Gedanken geht er noch einmal die Reihenfolge des Menüs durch, bevor er von einem Rufen aus seinem Gedanken herausgerissen wird. „Da kommt sie! Sie tritt aus dem Wald!" Er nimmt seine Schürze ab, legt sie schön zusammen gefaltet auf die blitz blank geputzte Arbeitsfläche, zupft sich seine Chefhaube zurecht und macht sich auf den Weg nach draußen. Im ersten Moment, als er durch die Tür tritt, wird er so von der Sonne geblendet, dass er seine Augen zusammen kneifen muss. Und dadurch mit einen anderen Bewohner zusammen stößt. Im ersten Augenblick meint er, dass es der Küchenjunge sei und möchte schon verbal ausholen, bis er schließlich erkennt, dass es sein König Hansgar ist. Er hat ebenfalls die Rufe gehört und sich auf den Weg nach draußen begeben. Peinlich berührt nimmt Quasiemir seine Haube vom Kopf und zeigt mit einem stummen Lächeln in Richtung der Menge, die jubelnd das Einhorn begrüßen. Hansgar nickt ihm zu. Im schnellen Gang gehen beide zu dem Geschehen. Würdevoll, mit Gelassenheit und Freude im Gesicht, geht König Hansgar dem Einhorn entgegen. Ehrfurchtsvoll teilt sich die Menge zu einem Gang, um das Einhorn hindurch schreiten zu lassen. Die Kinder begleiten es auf Schritt und Tritt und behalten es im Auge. Auf dem Dorfplatz vor dem Schloss angekommen, stehen sich Marrenya und Hansgar gegenüber. Sie verneigen sich voreinander und zeigen so ihre größte Achtung und Liebe, die sie verbindet.

Von Alexas Gemächern aus beobachtet Romos, mit einer gestohlenen Hähnchenkeule in der Hand, die jubelnde Menge. Er will gerade in die saftige Keule beißen, da erblickt er das Einhorn. Wie Eingefroren, bleibt sein Mund offen stehen. So viel Liebe, so viel Licht, hat er noch nie in seinem Leben gesehen. Sie übertrifft alle Erzählungen über Einhörner, die er je gehört hat. Er kann sie nur noch ansehen. Marrenya spürt es und schaut hoch zu ihm ans Fenster. Liebevoll und wissend, dass sie ihn gesehen hat, lächelt sie ihm zu. Er steht immer noch regungslos mit der Hähnchenkeule und offenem Mund am Fenster. Da packt ihn Alexa an seinem mit Warzen überzogenen Arm und zieht ihn vom Fenster in die Mitte des Raumes. Mit Ekel verzerrter Stimme und angewidert, dass sie ihn angefasst hat, sagt sie: „Ich sagte doch, du sollst dich verstecken! Es genügt schon, dass sie erahnt, dass ich einen Helfer habe!" Sie wäscht ihre Hände mit viel Rosenschaum und denkt laut weiter: „Solange sie sich begrüßen ist eh alle Aufmerksamkeit beim Einhorn." Alexa vermeidet es Marrenyas Namen zu nennen und schaut den Kobold mit einem bösen Blick an und macht einen tiefen Atemzug: „Und du, du Dummkopf, verschwindest aus dem Schloss! Und nimm deine angesabberte Keule mit! Geh mir aus den Augen!" Mit diesem Befehl zeigt sie auf den Schrank, hinter dem sich einer der Geheimgänge befindet. Schweigend verlässt Romos die Gemächer, wie es Alexa ihm befohlen hat. Er kennt das Schlossgelände vom vergangenen Tag wie seine Westentasche. Er beschließt zu bleiben, um das Einhorn zu beobachten.

Damit die Feierlichkeit an Bedeutung gewinnt, haben selbst die Vögel aufgehört zu singen. Kein Lüftchen. Es herrscht eine heilige Stille, bis Hansgar diese Ruhe unterbricht: „Da bist du ja, meine Freundin, ich segne dich." Er dreht sich zur Menge. „Freunde! Lasst uns zum Feiern übergehen." Während ein Freudenjubel die Ruhe zerreißt, tritt Hansgar auf seine Freundin zu, streichelt sie am Hals und flüstert ihr in ihr Ohr: „Ich grüße dich. Auf dein Ankommen habe ich mich schon sehr gefreut." Sie nimmt ihren Kopf zurück, um ihm in die Augen zu schauen. Ihr Blick ist weich und verständnisvoll. Mit einer Stimme, so sanft und zart, spricht sie zu ihm: „Freue dich. Es geht alles seinen vorgeschriebenen Weg."

Die Menge beginnt sich im Schloss und auf dem Festplatz zu verteilen. Jeder bringt das zu Ende, was er gerade tat, bevor das

Einhorn eintraf: Die Stühle werden an den Tischen noch einmal zurecht gerutscht und die Tanzfläche in der Mitte des Hufeisens noch einmal geprüft, dass sie auch die Belastung des Tanzens am Abend übersteht. Mit viel Liebe und Freude stellt jeder das auf die Tische, was er vorbereitet hat. Mit der Sitzordnung haben sie noch einige Schwierigkeiten, denn jeder möchte so nah wie möglich in der Nähe von Marrenya sitzen. Die Feen beanspruchen die Plätze neben dem Einhorn, da ihre Feenpriesterin eine Freundin von ihr ist, und so geht es weiter. Die Elfen, Gnome, Zwerge, Kobolde und Trolle bekommen die Plätze an den Enden des Hufeisens. Jetzt beginnt für Quasiemir der aufregendste Teil des Tages: das Anrichten und Auftragen seiner Köstlichkeiten. Aufgeregt läuft, nein, springt er zwischen seiner Küche und dem Festplatz hin und her. Das Orchester der Zwerge nimmt auf der Tribüne Platz, um die Arbeiten mit ihrer fröhlichen Musik zu begleiten. Bis alles seine Ordnung hat und an seinem vorgesehenen Platz ist, begeben sich König Hansgar und sein Gast in den Schlosspark, der an den Festplatz grenzt. Die Kinder wollen sie mit ihrem fröhlichen Gelächter begleiten. Mit sanfter Stimme beugt sich Marrenya zu ihnen herab und bittet sie, den Erwachsenen doch zu helfen, damit es besonders schön wird. Sie springen voller Elan los, um ihren Auftrag, den sie vom Einhorn bekommen haben, zu erfüllen.

Der Park ist ein magischer Ort. Seit jeher wachsen dort die Bäume, wie es ihnen gefällt. Mit ihren riesigen Kronen schenken sie erholsamen Schatten und ein weiches Licht, das zum Träumen einlädt. Im Laufe der Zeit haben sich über die anfänglichen Trampelpfade Wege gebildet, die jeden Besucher des Parks an seine schönsten Stellen führen. Die Vielfalt der Blumen in ihrer Farbenpracht und Gerüchen betäuben schon fast die Sinne ihrer Besucher. Schmetterlinge begleiten die beiden Freunde, indem sie von Blume zu Blume fliegen, um deren köstlichen Nektar zu trinken. Das Summen der fleißigen Bienen, die ihre Arbeit verrichten, klingt wie eine beruhigende Musik in den Ohren von Hansgar und Marrenya. Dieser Ort schenkt Ruhe und die Möglichkeit des Krafttankens. Er wird von allen als Ort der Stille und der Gedanken genutzt. Nach all der Aufregung der letzten Tage ist es für Hansgar umso schöner, mit seiner lieben Freundin diesen Ort zu besuchen und zu genießen.

Nachdem sie eine Weile gegangen sind und den Trubel hinter sich gelassen haben, spürt das Einhorn, dass Hansgar in seine Ruhe gekommen ist. „Es ist an der Zeit, dass die neue Ordnung beginnt. Das, was du mit Friederjus besprochen hast, ist der Beginn einer neuen Ära." Sie schaut zu ihm herunter und bleibt stehen. „Ich weiß, was ihr besprochen habt. Ich habe es in meinen Träumen vernommen und war in meinen Gedanken immer bei euch. Das, was ihr vorhabt, kann nur gelingen, wenn ihr weiterhin mit ganzem Herzen daran glaubt. Ich habe Friederjus in seinen Träumen besucht und es auch ihm mitgeteilt." Etwas traurig schaut Hansgar zu ihr auf. Mit gedrückter Stimme antwortet er: „Du weißt es ist ein gefährliches Unternehmen. Es wird für uns alle ein Neubeginn. Keiner kann darauf eine Antwort geben, wie es enden wird." Traurig spricht er weiter. „So, wie wir jetzt zusammen sind, durch den Park spazieren, wird in dieser Art unser letztes Mal sein. Und das macht mich traurig." Nach einer kurzen Pause spricht er weiter: „Wie du ja bestimmt schon weißt, gibt es einen Gegner, der die Zusammenführung verhindern will. Die Visionen haben mir und Friederjus gezeigt, dass der Gegner aus unseren eigenen Reihen kommt. Meine Intuition sagt mir, es ist Alexa." Mit diesen Worten schaut er sie eindringlich an. Sie nickt mit dem Kopf. „Bei meinem Ankommen habe ich einen Kobold an dem Fenster ihrer Gemächer gesehen. Dem Aussehen nach ist er aus dem Land der Lieblosen. Sie hat sich mit Granog verbündet. Du kannst deiner Intuition vertrauen, es ist die Wahrheit." Hansgar senkt seinen Kopf. „Was ist mit ihr geschehen? Was hat sie gegen die Liebe und eine funktionierende Gemeinschaft, dass sie all das, was sie gelernt hat, zum Negativen nutzt? Sie ist doch eine Verbündete der Herzen! Warum nur handelt sie jetzt so?" Marrenya hebt seinen Kopf mit dem ihrem an und blickt ihm in seine Augen. „Jeder hat seine Rolle in dem Plan und das ist ihre. Jetzt liegt es an dir, in deinem Herzen, in deiner Liebe zu bleiben und zu akzeptieren, dass es so ist. Sie erfüllt ihre Bestimmung, wegen der sie zu dir gekommen ist."

Die Essensglocke läutet und unterbricht ihr Gespräch. Die Glocke war eine Idee vom königlichen Küchenchef Quasiemir, um bei festlichen Anlässen alle an den Tisch zu rufen, sobald er mit dem Anrichten fertig ist. Sie machen sich auf den Rückweg durch den Park zum Festplatz. Dabei fordert das Einhorn mit beruhigender Stimme König Hansgar auf, die Situation von der universellen Liebe als gegeben zu betrachten. Auch wenn er sich Sorgen mache, wird sich trotzdem der Plan erfüllen. Das einzige, was er dadurch erreichen würde, dass er sich ein schönes Fest entgehen lässt. Und dazu gibt es keinen Grund. „Es soll dir ein Trost sein, dass der Kobold uns noch nützlich sein kann. Ich habe ihn lange genug gesehen und die Möglichkeit gehabt, in sein Herz zu blicken. In ihm ist noch das Licht der Liebe, versteckt unter einer Schicht Hass, die er sich im Laufe seines Lebens angehäuft hat. Und da war noch etwas, für das ich keine Erklärung habe. Doch ich weiß, es wird sich im Laufe der Zeit zu unserem Vorteil zeigen. Wie du siehst, hat das Universum für alles gesorgt."

Als sie auf dem Festplatz ankommen, hört das Orchester auf zu spielen. Die Anwesenden drehen sich in ihre Richtung und verneigen sich vor ihnen. Die Kinder haben sogleich beide umrundet und wollen die Geschichten hören, die das Einhorn bei seinen Besuchen immer erzählt. König Hansgar bittet sie, sich etwas zu gedulden. „Jetzt lasst uns erst einmal das köstlich duftende Essen verspeisen. Und schaut doch wie schön es angerichtet ist. Es mundet unseren Augen und bestimmt unseren Mägen noch mehr." Hansgar weiß, wie er mit dieser Aussage seinem Küchenchef die Achtung für seine Arbeit gibt. Alle begeben sich auf ihre Plätze. Als Marrenya es sich auf dem Blütenteppich neben Hansgar so richtig bequem gemacht hat, erblickt sie Alexa. Sie hat sich hinter einer Hecke versteckt. Keiner der Anwesenden hat sie bemerkt oder vermisst, da alle Augen auf das Einhorn gerichtet waren. Sie hat sich bereit erklärt, der Feier mit einem großen Auftritt beizuwohnen. Lächelnd, und mit einer Kopfbewegung, lädt das Einhorn sie ein, neben ihr den Platz einzunehmen. Alexa grüßt mit einem leichten Nicken des Kopfes und nimmt die Einladung, neben dem Einhorn Platz zu nehmen, an. Sie hat sich absichtlich bei der Begrüßungszeremonie zurückgezogen. Sie wollte erst herausfinden, wie es sich für sie anfühlt, wie sich der König und das Einhorn verhalten. Außerdem wollte sie ihren eigenen Auftritt bei der Feier, der durch die Begeisterungsrufe für den Gast untergegangen wäre. Denn jeder hatte nur Augen für das Einhorn und keiner hätte sie auch nur beachtet. Sie richtet ihr schulterfreies Kleid, das aus roten, schwer wirkenden Rosenblättern gemacht wurde, zurecht. Das kräftige Rot lässt ihre zarten weißen Schultern fast durchsichtig erscheinen. Ihre blonden Haare hat sie hochgesteckt, nur ein paar Strähnen fallen locker und leicht über ihre Schultern. Sie wirkt zerbrechlich und anmutig, ihre feinen Gesichtszüge sind einer Feenpriesterin ebenbürtig. Eher schwebend als gehend begibt sie sich durch die Reihen der Gäste. Aus allen Richtungen kommen Bewunderungsrufe über ihr phantastisches Aussehen. „Oh, schau mal!" – „Sie sieht wieder bezaubernd aus!" Es klingt eher wie ein Bewunderungsgemurmel. Hoch erhobenen Hauptes kommt sie an den Teil des Hufeisens, an dem Hansgar und das Einhorn ihre Plätze eingenommen haben. Es folgt eine tiefe Verbeugung vor dem König: „Eure Hoheit", begrüßt sie ihn und mit einer tiefen Verbeugung in Richtung Einhorn setzt sie ihren Satz fort. „Ich grüße auch dich, meine Freundin. Schön, dich mal wieder zu sehen." Dabei schaut Alexa Marrenya tief in die Augen, um festzustellen, ob sie eine Regung wahrnehmen kann. „Wir freuen uns, dass du dich zu uns begibst. Es wäre kein richtiges Fest, wenn wir auf deiner bezaubernden Erscheinung verzichten müssten", entgegnet ihr das Einhorn. Hansgar beobachtet demutsvoll die Begrüßung zwischen Alexa und der gemeinsamen Freundin. Er bemüht sich, Alexa gegenüber in die liebevolle Haltung zu gelangen, die er als Rat vom Einhorn bekommen hat. Das großzügige Mahl wird von vielen kleinen Helfern ausgeteilt. Kartoffeln und verschiedenes Gemüse, in allen Varianten, wie man es sich kaum vorstellen kann. Vom Auflauf zu Gebratenem bis hin zum Gegrillten. Für die Elfen und Feen ist reichhaltiger Blütensirup von verschiedenen Blüten in unterschiedlichster Zubereitung hergestellt worden und für alle anderen wohlriechende Süßspeisen, die mit Orchideen verziert wurden. Ein Augenschmaus und ein Fest der Sinne, für alle Anwesenden. Die Gesprächskulisse nimmt während des Festmahls ab, jeder gibt sich mit all seinen Sinnen dem Genuss hin. Marrenya fühlt sich tief in das gesegneten Blütenlager ein, auf dem sie liegt, um diese Segnung und die Liebe, die sie von allen erhalten hat, in ihren Energiekörper aufzunehmen. Hier und da verspeist sie die Gaben und genießt ebenfalls das Zusammensein.

Nachdem der erste große Hunger aller gestillt ist, beginnen die ersten Gespräche. Solange es noch ruhiger ist, erhebt sich König Hansgar von seinem Platz und klatscht in die Hände. Seine Aufmerksamkeit und die Stimme richten sich dem Küchenchef und all seinen Helfern zu. „Mit großem Dank und all meiner Begeisterung für dieses wundervolle Mahl möchte ich mich, und ich spreche auch im Namen aller Anwesenden, bei Quasiemir und all den fleißigen Helfern bedanken." Das Orchester lässt einen Tusch erklingen, der mit viel Applaus unterstrichen wird. Gerührt von so viel Lob erheben sich alle Mitglieder der Küche und verneigen sich vor dem Volk, als Zeichen, dass sie den Dank und die Würdigung ihrer Arbeit annehmen. Zu den Melodien des Orchesters, die nach der Ansprache beginnen, werden noch Gesänge angestimmt. Die Feen geben den ersten Ton an und alle Wesen des Volkes stimmen dazu ein. Im ersten Moment hört sich der Gesang eher wie ein buntes Durcheinander an, doch je länger sie singen desto deutlicher wird die Harmonie und das Miteinander der unterschiedlichsten Stimmen. Wohlwollend dem Gesang lauschend wird Hansgar von seiner rechten Seite aus angesprochen: „Eure Hoheit, dürfen wir Sie stören?" Es ist das Volk der Gnome. „Wir wollten ihnen mitteilen, dass das Gemüse, dass sie verspeisten, die neue Sorte ist, die wir gezüchtet haben." Hochachtungsvoll begibt sich Hansgar zu seinem Volk und sie Fachsimpeln über die gelungene Arbeit und das wohlschmeckende Gemüse.

Während all dieser Feierlichkeiten werden sie alle von Romos beobachtet. Er ist seit frühster Kindheit ein Einzelgänger und sehr zurückgezogen. Von solchen Festen hat er bisher nur gehört und sie als nutzlos bezeichnet. Er fand keinen Sinn darin, ohne dass es für ihn einen Vorteil gibt, sich mit Freunden und Freude auszutauschen. Doch das Beobachten und die Energie, die in dieser Gemeinschaft entstand, berühren ihn in seinem Innersten. Was das wohl zu bedeuten hat, fragt er sich. Ohne zu wissen, dass das Einhorn ihn wahrnimmt und spürt was in ihm vorgeht, bleibt seine ganze Aufmerksamkeit bei dem fröhlichen Treiben. Alexa, sicher in ihrer Rolle, umgarnt ihre Freundin mit einer Zwiespältigkeit, das jedem anderen schlecht werden würde. Doch das Einhorn weiß darum. Es ist ihr Plan, den sie erfüllen muss und Marrenya sieht die Liebe, die immer noch in Alexa ist.

3 Alexas Erinnerungen

Wohl wissend über das, was Alexa vorhat, unterhält sich das Einhorn mit ihr über vergangene Zeiten und wie ihre Freundschaft begann. In Erinnerungen schwelgend befindet sich Alexa wieder an dem Ort, wo alles seinen Anfang hatte. Ihre Gesichtszüge werden dabei weicher und weicher. Das Einhorn erkennt, dass sie sich in der Energie von damals befindet. In ihrer Liebe zu allem, was ein Teil ihres Wesens ist. Alexa ist die Tochter vom Feen König Jandelion und Feen Königin Andeliana, die schönste Fee, die je in den Reichen gelebt hat. Sie waren die Herrscher des Landes in der Mitte. Dort lebten zu dieser Zeit hauptsächlich Feenfamilien, aber auch Elfenfamilien und ein paar trotzige, liebevolle Trolle. Ein friedvolles Miteinander und eine Gemeinschaft in der großen bunten Familie waren ihnen sehr wichtig. Macht, Neid oder gar Zorn waren ihnen bekannt. Aber wenn solche Gefühle in ihnen hochkamen, schauten sie sich diese genau an. Indem sie die Gefühle integrierten und sie als einen Teil von ihnen akzeptierten, gaben sie ihnen keine Macht über ihr Dasein.

Im Reich „In der Mitte" waren auch die Einhörner zu Hause. Die grünen Wiesen und üppigen Wälder waren ein Paradies für alle Bewohner. Im Süden, das Reich von König Hansgar, und Im Norden, das Reich von König Friederjus, verbunden durch den großen See von Udinenkönigin Waniera, waren alle im Einklang mit sich und der Natur. Zwergenkönig Beroldîn und sein Volk blieben die meiste Zeit in ihren Bergen und hielten sich aus allem raus. Zu dieser Zeit waren die Bewohner des kleinen Volkes, so nennen sie sich, mit den Menschen befreundet. Die Tore zur Menschenwelt befinden sind im Reich „In der Mitte". Der Übergang ist über die Wiesen und den Himmel möglich.

Viele Feen und Elfen haben Freundschaften zu den Menschen gepflegt. So auch Alexas Mutter Andeliana. Es ging so lange gut, bis einige Menschen die Freundschaften zum kleinen Volk für ihre Gier und ihre eigenen Machtspiele ausnutzten. Denn all die Edelsteine, Diamanten und Goldadern waren für das kleine Volk ohne Belang und sie hatten keine Vorstellung davon, warum die Menschen eine so große Faszination gegenüber den Geschenken Mutter Naturs haben, so dass sie sich gegenseitig Schaden zufügten. Die Feen, Elfen und Trolle, die sich aus diesen Streitereien raus hielten, blieben in ihrer Welt. Andere wiederum, die schon zu tief in den Machenschaften von Gier, Macht und Neid gefangen waren, nahmen das Verhalten der Menschen an. Diese wollten die Macht über die Tore und sie für ihre Zwecke offen halten, um all die negativen Verhaltensweisen in ihr Land einzubringen, um es auszubeuten. Das wiederum bereitete König Jandelion große Sorgen. Die, die sich schon gegen ihn gestellt hatten, wollte er in die Welt der Menschen verbannen. Sie sollten dort ihr Unwesen treiben, denn von dort hatten sie es auch mitgebracht. Als Jandelion Andeliana von seinem Plan erzählte, weswegen er die Tore schließen wolle, um sein Volk und die Reiche zu schützen, verbündete sie sich mit dem Troll Granog. Jandelion flehte seine Frau Andeliana oft an, die Welt der Menschen zu meiden und keine weiteren Reisen zu unternehmen, doch sie war schon geblendet. Jeder Mensch, der sie gesehen hatte, hat sie wegen ihrer Schönheit angebetet. Diese Anerkennung und Huldigung taten ihr gut, das machte sie eitel und arrogant. Andeliana wollte verhindern, dass die Tore geschlossen werden. Gemeinsam mit Granog reisten sie mehr denn je immer wieder durch die Tore zu den Menschen. Im Laufe der Zeit verliebte sich Granog in Andeliana und versprach, alles zu tun, was sie von ihm verlangte.

Und diesem Troll Granog ist Alexa in ihrer Kindheit begegnet. Alexa, in ihren Erinnerungen ganz vertieft, sieht sich wieder auf der großen Wiese vor dem Schloss ihres Vaters spielen. Sie erinnert sich an den Geruch der Blumen, der frischen Erde, auf der sie über die Wiesen springt, und wie sie mit den Schmetterlingen um die Wette tanzt. In ihrer Freude hat sie die Worte ihres Vaters vergessen. Jandelion hatte ihr verboten, aus dem Schloss zu gehen, denn er wusste, dass in absehbarer Zeit eine Revolution der Menschengeher stattfinden wird. Da sie schon immer tat, was sie wollte, ohne auf das zu achten, was sie machen sollte, spielte sie auf der Wiese. Sie folgte in ihrer Freude erst dem einen Schmetterling und dann dem anderen, bis Alexa völlig erschöpft und am Ende ihrer Kräfte am anderen Ende der Wiese angelangt ist. Dort lässt sie sich in das weiche Gras fallen. Ihr Herz schlägt vor Erschöpfung bis zum Hals, glücklich über ihr Sein, inmitten derer, die ihren Freudenrufen gefolgt sind, um mit ihr zu tanzen. Im Kreise ihrer Freunde beobachtet sie den Himmel. Auf ihm tanzen die Wolken und zeigen ihnen Bilder von Tieren und Blumen, die sie dann erraten sollen. Mitten in ihrem Spiel verändern sich jedoch die Wolken. Sie werden dunkel, von solch einem Schwarz, dass die Tiere unruhig werden. Die Tiere ahnen etwas, doch Alexa, in ihrer kindlichen Unwissenheit, denkt sich, es seien ein paar harmlose Gewitterwolken. Bei ihrem fröhlichen Tanzen und später in der Wiese liegend, wird sie von einigen Einhörner beobachtet, die sich mit ihr auf der anderen Seite der Wiese befinden. Die Einhörner bemerken ebenfalls, dass sich die Wolken verändern. Nur wissen diese, dass sich die Tore zur Menschenwelt bald öffnen werden. Die Öffnung der Tore hat sich verändert, seit die niederen Gefühle der Menschen Einzug hielten in ihrer Welt. Aus einem strahlenden Licht ist ein Dunkel geworden, das Angst erzeugt. Besorgt verfolgen sie das Geschehen. Eines der Einhörner, es heißt Marrenya, begibt sich auf den Weg über die Wiese zu Alexa, der kleinen Prinzessin. Ein jähes Grollen ertönt und geht allen durch Mark und Bein. Die schwarzen Gewitterwolken öffnen sich. Eine aus dunklen Wolken entstehende Treppe geht vom Himmel bis auf die Wiese hinunter. Es ist so weit, die Tore sind offen. Granog, der Anführer der Revolution und Widersacher König Jandelions, ist gekommen. Er kommt als Erster durch das größte Tor über die Treppe auf die Wiese. Marrenya wird schneller. Es ist schon fast bei der Prinzessin, als Granog auf der Wiese ankommt. Noch ein paar Schritte und sie hat Alexa erreicht. Granog erkennt mit einem breiten bösen Grinsen auf seinem hässlichen Gesicht, wer sich noch auf der Wiese befindet. Das ist das Beste was ihm passieren kann. Mit der kleinen Prinzessin kann er Jandelion unter Druck setzten und seiner heimlichen Liebe einen Beweis geben, dass er wirklich alles macht, um die Tore für sie offen zu halten.

Bevor er sich mit den Menschen eingelassen hat, war er ein schön anzusehender Troll. So schön wie eben Trolle werden können. Doch die Machenschaften und das Böse ließen seine Gestalt verändert. Die Hässlichkeit seiner Gedanken und seines Tuns haben sein Äußerliches genauso verändert, wie er fühlt. Er hatte zwar schon immer grobe Gesichtszüge, doch nun sind sie von dunklen Schatten gezeichnet. Der Anblick der Hässlichkeit Granogs und dass ein Einhorn auf Alexa zu galoppiert, ließ sie aus ihrer Beobachtung des Geschehens erwachen. Sie hatte das ganze Schauspiel wie in Trance verfolgt. Noch bevor Granog sich auf den Weg zu Alexa machen kann, hat das Einhorn sie erreicht und sie aufgefordert, sich auf dessen Rücken zu begeben. Das alleine war schon sensationell, denn auf einem Einhorn ist noch nie ein Wesen geritten. In ihrer Not springt sie auf und lässt sich fast schwebend über die Wiesen tragen. Die Tiere haben sich in den Wald geflüchtet, der an diesem Ende der Wiese angrenzt.

Auch im Schloss hörten sie das Grollen und wussten, was nun auf sie zukommt. Die Tore zur Menschenwelt hatten sich geöffnet. Zwar kannten alle die Befehle, dass König Jandelion verboten hatte die Tore zu öffnen, doch in dem Augenblick war für alle klar, dass Granog gegen den Befehl gehandelt hat und zurück in ihr Reich gekommen ist. Alle Bewohner, die sich in der Nähe des Schlosses aufhielten und das Grollen des Donners vernahmen, machten sich sofort auf den Weg, um im Schloss Zuflucht zu finden. Dort wurde das schwere Holztor geschlossen, das Jandelion aus seiner Vorahnung heraus hatte anbringen lassen. Ihm war zwar bewusst, dass das Holztor der Gewalt der Abtrünnigen kaum standhalten kann, doch es verschaffte ihm Zeit zu handeln. Das einzige, was König Jandelion jetzt übrig blieb, war, die Tore zur Menschenwelt mit einem Zauberspruch zu verschließen. Nur die reine Liebe eines Menschenherzens kann sie von nun an aus ihrem Reich in der Mitte wieder öffnen. Das war seine letzte Amtshandlung, bevor er und sein Volk dem Tod und der Sklaverei geweiht waren. Trauer durchzog sein Herz, dass es so weit kommen musste. Ihm war klar, dass es keine

Öffnung der Tore mehr geben kann, da alle Menschen aus ihrer Welt verbannt waren. Seine Frau Andeliana war in der Menschenwelt gefangen und seine Tochter Alexa irgendwo da draußen. Noch bevor Granog und seine Männer am Schloss ankommen, begab sich Jandelion auf die Traumebene der Kommunikation. Dort erfährt er von den anderen Königen, die das Grollen ebenfalls vernommen hatten, dass das Einhorn Marrenya mit Alexa auf den Weg zu König Hansgar ist. Im Vorfeld wurde zwischen den Königen besprochen, falls der schlimmste Fall eintritt, dass der König, zu dem das Kind gebracht wird, die Aufgabe übernimmt, es zu erziehen. Alle anderen vom Volke Jandelions, die zu weit vom Schloss entfernt waren, flüchten sich in die Wälder, um in den angrenzenden Reichen Zuflucht zu finden. Was ihnen zu diesem Zeitpunkt verborgen blieb: Es war das Beste was ihnen hat geschehen konnte.

In der Zwischenzeit sind alle Abtrünnigen, die zur Feenkönigin Andeliana und dem Troll Granog stehen, über die Tore in ihre Welt zurückgekehrt, um König Jandelion zu stürzen. Hunderte von ihnen versammeln sich auf der Wiese bei den Toren, um als eine Einheit zu Jandelions Schloss zu marschieren. Eine dunkle Walze aus Abtrünnigen schreitet zielstrebig, mit Granog als Anführer, in Richtung Schloss. Die Erde bebt unter ihrem Marsch. Das Einhorn erkennt, was sie vorhaben, denn es hat die niederen Gefühle, den

Hass, in ihren Herzen gespürt, und ist mit Alexa auf dem Weg zu König Hansgar. Es ist der sicherste Weg, den sie jetzt gehen kann.

Alexa genießt den Ritt auf dem Einhorn und wundert sich nur, dass sie und das Einhorn ihr zu Hause hinter sich lassen und sich in eine ganz andere Richtung bewegen. In dem großen Wald, der auf ihren Weg liegt, sind sie zum ersten Mal zur Ruhe gekommen. Sie ist noch nie auf einem Einhorn geritten und durch diese ungewöhnliche Anstrengung stöhnt die kleine Prinzessin. „Ich bin so müde." Das Einhorn stoppt in einer geschützten Lichtung, die von alten Eichen umgeben ist, um der kleinen Alexa eine Pause zu gönnen. Ein schmaler Bachlauf verläuft mitten durch die Lichtung, welche mit ihrem weichen Moos und blühenden Büschen eine magische Atmosphäre ausstrahlt. Kaum abgestiegen, beginnt Alexa Fragen zu stellen: „Kannst du mir sagen was da eben vorgefallen ist? Wieso hast du mich auf dir reiten lassen? Wie heißt du? Weißt du, wer ich bin? Und wer mein Vater ist?" Fragen über Fragen. Das Einhorn hört sie sich geduldig an. Nachdem Alexa mit ihrer Fragerei fertig ist, kommt das Einhorn zu Wort. „Du wirst bald auf alle deine Fragen eine Antwort bekommen, doch die wichtigsten Antworten sollst du erfahren." Im Groben erklärt sie ihr, was es mit den Toren und den Abtrünnigen auf sich hat und welche wichtige Rolle auf sie in dem ganzen Geschehen wartet. „Wie meinst du das, ich werde zur richtigen Zeit die Königin meines Landes sein? Wo ist mein Vater?

Ich bin doch die Prinzessin und werde mein Erbe antreten, wenn mein Vater..." Sie verstummt bei dem Gedanken, der ihr Angst bereitet. „Es ist zu spät, meine kleine Prinzessin. Dein Vater ist der Gefangene von Granog und keiner weiß, was er mit ihm machen wird." Mit treuen Augen schaut sie dem Feenmädchen tief in die ihren. Alexa hat verstanden, was sie meint, und beginnt zu weinen. „Ist schon gut, meine Kleine. Dein Vater hat für solch einen Fall schon für dich gesorgt. Du bist jetzt das Mündel von König Hansgar und wirst im Reich des Südens aufwachsen und auf dein Leben als Königin vorbereitet." Die Prinzessin schaut sie mit verweinten großen Augen an. „Was? Das war schon alles geplant? Dass mein Vater sein Reich verliert? Ihr habt alle darum gewusst?" Etwas schockiert über so viel Wahrheit fährt sie fort. „Und keiner hat im Vorfeld etwas gemacht?"

„Meine liebe kleine Prinzessin", beginnt das Einhorn, „vieles was wir wissen, müssen wir so annehmen. Jeder hat einen freien Willen, auch wenn manche wissen, dass sie einen Weg gehen, der nur ihrem eigenen Wohl dient, ist es ihre Entscheidung. Ob nun andere darunter leiden, ist ihnen egal. Obwohl wir darüber wissen, ist es wichtig, in der Liebe zu bleiben und es so anzunehmen, wie es ist, denn kein Weinen, kein Zweifeln macht es ungeschehen. Du wirst auch noch erkennen, dass es für alles einen Plan gibt, so etwas wie einen universellen Plan. Es geschehen Dinge in unserem Leben, die auf eine Art vorbestimmt sind und wir bekommen die Gelegenheit aus allem, was uns begegnet, zu lernen. " Mit leeren Augen schaut Alexa in den Bach, der neben ihr verläuft, und fragt das Einhorn mit tonloser Stimme: „Bin ich jetzt auf mich alleine gestellt? Wie soll ich das nur schaffen? Ich bin doch noch ein Kind!" Tröstend stupst das Einhorn sie mit seinem Kopf an der Schulter an. Alexa steht so nah am Bach, dass sie bei dem Stups das Gleichgewicht verliert und ins Wasser fällt. „Keine Sorgen meine Prinzessin und Freundin, dafür bin ja ich jetzt da. Ich trage und beschütze dich so lange du mich brauchst." Erschrocken über den Stups in den Bach, sagt Alexa, tropfnass wie sie ist: „Und das nennst du Beschützen und stupst mich in den Bach? Das nennst du erfolgreiches Aufpassen?" Um sie aus ihren traurigen Gefühlen zu bringen, beginnt Marrenya mit ihr noch eine Weile auf der Lichtung zu spielen.

Alles was sie vom Einhorn gehört hat, ist in diesen Momenten des Spielens und Tobens vergessen. Zu ihrem Lachen haben sich auch die Tiere des umliegenden Waldes auf die Lichtung gesellt und beobachten das Spiel zwischen dem Feenmädchen und dem Einhorn. Erschöpft vom Spiel bleibt Alexa noch eine Weile im Moos liegen und beobachtet die Baumkronen der alten Eichen, wie sie sich im Wind wiegen. Durch die Kronen streifen Sonnenstrahlen, die sich mit der Erde verbinden. Alles ist so friedlich, so harmonisch. Wie kann das wahr sein, was das Einhorn ihr erzählt hat? Inzwischen hat sich das Einhorn Informationen von den Tieren eingeholt, inwieweit die

Revolution schon fortgeschritten ist. Was die Tiere zu berichten hatten, machte das Einhorn unruhig. Sie gesellt sich auf das weiche Moos, auf dem Alexa in den Himmel schaut, und beginnt zu reden: „Bevor die Nacht einbricht, müssen wir weiter, meine kleine Prinzessin." Alexa dreht sich zu dem Einhorn und nickt kaum merklich. Erholt von aller Anstrengung machen sie sich weiter auf den Weg zu König Hansgar. Alexa hält sich an der Mähne des Einhorns fest und genießt den Ritt durch den Wald. Alle Tiere und Wesenheiten, die ihnen begegnen, halten in ihrem Weg inne und verbeugen sich vor ihnen. Das genießt die kleine Prinzessin mit ganzem Herzen. Alexa fühlt in ihrer Erinnerung den Wind in ihren Haaren und die Anerkennung derer, die ihnen begegnen. Ihr Gesichtsausdruck verrät Marrenya, dass sich Alexa in ihrer Erinnerung wohlfühlt.

Der kleine Elfenjunge Bebirjus beobachtet das Einhorn, wie es mit der Feenpriesterin spricht und ihr Energien der Erinnerungen schickt. Fasziniert von dem Licht, dass das Einhorn in sich hat, nimmt er jede noch so kleine Regung war. Schüchtern hält er sich versteckt, denn er möchte nett und aufmerksam sein. Das Einhorn hat ihn schon längst bemerkt, bleibt jedoch in ihrer Energiearbeit mit Alexa. Fragend schaut sich der kleine Elfenjunge in der Gesellschaft um. Es könnte ja sein, dass er Hilfe von einem großen Elf bekommt, um das Einhorn anzusprechen. So, wie seine Augen über den Festplatz schweifen, bleibt sein Blick am Rand des Platzes stehen. Was ist das? Rote Augen? Aufgeregt kommt er aus seinem Versteck und klopft dem Einhorn auf die Flanke. Jegliche Scheu verloren, beginnt er zu stottern und zeigt dabei mit dem Finger in die Richtung in der er die roten Augen gesehen hat. „Da, da, ist wa- wa- was!" Mit sanfter Stimme dreht sie sich zu ihm um. „Ich weiß, wen du da siehst. Es ist schon in Ordnung, dass er uns zuschaut. Nur so wird dieser Bewohner des dunklen Reiches die Gemeinschaft verstehen. Wenn wir ihm die Möglichkeit geben es zu erlernen. Das soll jetzt unser Geheimnis sein, dass wir ihn gesehen haben." „Ja, klar!" kommt mit abgehackter Stimme aus ihm raus. Viel wichtiger ist ihm, ein Geheimnis mit dem Einhorn zu teilen. Über seine Lippen wird kein Wort wegen den roten Augen kommen, denn wenn man etwas verspricht, vor allem einem Einhorn, ist man verpflichtet es zu halten.

Alexas Gesichtsausdruck verhärtet sich in ihrer Erinnerung. Granog hat Alexas Gefühle mitbekommen und was das Einhorn mit Alexa vorhat. Das muss er unterbinden. Zu lange schon bearbeitet und manipuliert er Alexa, um an sein Ziel, die Tore für seine große Liebe, Alexas Mutter Andeliana, wieder zu öffnen, zu kommen. Das Einhorn schickt Alexa verstärkt Energien, um weiterhin in den liebevollen Erinnerungen zu bleiben. Ohne auf Granogs Wut zu achten, schickt Marrenya auch ihm die Liebe eines Einhorns. Er verschwindet aus Alexas Erinnerungen und hofft auf einen späteren

Zeitpunkt, um Alexa weiter zu bearbeiten. Alexa ist noch eine ganze Zeit lang in ihren Erinnerungen, was sie und das Einhorn in ihrer Kindheit und Jugend alles erlebt haben. Die Feen stimmen ihre Instrumente und beginnen in ihren zarten Stimmen ein Lied über die Einhörner zu singen:

Das Licht, die Liebe, die Kraft ist gebündelt in den Einhörnern.

Wen sie auch anschauen, in ihm entfachen sie die Kraft der Liebe, alles zu schaffen.

Wen sie mit ihrem Horn berühren, dem fallen die Ketten der Angst ab und sind frei, frei in ihrer Liebe.

Mit der Reinheit ihres Herzens berühren sie die unseren,

mit der Reinheit ihres Herzens berühren sie unsere Seelen.

Bei dem lieblichen Gesang der Feen ist Alexa aus ihren Erinnerungen gekommen. Der Text ist ihr alt bekannt, das Lied hat sie schon als Kind gesungen. Sie sieht beim Öffnen ihrer Augen in die des Einhorns, wohl wissend, dass sie über alles was sie plant, Bescheid weiß. Doch wie sagte sie in ihrer Erinnerung zu ihr, „dass alle einen freien Willen haben und sie lieben und vergeben sollen. Und dass es noch diesen einen universellen Plan gibt." Sie lächelt in sich hinein. „Bestens. Hatte ich ja ganz vergessen." Das macht sie siegessicher in ihrem Vorgehen, denn auch wenn sie alle Bescheid wissen, kann niemand etwas daran ändern. Auch mit der Erinnerung daran, dass sie mal Königin sein wird, will sie ihren Plan auf ihre Art und Weise durchziehen. Stolz und erhobenen Hauptes macht ihr das Fest jetzt so richtig Spaß. Sie richtet das Wort an König Hansgar. „Na mein Freund, im Ackerbau und in der Viehzucht alles in Ordnung?" Hansgar kommt sich bei dieser Bemerkung etwas veralbert vor, denn Alexa hat noch nie was für körperliche Arbeit übrig gehabt. Sie ließ viel lieber die anderen für sich arbeiten. Was ist mit ihr in den letzten Minuten geschehen, fragt er sich. Doch beim Anblick des Einhorns ist ihm bewusst, dass all das, was ist, seine Richtigkeit hat. Er erfreut sich heute und hier viel lieber an seinem Volk und dessen glücklichen Gesichtern, als sich zu sorgen, wie es weiter geht. Das was kommen wird, nimmt so oder so seinen Lauf. Ein großer Applaus über den himmlischen Gesang der Feen zieht über die Wiesen und durchs Land. Alle sind glücklich über das bisher gelungene Fest. Marrenya schaut in die Runde und fühlt die Liebe und die Wärme, die von allen ausgeht. Auch bei Romos, den sie in ihrem Herzen spürt und seine Gefühlsbewegungen wahrnimmt. Ruhig über die Ereignisse macht sie es sich auf ihrem Blütenlager so richtig bequem.

Langsam zieht die Dämmerung übers Land. Das ist für alle Anwesenden das Zeichen, dass zum Tanz aufgefordert wird. Jetzt wird sich zeigen, ob die Arbeiten an der Tanzfläche dem Tanz standhalten. Die Glühwürmchen an ihren Plätzen geben genug Licht, um es so richtig gemütlich zu machen. Das Orchester der Zwerge hat mit der Kobold Big Band gewechselt, denn zum Tanz brauchen sie eine etwas spritzigere Musik. Die Männer stellen sich auf die rechte Seite der Tanzfläche auf und die Frauen auf der linken Seite. Jeder steht nun seinem Tanzpartner gegenüber. Die Frauen halten ihre Röcke mit den Händen und beginnen mit den Füßen den Takt zu treten. Daraufhin setzt die Musik ein. Die Männer greifen mit ihren Händen in ihre Taille und bewegen sich im Takt der Musik auf die Frauen zu. Die Frauen machen es den Männern gleich und beginnen, auf sie zu zugehen. Kurz bevor sie sich gegenüber stehen, drehen sie sich so zur Seite, dass jeder seinem Tanzpartner anschaut, um so aneinander vorbei zu kommen. Jetzt stehen die Frauen rechts und die Männer links. Eine erneute Drehung und schon stehen sie sich wieder gegenüber. So geht es weiter, immer aneinander vorbei, mal schneller, mal langsamer, so wie es die Musik im Takt vorgibt. Es herrscht ein ausgelassenes Gelächter, denn die, die den Takt verlieren, verzetteln sich und bringen die anderen durcheinander und so ist schon mancher Zusammenstoß vorgekommen. Doch das ist es ja gerade, was das Tanzen so freudig macht. Das Einhorn und König Hansgar erfreuen sich an der ausgelassenen Stimmung.

Alexa hat die Feier mit Beginn des Tanzens verlassen. So viel Freude und Glück sind zu viel für sie. Sie will jetzt viel lieber ihre kindlichen Verletzungen zelebrieren und sich der Trauer und der Wut hingeben. Sie bleibt viel lieber in ihrem Hass, was sie in ihrer Kindheit alles verloren hatte. Zwar spürte sie eine Dankbarkeit und Liebe in sich, doch diese will und kann keiner von ihr verlangen zu akzeptieren. Auch eine Marrenya hat keine Chance, das in ihr zu verändern. Sie holt sich immer wieder die Worte von Granog in Gedächtnis, wie er ihr seine Geschichte geschildert hat, was damals geschehen ist. Ob das nun der Wahrheit entspricht oder eine Lüge ist, ist ihr egal. Sie will nur eins: so leben, wie sie es will, ohne Rücksicht auf Verluste. Auf dem Weg in ihre Gemächer eilte sie an Romos Versteck vorbei. Er ist den ganzen Abend da geblieben, um das Einhorn zu beobachten. In seiner Faszination zur Feier blieb es ihm verborgen, dass auch er beobachtet wurde. Der kleine Elfenjunge Bebirjus hat ihn fest in seinem Blick behalten. Die Liebe und das Verständnis, das das Einhorn dem Kobold entgegen brachte, macht den Kleinen eifersüchtig. Er hat in seinem Leben immer alles bekommen, da er das Nesthäkchen von zehn Kindern ist. So kam es, dass Marrenya in seinem Kopf „sein" Einhorn war und keiner außer ihm durfte dem Einhorn zu nahe kommen, außer König Hansgar natürlich, erst recht kein Liebloser. Schließlich war er es, der ein Geheimnis mit dem Einhorn hat. Das Einhorn nimmt Bebirjus Gefühle auf, auch das, was er denkt. Sie lässt ihn gewähren, denn jeder ist mit dem anderen verbunden, um seine Aufgabe zu erfüllen.

Sie weiß, dass diese beiden, der Elfenjunge und dieser Kobold, noch einen gemeinsamen Weg haben.

Das Einhorn ist auch immer mit der Traumebene der Menschen verbunden und sie nimmt wahr, dass auch hier etwas Göttliches geschieht. Immer mehr Menschen finden den Zugang zu ihren Herzen und in ihren Träumen den Weg in die Welt der Einhörner. Auch wenn manche Menschen es für sich als unreal ansehen, so geschieht es dennoch. Für manch einen Zweifler stellt sich die Frage: Was ist hier real, was Fantasie? Ganz einfach... Die Fantasie ist Realität auf einer anderen Ebene.

4 Der Tag nach der Feier

Es regnet. Jeder einzelne Tropfen ist ein Klang der Melodie des nährenden, klärenden Liedes. Nach so viel Aufregung bei der Vorbereitung, und der ausgelassenen Stimmung beim Fest am Vorabend, haben alle die Möglichkeit, schweigend oder in besinnlichen Gesprächen, zu sich zu finden. König Hansgar steht mit dem Einhorn am Fenster seiner Privatgemächer. Schweigend schauen sie dem Regen zu, der in kleinen Bächen all das mit sich nimmt, was lose auf der Erde liegt. Ein Lächeln huscht über sein Gesicht. „Was hast du gerade gedacht?", fragt das Einhorn. „Wie schön und wundervoll doch so ein Regen ist... Alles Lose nimmt er mit sich, ohne eine einzige Anstrengung. Es geschieht einfach. Der Regen hat keinen Zweifel, ob er zu viel oder zu wenig mit sich nimmt. Es geschieht einfach." Er macht eine kleine Pause, während er das Einhorn ansieht. Mit freudigen Augen dreht er seinen Kopf zurück zum Fenster, um sich seiner Philosophie weiter zu widmen. „Liegt ein Stein im Weg des Laufes, fließt er einfach darum herum. Ist eine kleine Mulde auf seinem Weg, füllt er diese, um danach seinem sich gewählten Weg weiter zu folgen." Hansgar atmet tief ein. „Es ist so beruhigend, den Weg des kleinen Flusses zu beobachten. Der Regen wäscht den Staub aus der Luft. Die Pflanzen erhalten das wertvolle Wasser, das sie zum Wachsen brauchen, ohne dass wir uns körperlich anstrengen müssen. Keine Hektik im Dorf, jeder besinnt sich auf sich und wird, wie die Luft, gereinigt." Schweigsam genießen sie das Lied des Regens noch eine Weile. Schließlich widmet er sich wieder seiner Freundin: „So wie der Regen alles reinigt und klärt, so klärt sich auch unsere Mission. Nach einer Reinigung kann Neues entstehen." Sie schauen sich beide mit zufriedenem Gesichtsausdruck an. Beide beginnen wie in gedanklicher Absprache ein altes Lied zu singen. Keiner kennt den Dichter und dessen Herkunft, es ist eine Lobpreisung an den Wasserkreislauf.

Kringelnde Wasserkronen in sprudelnder Farbenpracht,

Als Regenbogenrosen in Vollendung gemacht.

Tänzelnd in den Wolkenhänden,

Sich bettend in den weichen Wänden.

Fächerartig der Wolkensaum auftreibend,

Die duftenden Regenbogenrosen in der Erdenwatte verweilend.

Sich lüftender Rosenblütenregen im Hauch des Windes sich

ergeben,

Zu fliegenden Mosaiken sie sich verweben.

Die Blütenblätter in träumerischer Wahrnehmung verzweigen,

Deren Windbilder die Verschmelzung aufzeigen.

In vergehender Farbenpracht den Erdenmantel verzieren,

So wie sich die Winde in ihren Blättern verlieren.

Einfließend durch die Sonnenmagneten der fließenden Strahlen angehoben,

Im Großen Ganzen aufzugehen und die Schöpfung zu loben.

Als Lebensknospen neu heran zu reifen,

Um in Farben prächtigen Blüteneifer,

Von neuem als Regenbogenrosen zu erblühen,

Um die Herzen wieder zu erfreuen.

Ohne ein weiteres Wort zu sprechen gilt ihre Aufmerksamkeit dem Regen. Manch einer mag sich über den Regen aufregen, doch hier ist er ein gern gesehener Freund der Reinigung. Hier und da hört man einen Vogel zwitschern, der mit aufgeplusterten Federn, schützend vor dem Regen, auf einem Ast sitzt. Nach dem Regen beginnt für ihn ein Festschmaus, denn die Regenwürmer kommen heraus. Hansgar fühlt, was in seinem Reich los ist und er segnet jedes noch so kleine Wesen und ist dankbar für dessen Existenz. In ihm wendet sich das Gefühl der Sorge der letzten Tage in Zufriedenheit. Er weiß jetzt mit aller Herzenskraft, dass sich alles zum Guten hin wenden wird, egal, wer oder was sich dazwischen stellen möchte. Das Einhorn spürt die

Wandlung in seinem Herzen und weiß somit, dass sie gehen kann, um noch einige Vorbereitungen treffen zu können.

Alexa weiß um die reinigende Wirkung des Regens, deswegen ist sie weniger erfreut darüber, dass es ausgerechnet heute regnet. Erschrocken schaut sie zur Tür. In den Gängen hallt das alte Lied vom Wasserkreislauf. Sie erkennt ganz genau an den Stimmen, wer es singt. Der Klang des Liedes hätte sie beinahe in seinen Bann gezogen. Sie vermeidet diese Leichtfertigkeit und bemüht sich bei ihren vorherrschenden Gefühlen zu bleiben und alles schlecht zu reden: „Solch einfältige Wesen, wozu sind sie denn da? Keine Macht. Nur für die anderen da sein. Wo bleibe ich dabei? Ich will die Macht hier haben! Was wollen die denn von mir? Ich bin es, die weiß, wie es geht. Ich bin es, die weiß, wie man regiert. Ich bin es, die weiß, wie man Macht ausübt." Sie macht eine Pause und ihre Stimme verändert sich. „Ich bin das Opfer, da ich alles verloren habe und ich habe das Recht, über andere zu bestimmen, meine Macht auszuleben! Dafür bin ich geboren." Es stört sie kein bisschen, dass Romos im Raum anwesend ist. Zuviel hat er schon von ihr mitbekommen. Außerdem begrüßt sie es, dass er erkennt, wie ernst sie es meint und dass sie eine rechtmäßige Herrscherin ist.

Ihre Worte ignorierend, sitzt Romos in der Ecke und lauscht dem Lied. In ihm beginnt ein wärmendes Gefühl zu erwachen. Es gefällt ihm, sich so zu fühlen, sich ganz und gar auf das Lied und dem Klang des Regens einzulassen. Die letzten Tage waren ein einziges Erlebnis für ihn. Obwohl er vom Einhorn entdeckt wurde, hat sie ihn beschützt. Ebenso mit dem Elfenjungen bei der Feier. Was hat sie vor? Warum macht sie das? Zu all den Fragen, die er sich stellt und keine Erklärung finden kann, fühlt er sich, obwohl er aus dem Land der Lieblosen kommt, angenommen, ohne verurteilt zu werden. Hin und wieder nickt er Alexa zustimmend zu, sodass sie denkt, sie habe seine Aufmerksamkeit, um weiter seinen Gedanken und Gefühlen zu folgen.

Die letzten Töne erklingen. „Na endlich. Das kann man sich ja nur begrenzt anhören. So ein Gejammer, als ob es das schlechte Wetter besser machen würde. Nein, sie müssen noch singen! Gut, dass jetzt wieder Ruhe ist." Sie schaut fragend zu Romos, was er denn dazu meint. Keine Regung, nur ein Kopfnicken. Sie schreit ihn an: „Hey, hast du überhaupt verstanden was ich gerade zu dir gesagt habe?" Herausgerissen aus seinen Gedanken blickt er sie, mit weit aufgerissenen Augen, erschrocken an. „Was meint Ihr, meine Herrin?", kommt etwas zu zaghaft über seine Lippen. „Hast du mir überhaupt zugehört? Oder hast du dich von dem Gesang beeinflussen lassen?" Sie erahnt, was in ihm vorgeht. Das missfällt Alexa ganz und gar. Verärgert über den Kobold, dass er der Falsche für ihr Vorhaben sei, wendet sie sich von ihm ab. Romos hat schon öfter bewiesen, dass er, wenn es darauf ankommt, schnell reagieren kann. „Ach verzeiht, meine Herrin. Ich war in Gedanken, wie ich dem Küchenchef Quasiemir was zu essen abluchsen kann. Ich träumte davon, in eine saftige Hähnchenkeule zu beißen." Beim Erzählen von der Keule läuft ihm das Wasser im Mund zusammen, so dass ihm der Sabber aus den Mundwinkeln läuft. Alexa schaut ihn ungläubig an, denn ihr Gefühl sagt etwas anderes. Der Sabber jedoch, der schon auf seinen dunkelgrünen Frack tropft und sich in einer Schleimspur über den Bauch zieht, überzeugt sie. „Geh und hol dir was. Wische dir aber den Sabber ab und geh allen aus dem Weg!" Das reicht Romos, um sich auf den Weg in die Küche zu machen. Er begann schon seinen unkontrollierten Fluss seiner Körperflüssigkeiten zu verurteilen, bis er bemerkte, dass es ihn gerettet hat, so zu sein, wie er in Alexas Augen zu sein hat. Ein Glücksgefühl überkommt ihn, denn er will hier bleiben, in der Nähe des Einhorns. Das Gefühl in ihm, dass er jetzt kennenlernt, gefällt ihm und er will mehr davon spüren.

Weinend sitzt der kleine Elfenjunge Bebirjus am Fenster der großen Stube seines Zuhauses. Er ist der Jüngste von zehn Kindern, das Nesthäkchen eben. Er wird deswegen oft von seinen Geschwistern geneckt und veräppelt. Seine Familie hat es sich am großen Tisch in der Mitte des Raumes gemütlich gemacht, um das Lied des Regens, die Ruhe und die Innenschau zu genießen. Seine Familie hat mitbekommen, was gestern auf der Feier los war. So stolz wie ihr Jüngster neben dem Einhorn stand als sie mit ihm gesprochen hat, hat schon so manchen hart gesottenen aus der Ruhe gebracht. Mit diesem Erlebnis ist sein Verhalten, dass er jetzt weinend am Fenster sitzt, für alle verständlich.

Er lässt die Feier in seinen Gedanken Revue passieren, er fühlt alles noch mal. Die Neugierde, als sie kam. Die Freude, die Liebe als sie zu ihm sprach. Ihr weiches Fell, das so zart war, als ob es nur in seiner Phantasie besteht. Ihr Puls, den er in seiner Handfläche spürte. Ja, das Geheimnis. „Warum verschont sie den hässlichen Kerl aus dem Reich der Lieblosen? Er, der keinem aus ihrem Reich würdig ist." Er erschreckt über seine eigenen Gedanken und die dazu gehörenden Gefühle, so dass er noch mehr zu weinen beginnt. Er will diese Gefühle unterdrücken, sie sind aber da. Das erschreckt ihn noch mehr. Liebe, Harmonie, ein Miteinander. Das sind die Gefühle, die er kennt. „Warum jetzt solche Gefühle, Gedanken? Das wird diese Wut und Eifersucht sein. Den Lieblosen wird doch nachgesagt, dass sie diese leben." Er hat mitbekommen, dass der Kobold ihn gesehen hat und jetzt hat dieser ihn mit den unangenehmen Gefühlen verflucht. „Hat er das Einhorn auch? Oh je, hat er das Einhorn auch verflucht? Hat sie ihn deswegen gewähren lassen?" In ihm beginnt ein Orkan an Gefühlen und Gedanken zu toben. „Mit wem kann ich denn jetzt darüber reden? Ich habe doch dem Einhorn versprochen, dass es unser Geheimnis ist, und versprochen, niemanden was zu sagen, dass sie ihn entdeckt haben." Er ist sich sicher: „Ich bin der einzige, der das Einhorn retten kann, denn ich habe den Zauber durchschaut." Mit diesen Gedanken kommt Eile in sein Gemüt. „Ich muss was unternehmen. Ich gehe zum Schloss und muss den König sprechen. Ich muss ihm Bescheid geben, was los ist." Er springt auf, wischt sich die Tränen mit seinem Hemdsärmel aus dem Gesicht, putzt sich mit einem Tuch die Sommersprossen verzierte Nase, zieht wild entschlossen seine Pantoffeln an und geht durch die Stube zur Tür. „Ich muss einen wichtigen Auftrag erledigen." Mit diesen Worten öffnet er seiner Familie zugewandt die Tür. Ein starker Windstoß stößt ihn in die Mitte des Raumes, so dass er auf seinem Po landet. Erst erfüllt ein Schweigen den Raum. Dann beginnt seine Mutter Elisa mit ihm zu reden. „Was ist denn los mit dir, mein Schatz?" Verständnisvoll richtet sie ihre ganze Aufmerksamkeit auf ihn. „Wir haben dich gestern mit dem Einhorn reden sehen und sind alle sehr stolz auf dich." Sie steht auf, geht zur Tür und schließt diese. „Was sollte das denn jetzt werden? Hat dich das Ganze so mitgenommen?" Sie geht zu ihm. Bebirjus sitzt immer noch am Boden und Elisa kniet sich neben ihren Sohn. Jetzt erst findet er seine Stimme wieder. Ein klägliches „Mama" kommt über seine Lippen. Er beginnt zu schluchzen und fällt in ihre ausgebreiteten Arme, um sich an ihrer Brust auszuweinen. Liebevoll streichelt Elisa über seinen Kopf: „All das, was du zu tun gedachtest, kannst du zu einem späteren Zeitpunkt erledigen. Bruder Wind hat dir gezeigt, dass der Zeitpunkt zu früh gewählt war. Lass dir Zeit. Du wirst spüren, wenn es soweit ist." Sie fordert ihn auf sich mit ihr auf dem Schaukelstuhl, der in der Ecke neben der Tür steht, zu setzen. Geborgen und in Liebe gehüllt vergisst Bebirjus für den Moment die neuen Gefühle und die Ereignisse, die geschehen sind. Doch fest entschlossen mit dem König und dem Einhorn darüber zu reden, schläft er in ihren Armen ein. Und beginnt zu träumen.

Er befindet sich im Lindenwald auf der Lichtung, wo die Quelle entspringt, die den kleinen See in seiner Heimat speist. Die Moose unter ihm lassen seine Angst unter ihren weichen Kissen verschwinden. So gebettet in Mutter Naturs Schoß beginnt er sich zu entspannen. Das Geplätscher der Quelle, die in den kleinen Bach mündet, beruhigen seine Gedanken und nehmen sie mit in den Fluss. Die Laute der Natur schmeicheln seinen Ohren und seiner Seele. Vögel zwitschern ihr Loblied an die Natur, so dass die Sonne sie hören kann. Die Baumkronen wiegen sich mit dem Wind im Gesang der Natur. Blätterrascheln, Äste knacken. Er schaut sich um. Da tritt das Einhorn auf die Lichtung. Freudestrahlend erhebt sich Bebirjus, um sich vor ihr zu verbeugen. Sie geht weiter auf ihn zu: „Ich grüße dich, mein kleiner Freund." Er hebt seinen Kopf und gleichzeitig füllen sich seine Augen mit Dankestränen. „Ich muss mit dir, äh, Ihnen reden." Verblüfft über seinen Gefühlsausbruch schaut er demütig zu Boden. „Entschuldigt mein Herausplatzen, doch ich muss euch dringend etwas sagen." „Ich weiß um deine Besorgnis, mein kleiner Freund. Du brauchst dir keine Gedanken machen. Es ist alles in bester Ordnung. Es mag dir zwar anders erscheinen, doch glaube mir, es ist richtig wie es ist." Verzweiflung steht in seinen Augen. „Was ist mit dem Fluch? Der, der mir die anderen Gefühle gibt. Das ist doch das Werk des Kobolds, den wir am Fest gesehen haben!" „Es sind deine Gefühle, die jeder von uns in sich trägt. Nimm sie wahr und lasse sie weiter ziehen. Deine Liebe in dir ist größer als die neuen Gefühle. Bleibe in der Liebe und du wirst erkennen, was es mit dir zu tun hat." Er versteht kein Wort von dem, was sie sagt, denn es wurde immer gesagt, dass das die Gefühle der Lieblosen sind. Sie erkennt seine Verwirrtheit. „Die Lieblosen leben aus den Gefühlen von Neid, Macht, Gier und Angst. Keiner von ihnen glaubt an die Macht der Liebe. Ihnen wurde erzählt, es sei eine Lüge, da sie sie nie kennengelernt haben. Zu lange besteht schon ihr Reich, als dass sich die Liebe hätte halten können. All jene, die noch Liebe in sich hatten, sind in die anderen Reiche geflohen, um sich die Liebe zu erhalten. Andere, wie der Kobold, haben sich eine Schicht des Hasses um ihre Herzen gelegt." Er beginnt zu verstehen. „Ich glaube, ich weiß was Ihr meint. Der Kobold, den wir gesehen haben, will keinen von uns verfluchen oder verzaubern. Er will die Liebe spüren, die wir in uns haben." In seiner kindlich gebliebenen Natur fügt er hinzu: „Kann er uns die Liebe, die guten Gefühle, wegnehmen?" „Im Gegenteil. Die

Liebe, die du in dir hast, wird ihm helfen, seine eigene Liebe zu finden, die in ihm versteckt ist und die jetzt an die Oberfläche will. Deshalb darfst du niemanden etwas von ihm erzählen, denn wenn sie ihn finden und in sein Reich zurückschicken, wird seine Liebe versteckt bleiben und seine schlechten Gefühle werden wieder Oberhand über ihn haben." Ein Lächeln zieht über sein Gesicht. „Ihr meint, ich kann dabei helfen, einen Lieblosen zu retten?" „Ja, das meine ich." Stolz zeichnet sich in seiner Körperhaltung ab. Er, der Elf, ist zu Größerem berufen. „Jetzt lege dich wieder in das weiche Moos und schlafe noch ein wenig. Wenn du aufwachst, wirst du glücklich und zufrieden in den Armen deiner Mutter aufwachen." Mit diesen Worten legt er sich auf die weiche Erde und schließt seine Augen. Die Klänge, das Lied der Natur, lassen ihn schnell wieder einschlafen. Er spürt ein sanftes Streicheln über seine Wange. Langsam öffnet er die Augen. Es ist seine Mutter, die ihn liebevoll streichelt und in ihren Armen wiegt. Der Elfenjunge lächelt sie an, legt seine Arme um ihren Hals, und flüstert ihr ins Ohr: „Ich habe dich lieb, Mama."

Hansgar beobachtet das Einhorn. Nach dem gemeinsamen Lied hat sich ihre Ausstrahlung verändert. Sie scheint transparenter zu sein. Ihre Augen sind geschlossen, doch er kann erkennen, dass sich ihre Augen lebhaft bewegen. Hansgar kennt diesen Zustand bei ihr. Dies geschieht immer dann, wenn sie sich auf der Traumebene bewegt. Sie ist schon eine ganze Zeit in dieser Ebene, und so wie sie sich verhält, scheint es etwas Positives zu sein. Ein ruhiges tiefes Durchatmen und sie öffnet ihre Augen. „So wie ich es mir vorgestellt habe." Mit einem wärmenden Blick schaut das Einhorn zu König Hansgar. „Jetzt sind alle Beteiligten zusammen gekommen. Der letzte und jüngste im Bund wird seine Aufgabe übernehmen." Hansgar lächelt sie an. „Wenn es der ist, den ich meine, dann ist der Junge der beste Begleiter, denn in ihm steckt sehr viel." Ein sanftes, wissendes „Ich weiß" fließt in den Raum. Nach einigen Minuten der Stille beginnt sich Marrenya von Hansgar zu verabschieden. „Jetzt, da hier alles geregelt ist, mache ich mich auf den Weg, um noch einiges zu erledigen. Friederjus wird über alles informiert. Beroldîn und seine Zwerge erhalten auch noch eine wichtige Aufgabe. Wir brauchen alle aus den Reichen. Für dich habe ich noch eine Botschaft. Die Udinenkönigin Waniera vom See hat für den kleinen Reisenden ein Geschenk, das sehr wichtig ist. Du wirst dieses Geschenk von ihr zur rechten Zeit erhalten. Somit steht die Zusammenführung der Reiche unter einem Glücksstern." Beide verbeugen sich voreinander in der Achtung, die sie füreinander haben. Sie galoppiert aus dem Schloss durch den Regen und verschwindet im Wald.

Der kleine Elfenjunge hat Marrenya vom Wohnraumfenster seines Zuhauses gesehen und in Gedanken wünscht er ihr Glück und Segen für den Weg, der noch vor ihr liegt. Nach dem Traum mit ihr ist er viel ruhiger und weiß, es ist alles in Ordnung. So wie es auch seine Mutter zu ihm gesagt hat. An so ruhigen Tagen hört man alles im Schloss. Zu dem Hufklang des Einhorns, wie es das Schloss verlässt, klingt noch die wütende Stimme vom Chefkoch Quasiemir: „Oh diese Diebe! Mein schönstes Stück Fleisch haben sie gestohlen! Ausgerechnet die saftigste Keule. Es möge dem Dieb im Schlund stecken bleiben!" Die wütenden Worte von Quasiemir werden von Geschirrgeklapper und Gepolter aus der Küche begleitet bis wieder Ruhe einkehrt. Alexa hat die Hufe und das Geschimpfe mitbekommen. In ihr kommt Sorge um den Kobold Romos auf. „Hoffentlich konnte er Quasiemir, dem Küchenekel, entkommen." Schmatzend bekommen ihre laut gesprochenen Gedanken Antwort. „Das rührt mein Herz, wenn ihr euch Gedanken um mich macht." Er hat es schon wieder getan, sich lautlos in ihre Gemächer geschlichen. Wütend dreht sie sich zu ihm um. „Was nimmst du da in den Mund?" „Eine Hähnchenkeule, noch dazu eine sehr saftige", antwortet er und blickt auf seine fetttriefenden Hände. Verblüfft über seine Schlagfertigkeit beginnt Alexa zu lachen. „Wieso lacht ihr, meine Herrin? Ich finde die Keule keinesfalls komisch, eher kulinarisch." Er beißt noch einmal von der selbigen ab und genießt ihren hervorragenden Geschmack.

Der Regen hat nachgelassen. Ein zauberhafter Regenbogen zieht sich wie eine Zeltplane über das Reich des Südens. Die

Sonnenstrahlen berühren die Erde und saugen das überschüssige Wasser auf. Vögel schütteln ihr Gefieder und singen ein Lied für Mutter Natur. Einen Dank an ihre Güte und Liebe, mit der sie alle mit so viel Überfluss beschenkt. Im Schloss, so wie im Dorf, beginnt nun wieder reges Treiben. Die übrig gebliebenen Bänke, Tische und sonstige Utensilien vom Fest werden aufgeräumt, die frisch getränkte Erde auf den Feldern bearbeitet. Alles läuft wieder seinen normalen Gang.

5 Die Vorbereitung

Alexa muss sich jetzt mit dem Vorhaben beeilen, da ihr vorenthalten wird, wie lange das Einhorn unterwegs ist. Widerwillig hört sich Romos den Plan von ihr noch einmal an. Er möchte das Einhorn schützen, ohne es in eine gefährliche Situation zu bringen oder gar zu verletzen. Es ist ihm jedoch bewusst, er ist der einzige, dem Alexa vertraut. Er wird, so gut er nur kann, die Dinge beeinflussen. „Ja, meine Herrin und Priesterin, ich habe alles verstanden. An den gefährlichen Hügeln werde ich dem Einhorn auflauern und es zum Stürzen bringen. Danach seid ihr dran."

„Ja, danach werde ich dem Ganzen ein Ende bereiten." Der Geschmack des Erfolges breitet sich in ihrem Mund aus. Sie sieht sich schon auf dem Thron. Zwar hat sie verstanden, dass sie das Reich ihres Vaters bekommen soll, doch das hat sich Granog schon unter den Nagel gerissen. Sie will das Reich, in dem sie seit dem Anfang der Revolution lebt, und in Fülle herrschen, solange sie noch jung ist.

Romos steht in der Ecke des Raumes und beobachtet Alexa. Ihr Verhalten ekelt ihn an. So eine schöne Fee, doch diese Gedanken lassen ihre Schönheit verblassen und es erscheint eine graue Hässlichkeit. Die Hässlichkeit ihrer Gedanken kommt zum Vorschein. Alexas Teil des Planes will sich der Kobold keines Wegs anhören und beginnt noch mal seinen Part zu wiederholen. „Ich bringe das Einhorn zum Stürzen, den Rest erledigt Ihr, die Feenpriesterin." „Ja genau, den Rest erledige ich. Jetzt mache dich auf den Weg zu den gefährlichen Hügeln und warte dort auf sie. Ich werde derzeit hier alles für meine Krönung vorbereiten. Ist erst einmal das Einhorn erledigt, sind sie alle so geschwächt in ihrer Trauer, dass es ein Kinderspiel sein wird, Hansgar zu überwinden." Dankend für die Entlassung macht sich Romos durch die Geheimgänge auf den Weg in sein Land. Ein Unbehagen ist in ihm. Gedanken formen sich in seinem Kopf, wie er das Unternehmen vereiteln kann. Verblüfft über seine Reaktion lächelt er in sich hinein. „Ich muss es schaffen, dass das Einhorn zum Stehen kommt, ihm alles erzählen. Nur dann hat es eine Chance gegen Alexa." In den letzten Tagen hat er viel über das Einhorn gelernt und die Bewohner belauscht, wie sie sich über das Einhorn unterhalten haben.

Den Wesen des Reiches ist aufgefallen, wie sich die Feenpriesterin verhalten hat. Auch die Reaktionen des Königs sind niemandem entgangen, ebenso das Eintreffen des Einhorns. Das Volk ist mit seinem König so sehr verbunden, dass sie diese Veränderungen beobachteten und sich ihre eigenen Gedanken dazu machten. Die Verstecke des Kobolds wurden wahrgenommen, ebenso das Benutzen der Geheimgänge. Durch sein Stibitzen von Leckereien aus der Küche hat alles auf einen Eindringling hingewiesen. Als sie den König am Fest darauf ansprachen, hat er ihnen nur geantwortet: „Ich weiß. Es hat einen Sinn, dass er da ist. Vertraut mir!" Alle Anwesenden nickten mit dem Kopf und die, die noch unwissend waren, wurden über die Situation aufgeklärt. Wenn sie den Kobold bemerkten, erzählten sie sich alles, was sie über das Einhorn wussten. So hat Romos all die Informationen bekommen, die er brauchte, um an seine Gefühle zu gelangen. Das Volk hat auch Romos beobachtet, als er durch die Geheimgänge das Schloss verlassen hat. Sobald er fort war, gingen die „Wächter" zu König Hansgar. „Eure Hoheit, der Kobold ist gegangen. Was machen wir jetzt mit der Feenpriesterin Alexa?" „Danke, meine Freunde. Heute lassen wir sie im Glauben, dass ihr Plan aufgeht. Und für morgen habe ich dann Folgendes vor." König Hansgar ruft alle zu sich, die ihm das Einhorn in ihren Gesprächen empfohlen hat. In ihren Träumen hat sie einige mit Fähigkeiten ausgestattet, die sie brauchen, um eine Priesterin gefangen zu nehmen. Das Volk bevorzugt es, in Frieden miteinander zu leben. Doch wenn ihr Reich in Gefahr ist, sind alle bemüht es auch zu schützen.

Am Morgen ist Alexa auf dem Weg zum Küchenchef, um sich bei ihm für das schlechte Frühstück zu beschweren, dass er absichtlich zu ihr geschickt hat. Kaum in der Küche angekommen, ist sie von allen Ausgewählten umrundet. Jeder mit einer weißen Rose, auf der Höhe des Herzens, an deren Jacken befestigt. Die Kraft ihrer Liebe im Herzen ist mit zusätzlichen Gaben vom Einhorn ausgestattet worden. Damit das Licht der Liebe so hell erscheint, dass es Alexa blenden wird und sie bis zu ihrer Verhandlung in Gewahrsam genommen werden kann. Als Alexa dies bemerkt, setzt sie all ihre Kenntnisse der schwarzen Magie ein, um eine Festnahme zu verhindern. Mit einer heftigen kreisenden Bewegung ihrer Arme schleudert sie Feuerblitze aus ihren Händen durch die Küche. Einer der Wächter hält seine Rose dagegen. Dabei scheint es so, als sei sie zur Wasserscheibe geworden, um das Feuer zu löschen. In ihrer Verzweiflung schießt sie nacheinander Pfeile aus den Handflächen, sie versucht magische Kugeln über jeden einzelnen zu stülpen, mit ihren Blicken zu manipulieren, zu hypnotisieren, um sie gefügig zu machen, doch jede Rose und Wächter birgt die passende Abwehr in sich. Allmählich ist Alexa geschwächt und die Rosen der Liebe beginnen zu leuchten. Alexa ist geschockt, dass das Einhorn eine Gegenwehr ihrer Magie dem Volk gegeben hat, um sie in ihrem Unternehmen zu stoppen. Erst, als die Kraft der Liebe aus den Rosen sie in eine Lähmung versetzt, begreift sie, dass es vorbei ist. Kein Wehren, keine Zaubersprüche, alles vergeblich. Keine Kontrolle mehr über ihren Körper und Geist. Nur noch ein schleierhaftes Denken bleibt ihr. Ohne weiteres lässt sich Alexa gefangen nehmen. Sie ist verstört.

Quasiemir ist entsetzt, als er nach der Festnahme Alexas in seine Küche kommt. Alexas Abwehrmaßnahmen haben die Küche und dessen Einrichtung zerstört. Der sonst so akribische Küchenchef steht vor einem Chaos in seiner Küche. Er ist sich zwar bewusst, dass alles der Rettung des Landes dient, doch dass seine geliebte Küche darunter leiden muss, macht ihn sehr wütend. Romos, der schon fast an seinem Ziel angekommen ist, blieb verborgen, dass Alexa gefangengenommen wurde. Wenn er doch nur wüsste... Doch so macht er sich weiter Gedanken, wie er helfen kann.

Marrenya ist jetzt an dem Ort, an den sich die Einhörner zurückgezogen haben, als ihr Lebensraum im Reich König Jandelions von Granog übernommen wurde. Kein anderes Wesen hat je diese Ebene betreten. Die Einhörner schützen sich jetzt durch einen Zauber, der ihre Ebene für alle anderen unsichtbar macht. Angekommen in ihrer Welt begibt sie sich zum Ältesten der Einhörner. Er ist alt und weise. Keiner weiß genau, wie alt er ist. Seinen Namen hat er schon lange vergessen, da er von allen „Der Weise" genannt wird. Viele Jahrhunderte hat er schon miterlebt. Alle Höhen und Tiefen, die es in einer Welt geben kann. Er weiß einfach alles, ob es die Träume aller Wesen sind, die Zukunft und wie sich was entwickeln kann. Er kennt die höhere Ordnung und vertraut auf sie, denn er weiß, sie richtet alles so, dass es immer zum Besten eines jeden Wesens ist.

Marrenya wird von allen herzlich begrüßt. Einer der Ältesten kommt auf sie zu. „Schön, dass du da bist. Der Weise erwartet dich schon." Sie begibt sich auf den Weg zur Lichtung, auf der Der Weise lebt. Es gibt viele Orte in dieser Welt, von denen sie zwar weiß, sie jedoch noch nie gesehen hat. So auch bei der Lichtung des Weisen. Sie schreitet durch den Wald, an den dicken Bäumen vorbei, auf die Lichtung. Sie erlebt ein Gefühl von Freude und Aufgeregtheit. Sie weiß, dass sich ihr ganzes Leben ändern wird, doch wie, das wird ihr noch vorenthalten. Sie kann sich in die Träume aller Wesen einklinken und sie leiten, doch was für eine Rolle sie in der Entwicklung ihrer Welt hat, hofft sie jetzt zu erfahren. Sie wird langsamer. Sie ist schon fast da. Das Plätschern der Quelle auf der Lichtung und eine leise, sanfte Musik erreichen ihre Ohren. Sie senkt ihren Kopf als sie die Lichtung betritt, um ihre Achtung vor dem Weisen zu zeigen. „Warum so schüchtern?", hört sie eine vertraute Stimme in ihrem Kopf. Der Weise hat schon lange aufgehört zu sprechen. Er teilt sich nur über die Gedanken mit. Sie hebt den Kopf an und sieht den Weisen zum ersten Mal vor sich. Die Stimme hat einen Körper bekommen. Das was sie sieht, erfreut ihr Herz. Der Weise ist ein Einhorn mit einem Bärtchen am Kinn. Seine Weisheit ist in seiner Aura zu sehen. Diese scheint in einem Licht, so hell, dass Marrenya die Augen zusammenkneifen muss. Er liegt neben der Quelle, die sich auf der Lichtung befindet. Um ihn herum sind viele Blumen, von deren Schönheit und lieblichen Duft sie noch keine Vergleichbaren gesehen hat. Die Musik, die sie vernimmt, kommt von den Blüten. Ihre Blütenstempel haben die Form von Instrumenten und der Wind lässt diese zu einer himmlischen Musik erklingen. Sie hört sich sagen: „Es ist mir eine große Ehre, euch persönlich gegenüber zu treten." Ihre zarte Stimme hallt über die Lichtung. „Das, was du siehst, ist nur eine Illusion dessen, was wir mit unseren Augen sehen wollen. Meine wahre Gestalt ist die, die du in deinem Herzen und in deinen Gedanken wahrnehmen kannst. Höre auf meine Stimme in deinem Kopf und antworte mit deinem Herzen." Sie schaut verlegen zu Boden. Sie weiß so viel und doch so wenig. „Nur Bestimmten gewähre ich mich mit den Augen zu sehen. Doch mit dem, was auf dich zukommt, wollte ich dir die Ehre erweisen." Sie schaut den Weisen mit großen Augen an. „Ich habe dich erwählt für diese Aufgabe, da du nun soweit bist, um mehr in den Welten zu vollbringen. Alle Wesen, in allen Dimensionen und Ebenen, haben ein liebendes Herz. Wir sind alle miteinander verbunden, auch wenn einige Wesen in anderen Welten keinen Glauben an unserer Existenz haben. Alles, was du erreichen kannst, wird als Bereicherung in allen Welten, Dimensionen und Ebenen Erfolg haben." Alles dreht sich in ihrem Kopf bei diesen Worten. Sie atmet ein paar Mal tief durch, um das Gehörte zu verarbeiten. Beim Ausatmen stößt sie so viel Atem in die Lichtung, dass die Blumen eine Melodie spielen, die ihre Sanftheit verliert. Es klingt eher wie ein Orchester, das seine Instrumente stimmt. Peinlich berührt, dass sie ein kleines

Durcheinander produziert hat, schaut sie nun gefasst zum Weisen. „Das war eine kleine Abwechslung, die du da eben mit den Instrumenten machtest. Hörst du?" Er lauscht in die Lichtung. „Sie klingen jetzt wieder viel leichter. Der alte Blütenstaub musste mal runter. Danke." Der Weise richtet sich auf und geht auf Marrenya zu. Dicht vor ihr bleibt er stehen, schaut ihr tief in die Augen. So tief, dass ihr wieder ganz schwindelig wird. „Mein Kind. Alles was geschieht, geschieht aus einer höheren Ordnung heraus. Nehme es so an, wie es ist, auch wenn du aus einer Situation heraus zweifeln wirst. Es gibt kein richtig oder falsch, es ist wie es ist. Öffne dein Herz und beobachte. Alles ist im Dienst der höheren Ordnung, der wir alle, alle Wesen aus allen Dimensionen, unterstellt sind." Er macht eine Pause und nimmt ihre Stimmung auf. Doch bei dem Gedanken, sich der höheren Ordnung zu unterstellen, wird Marrenya ruhig, denn das ist es, was sie immer schon gern gemacht hat und immer machen will. Kein Wissen, was kommen wird und alles annehmen, was ist; diese Hingabe ist ganz tief in ihrem Herzen verankert. „Ich weiß, wie du fühlst und wie du denkst. Ich kenne dich aus vielen Träumen, in denen ich dich besuchte. Oder wenn ich dir mit Gedanken und Gefühlen zur Seite stand. Da du mich hier und jetzt in der Lebensform eines Einhorns sehen kannst, wollte ich dir persönlich gegenüber stehen, um dir zu zeigen, wie wichtig deine Aufgabe sein kann." Sie beginnt mit ihrem Herzen zu ihm zu sprechen: „So wie ihr es sagt, hört es sich an, als ob sich in diesem Auftrag etwas Endgültiges birgt. So lange es im Auftrag der höheren Ordnung geschieht, bin ich bereit, alles zu geben, was ich habe, selbst mein Leben, da ich weiß, dass meine Seele unsterblich ist." Sie senkt demutsvoll ihren Kopf. „Das einzige, was ich dir mitgeben kann, ist, dass es sich um eine wundervolle Transformation handelt. Vertraue! Du wirst es sehen und spüren." Sie lächelt ihn freudvoll an. „Egal was auf mich zukommt, in meinem Herzen bin ich immer die, die ich bin." „Das wollte ich von dir hören. Dir in deine Augen und dein Herz blicken. Sei dir einer Sache sicher: Was auch geschieht, du kannst mich immer in deinen Träumen besuchen." Sie halten ihre Köpfe aneinander wie bei einer Umarmung. „Geh gestärkt an deine Aufgabe. König Hansgar und König Beroldîn werden von mir noch Anweisungen bekommen. Somit sind alle im Mitwirken an einer großen Veränderung beteiligt." Mit diesen Worten dreht er sich um und wird immer transparenter, bis er sich ganz aufgelöst hat. In Marrenyas Kopf hört sie noch eine lachende Stimme. „Es ist alles Illusion." Sie macht sich mit diesen Informationen zurück auf den Weg zu König Hansgar.

Erleichtert darüber, dass die Gefangennahme Alexas so leicht verlief, wartet dieser nun auf seine Freundin Marrenya. Seit Alexa, in magischer Starre, in ein provisorisches Gefängnis gebracht wurde, muss er sich Tag täglich Alexas Beschimpfungen anhören und ihre

Drohungen, ihn mit einem Fluch zu belegen. Das wäre ihr möglich, wenn die Magie der Rosen aufhören würde. Doch alle Rosen, die Hansgar von Marrenya bekam, wurden nach der Festnahme um das Gefängnis gepflanzt und hielten somit den Zauber ihrer Magie im Bann. Der Wächter, der ihr das Essen jeden Tag bringt, hat sich aus Talg und Lehm ein Paar Ohrstöpsel gebastelt und ist ganz stolz, dass sie so gut funktionieren. Mit dieser Idee haben jetzt alle ihre Ruhe vor ihren Beschimpfungen, wenn sie in der Nähe des Schuppens arbeiten müssen.

Alexa bemüht sich immer und immer wieder auf der Traumebene mit Granog Kontakt aufzunehmen. Doch die Rosen hindern sie daran. Ihr Gefängnis ist mit so viel Liebe von den Rosen durchdrungen, dass ihre schwarzmagischen Fähigkeiten keine Wirkung zeigen. Sie fühlt sich als Opfer der Liebe. „Diese Liebe hat mein Leben zerstört! Alles, was ich je im Leben hatte, wurde wegen dieser Liebe vernichtet. Meine Eltern sind weg, mein Anspruch auf den Thron, einfach alles." Mit diesen Gedanken gibt sie im Laufe der Zeit auf, Flüche auszusprechen, denn diese bleiben im Raum, in dem sie eingesperrt ist.

Der Alltag ist wieder im Reich eingekehrt. Der Ackerbau floriert und die Koboldkinder treiben wieder ihre Scherze mit den Anderen aus dem Dorf. König Hansgar ist oft bei der Udinenkönigin Waniera. Sie musste den großen See, der die Reiche von Jandelion und

Friederjus trennte, verlassen, da es ihr und ihrem Gefolge unmöglich war, mit all den Giften, die Granog in den See leitete, zu leben. Über die noch gefüllten Flüsse konnte sie in Hansgars Reich fliehen, bevor diese trocken gelegt wurden. Hansgar schätzt es sehr, mit ihr über den bevorstehenden Neubeginn der Königreiche zu reden. Und auch darüber, dass sie dann wieder in den großen See mit ihrem Volk ziehen kann. Oft hilft sie ihm, in seine innere Ruhe zu gelangen, denn in der Ruhe erhält er Träume und Visionen. In einem dieser Träume wird er vom Weisen in Trance versetzt und erhält eine Nachricht, die er in einer Schriftrolle festhält und versiegelt. Hansgar weiß nur, dass er eine Nachricht geschrieben hat, die sehr wichtig ist und von der höheren Ordnung kommt. Waniera hat auch ihren Beitrag zu leisten und legt das Nötige, was sie dazu beitragen kann, in ein kleines Beutelchen. Jetzt ist alles vorbereitet für die große Zusammenführung.

In den Tagen des Wartens beobachtet König Hansgar den Elf Bebirjus. Nach einiger Zeit des Beobachtens, geht er zu seinen Eltern. „Er ist ein liebevoller, folgsamer Junge. Zu jedem, dem er begegnet, ist er höflich und zuvorkommend." Priderio und Elisa erzählen Hansgar, was ihnen aufgefallen ist. „Seitdem das Einhorn mit unserem Sohn Bebirjus persönlich gesprochen hat, hat er sich verändert. Er zieht sich immer mehr in sich zurück. Wenn er mit uns redet, dann darüber, wie dankbar er uns ist. Es ist so, als ob er sich von uns verabschieden will." Sie schauen ihren König fragend an. „Eure Beobachtungen Bebirjus betreffend sind richtig. Ich bin ganz erstaunt, dass er es für sich so umsetzen kann." Die Fragen in den Gesichtern der Eltern werden immer größer. Hansgar hat es bemerkt und erklärt den Eltern, dass Bebirjus sie bald verlassen wird. Dass er eine Aufgabe bekommen hat, durch die er an seine innere Kraft kommt und reift, um diese ins Außen zu bringen. „Auf ihn werden noch ganz große Erlebnisse und Abenteuer zukommen. Danach wird er uns alles berichten, wenn es soweit ist. Jetzt wollen wir im Hier und Jetzt verweilen. Genießt euren Jungen so lange er noch da ist, denn wenn Marrenya wieder ankommt, ist es ein Besuch des Abschieds. Sie wird ihn auf einen wichtigen Teil seines Lebensweges begleiten." Er verabschiedet sich von Bebirjus Eltern, um mit Waniera den Sonnenuntergang dieses Tages zu genießen.

In dieser Nacht wird Hansgar von Marrenya in seinen Träumen besucht. Er befindet sich mit ihr an einem ihm unbekannten Ort. Es ist eine ungemütliche Gegend. „Ja, schau dich um, so trostlos und lieblos ist es hier. Doch sobald wir erfolgreich unseren Auftrag erfüllt haben, wird das daraus." Just in diesem Moment verändert sich das ganze Bild. Er sieht eine schöne grüne Wiese mit vielen bunten Blumen, eine Landschaft bewachsen mit Sträuchern und Bäumen, Vögel singen, Schmetterlinge tanzen und liebliche Gesänge von Feen tragen die Winde auf ihren Reisen durch das Land mit sich. Jetzt wusste Hansgar, wohin ihn seine Freundin mitgenommen hat. „Morgen Mittag werde ich bei dir sein und das Mitnehmen, was du für mich hast." Er nickt ihr zustimmend zu und sie verschwindet.

Er steht noch eine Weile allein in der schönen Landschaft, die sich bald aber wieder zurückverwandelt. Trostlosigkeit und ein Hauch Hass liegen in der Luft. Hansgar fühlt sich beobachtet. Er dreht sich um die eigene Achse, um alles um ihn herum anzusehen. Da, ein Schatten. Hansgar kneift seine Augen zusammen, um den Blick zu schärfen. Der Schatten kommt näher und es zeichnet sich ab, was, besser gesagt, wer es ist. Es sollte für Hansgar noch ein Albtraum werden, denn es steht niemand geringeres vor ihm als Granog, der das alles zu verantworten hatte, was seither geschehen ist in dem einst so schönen Land. Hansgar steht bewegungslos da und hört sich an, was Granog ihm mitzuteilen hat: „Na, mein Freund? So steif. Sonst bist du doch lebhafter. Verbeuge dich vor dem Herrscher dieses Landes!" Granog schubst Hansgar, so dass es wie eine Verbeugung aussieht. „Es geht doch. Du fragst dich bestimmt, warum ich dir deinen Traum versüße." Breit grinsend geht Granog um Hansgar herum. Dieser bleibt regungslos stehen. „Ich weiß, was du und die deinen vorhabt. Doch lasse dir gesagt sein, ich werde es zu verhindern wissen, dass ihr, du, Friederjus und der Rest der Könige, euch in meine Herrschaft einmischt. Es ist mein Land und ich habe es mir rechtlich verdient. Mein Volk steht zu mir und ich habe mehr auf Lager als ihr mit eurer ewigen Philosophie von Licht und Liebe." Um seinen Worten Nachdruck zu verleihen, zeigt er Hansgar einige Bilder aus seinem Land und was mit Eindringlingen geschieht, die in Zukunft versuchen, dieses Land ohne die Erlaubnis von Granog zu durchqueren. Erschrocken über so viel Gewalt sieht Hansgar Granog tief in dessen Augen und spricht mit fester Stimme. „Auch wenn du versuchst mir mit diesen Bildern Angst zu machen, ich glaube an die Liebe und dass diese gewinnen wird. Dieses Land wird erlöst werden und wieder das sein, für was es erschaffen wurde. Ein Reich der Liebe und der Freude." Granog entzieht sich dem Blick von Hansgar. „Versucht es und wir werden wissen, wer der rechtmäßige Herrscher dieses Landes ist." Hansgar hört noch das fiese Lachen von Granog, dann wacht er auf. Er sitzt in seinem Bett und beginnt zu beten. „Ich bitte um Hilfe für alle Beteiligten. So klein wir doch in dem ganzen Universum sind, so groß ist meine Bitte um Hilfe. Ich weiß um die Dualität und dass das eine das andere zum Existieren braucht. Und es geht hier um ein ganzes Land und deren Bevölkerung, um das Miteinander. Bitte erhört mein Gebet und gebt mir die Kraft zu vertrauen und in der Liebe zu bleiben. Danke." Hansgar steht auf und begibt sich zum Fenster seines Schlafgemachs, um den nahenden Morgen zu begrüßen. Noch schläft alles. Die Bewohner des Dorfes, die Tiere, die Natur, alle sind eingebettet unter der schützenden Decke der Nacht. In dieser friedlichen Stille kehrt wieder Zuversicht und Vertrauen in ihm ein. Ihm wird klar, dass Granog so handeln musste, denn er fürchtet seine Herrschaft zu verlieren. Und das ist gut so, denn wer Angst hat macht Fehler. Wer überheblich ist, übersieht viel. Hansgar begrüßt die Sonne, die langsam über seinem Land aufgeht und die Decke der Nacht anhebt, damit alles in neuem Licht erscheinen kann. Gedanken macht er sich trotzdem und er wird dem Einhorn mitteilen, dass es besonders gut aufpassen muss, denn dieser Traum von Granog war eine Warnung.

Das ganze Dorf ist voller Aufregung, besonders Bebirjus, als sie erfahren haben, dass am Mittag das Einhorn zurückerwartet wird. Hansgar nimmt die Schriftrolle und das Beutelchen, das er von Waniera erhalten hat, und begibt sich dann zur Mittagszeit auf den Dorfplatz. Immer mehr Bewohner finden sich dort ein. Bebirjus, der Elf, gesellt sich neben den König. Der Platz wird immer voller, bis alle Bewohner sich dort eingefunden haben und auf das Einhorn warten. Es herrscht eine Stille, die schon fast unerträglich ist. Niemand traut sich zu reden oder zu tratschen. Selbst die Koboldkinder erlauben sich keine Scherze. Die Vögel künden mit ihrem Gesang die Ankunft des Einhorns an. Wieder teilt sich Menge, damit das Einhorn ungehindert zu König Hansgar schreiten kann. Sie bleibt vor ihm stehen. „Da bist du ja wieder. Meine Freundin, ich segne dich." Der König klopft Marrenya wohlwollend an den Hals. Sie verbeugt sich vor ihm. „Ich bin bereit für meine Aufgabe."

Hansgar zeigt auf Bebirjus. „Dieser Elf, er wird als Botschafter im Elfenreich von Friederjus der Nordküste erwartet." Hansgar tritt an ihr Ohr und spricht mit ernster Stimme weiter: „Ich bitte dich im Namen des ganzen Volkes, bring ihn sicher an sein Ziel." Seine Stimme wird leiser, so dass keiner mithören kann. „Es ist eine gefährliche Reise. Du musst, wie du weißt, durch das Land von Granog. Er hat mich nach dir im Traum aufgesucht. Es wird eine große Herausforderung. Das, was er mir gezeigt hat, hat in mir Sorgen ausgelöst." Marrenya tritt einen Schritt zurück, um Hansgar tief in die Augen zu blicken, und spricht in seine Gedanken. „Schau genau hin. Es ist meine Seele, die dir etwas zeigen will." Hansgar sieht in ihre Augen und es erscheinen Bilder, die das Land zeigen, wie es sein wird, wenn es erlöst ist. Genauso, wie sie es ihm im Traum gezeigt hat. Hansgar löst den Blick aus ihren Augen und verbeugt sich vor ihr. Alle Bewohner des Dorfes machen es ihm nach. Sie unterbricht die Stille. „Es ist für mich eine Ehre, den Elf Bebirjus in meine Obhut zu nehmen. Ich gebe mein Leben für seine Sicherheit." Der König hilft dem Jungen auf ihren Rücken, überreicht ihm die Schriftrolle mit dem Beutel und spricht mit ernsten Worten zu ihm: „Unser aller Leben hängt davon ab. Pass gut darauf auf." Der Elfenjunge befestigt die Rolle und das Beutelchen an seinem Mantel. Er bekommt von Marrenya noch die Anweisung, sich gut an ihrer Mähne fest zuhalten. Bebirjus dreht sich noch zu seinen Eltern um und schaut sie mit freudigen Augen an, dass er es ist, der auserwählt wurde. Was ihn erwartet kann keiner sagen, doch seine Eltern fühlen, dass sie ihren Sohn, so wie sie ihn jetzt sehen, das letzte Mal sehen werden. Marrenya spürt, dass sich Bebirjus mit seinen Blicken von den Eltern verabschiedet und gibt ihm die Zeit dafür. Dann lässt sie ihn durch mehrmaliges Anheben ihres Kopfes erkennen, dass es Zeit wird für ihre Reise. Sie dreht sich in Richtung des Waldes, aus dem sie kam. In diese Richtung verlässt sie auch mit Bebirjus den Dorfplatz. Mit Segensrufen und Freudenjubel aller treten sie ihre Reise ins Ungewisse an. Bebirjus Eltern wünschen ihm in Gedanken alles Gute und dass er gesund und munter zu ihnen zurückkehrt. Hansgar schaut ihnen noch lange nach, auch dann noch, als sie schon im Wald verschwunden waren.

Gelangweilt sitzt der Zwergenkönig Beroldîn in der Königshalle seiner Berge und brummelt vor sich hin. „Immer werde ich aufgehalten, das machen zu dürfen, was wir am besten können, nämlich kämpfen." In Gedanken sieht er sich schon in Granogs Dorf einfallen und alles niedermetzeln. In seiner liebevollen Art als Zwerg hat er all die Jahre die Grenzen beschützt. Er hat das Volk von Granog daran gehindert tiefer in Hansgars und sein Reich einzudringen. Hin und wieder haben es einige von Granogs Trollen geschafft, in die Reiche zu gelangen und zu plündern und Schrecken zu erzeugen. Daraufhin hat Beroldîn seinem Heer erlaubt, die Äxte einzusetzen und die Anzahl der Grenzleute verdoppelt. Doch Granog hat seinen Feenmänner die Unsichtbarkeitsumhänge und das Zauberpulver weggenommen und es seinen Trollen gegeben, damit diese, von den Zwergen unbemerkt, über die Grenzen kommen und diese plündern und ausspionieren können. So in seinen Gedanken versunken, bemerkt Beroldîn nur am Rande, dass sich sein Umfeld verändert. Erst als eine vertraute Stimme in seinem Kopf erklingt, stellt er fest, dass er sich auf der Traumebene befindet. „Ich grüße dich, mein geduldiger Freund. Lange hast du gewartet und nun sollst du deine Aufgabe erhalten." Beroldîn dreht sich zu der Stimme. Es ist Der Weise, der ihn zu sich auf seine Ebene geholt hat. „Na endlich! Wie lange soll ich denn noch Kindermädchen bei den Lieblosen spielen?" brummelt er in seiner Art von Dankbarkeit vor sich hin. „Sei gegrüßt, Weiser. Ich freue mich, dass ich jetzt endlich zum Zuge komme und ich meine Axt über Granogs Schädel ziehen darf." Ein Lachen ertönt in Beroldîn Kopf. „Warum lachst du?" „Ach, weißt du Beroldîn", antwortet er ihm. „Ich bin so froh, dass wir Granog als Gegner haben, denn vor dir müssten wir mehr Angst haben. Doch du hast dein Herz am rechten Fleck. Du bist einer von uns und hilfst unserer Unternehmung." Beroldîn schaut verlegen zu Boden. Seine ungehaltene Art, alles mit der Axt und dem Beil zu lösen, hat ihm schon im Rat der Könige einige Schwierigkeiten eingebracht. „Nein, mein Freund. Eine der wichtigsten Aufgaben ist es, die Quellen wieder zum Leben erwecken, damit die Flüsse das Land versorgen können. Ich weiß, es ist eine schwere Aufgabe, da du dafür mit deinen Zwergen in das Land der Lieblosen musst. Es ist wichtig, die Quellen von all dem Schutt und Steinen, mit denen Granog alle, außer die in seinem Dorf, zuschütten ließ, frei zu schaufeln. So können die Flüsse wieder zum Leben erweckt werden, um das Land zu versorgen." Der Weise fühlt seine Enttäuschung und fügt hinzu: „Weißt du Beroldîn, keiner von all unseren Völkern ist so gut im Umgang mit der Axt und dem Bergbau wie ihr Zwerge. Doch sei dir gewiss, wenn es soweit ist, und ich vermute, Granog will verhindern, dass ihr die Quellen freilegt, müsst ihr eure Äxte schwingen und ins Geschehen eingreifen, um Granogs Leute in Schach zu halten." Diese Worte vom Weisen waren genau die aufmunternden Worte, die Beroldîn hören wollte. In seinem Kopf schmiedet er schon Pläne. Diese steigern sein Interesse an den Quellen. Der Weise hat ihn genauso unbemerkt wieder zurück in die Halle seiner Berge gebracht, wie er ihn zu sich geholt hat. Ohne, dass er es bemerkt, ist er wieder in seiner Halle und schreitet zu den jeweiligen Verantwortlichen, die diese Aufgabe ausführen werden.

6 Das Abenteuer beginnt

Marrenya kommt es wie damals vor, als sie Alexa gerettet hat. Seitdem ist niemand mehr auf ihr geritten. Sie fühlt die Angst, die der Elf hat. Noch bevor sie die Grenze zum Reich der Lieblosen überqueren, machen sie eine Pause. Sie erklärt ihm, dass er keine Angst zu haben braucht, es ist alles in bester Ordnung. „Mein junger Freund. Du hast ja gesehen, dass sich das mit dem Kobold von der Feier von ganz alleine aufgelöst hat. So wie es sich mit ihm geklärt hat, wird sich unsere gemeinsame Reise klären." „Ich dachte, dass ihn niemand mitbekommt und ich machte mir Sorgen, dass er dich verzaubert hat." Er schaut sie mit großen naiven Augen an. „Außerdem muss ich dich beschützen. Das, was ich für dich empfinde, habe ich noch nie für jemanden empfunden." Bei diesen Worten wird er ganz rot in seinem Gesichtchen. Marrenya sieht ihn liebevoll an und sagt mit weicher Stimme: „Das, was du für mich empfindest, ist nur der Anfang dessen, was du fühlen wirst, wenn, ja wenn wir unsere Mission erfüllt haben." Bebirjus will wissen, was sie damit meint, doch für weitere Erklärungen haben sie keine Zeit mehr. Sie müssen weiter. Sie haben noch einen langen, gefährlichen Weg vor sich. Bebirjus begibt sich wieder auf den Rücken des Einhorns, damit sie ihre Reise fortsetzen können. Es geht gut voran.

Sie sind im Reich der Lieblosen angekommen. Es ist düster geworden. Die Nacht zieht ihre Dunkelheit übers Land. Die Landschaft ist karg und trostlos. Keine Bäume, keine Blumen, nur niedriges Gebüsch und unübersichtliche Hügel. Der große Fluss, der das ganze Land durchzog und alle Reiche miteinander verband, ist seit langem ausgetrocknet. Selbst das Flussbett ist kaum noch als solches zu erkennen. „Kein Platz für Elfen, Feen und andere Wesen aus meiner Welt", denkt sich Bebirjus. „Die Liebe ist hier kein gern gesehener Freund." Marrenya ist sich sicher, den Jungen gesund an sein Ziel zu bringen. Wenn sie in dem Tempo weiter läuft, können sie es bis Sonnenaufgang schaffen, an das Ufer des Sees zu gelangen, der sie von König Friederjus Land und dem Land der Lieblosen trennt. So in Gedanken versunken, hat sie ihr Umfeld aus den Augen verloren. In diesem Moment der Unachtsamkeit springt ein Kobold, Romos, aus einem Busch neben den gefährlichen Hügeln vor ihr. Marrenya erschrickt und steigt hoch. Der Elfenjunge fällt ihr vom Rücken. Beim Aufkommen der Vorderhufe rutscht sie mit ihrem linken Huf auf einem Stein ab und knickt weg. Sie kommt in einer Mulde zum Liegen. Das Einhorn liegt in einer Erdsenke, die die Form einer Schale hat. Der Elf kniet am Bauch des Einhornes und verlangt und bittet: „Steh auf, steh bitte auf. Du musst dein Versprechen einhalten. Ich habe Angst. Bleibe bei mir." Der Elf krabbelt nach oben und legt seine Arme, um den Hals des Einhornes und beginnt zu weinen. Marrenya versucht den Kopf zu heben, doch der gleitet zur Erde zurück. Immer wieder sagt sie zu sich: „Mein Versprechen, ich muss mein Versprechen halten. Ich bin doch für ihn verantwortlich." Mit sich kämpfend verlassen Marrenya die Kräfte. Die linke Fessel ist gebrochen. Es gibt kein Entkommen vor dem Kobold. Dieser rennt und rennt im Kreis um die beiden Gestürzten. Bis, ja bis, etwas Seltsames geschieht. Marrenya versinkt ganz langsam in der Erde. Bebirjus geht zur Seite und sagt weinend: „Bleibe hier, ich bin doch alleine. Du musst dein Versprechen halten!" Die Erde öffnet sich. Sie sinkt tiefer und tiefer ein. Mit letzter Kraft sagt sie zu ihm: „Vertraue dir und deiner Kraft." Sie sinkt weiter, verbindet sich mit Mutter Erde und wird zur Erde, bis sie sich ganz mit ihr verbunden hat.

Der Kobold Romos ist stehen geblieben. Er hat das doch ganz anders geplant. Er wollte ihnen zuwinken und sie warnen. Doch beim Warten ist er eingeschlafen und als ihn der Hufschlag aufweckte, ist er erschrocken und aus dem schützenden Gebüsch gesprungen. Das, was er jetzt sieht, berührt ihn sehr. Er wollte sie doch nur zum Stehen bringen, damit er ihnen erzählen kann, was Alexa für einen Plan hat. Er hat ja keine Ahnung, dass Alexa bereits gefangen genommen wurde. Das Einzige, was er nun machen kann, ist das Schauspiel zu beobachten. Das Einhorn ist weg. Es ist in einer Schale mit Mutter Erde verschmolzen. Der Elfenjunge Bebirjus und der Kobold Romos stehen sich nun gegenüber. Beide sind hilflos. Was sollen sie jetzt tun? Bebirjus setzt sich auf die Erde und beweint sich. In Romos geht eine Veränderung vor sich. Unsicher geht er zu dem weinenden Jungen. Beide schauen zu der Stelle an dem das Einhorn Marrenya versank. Keiner von beiden war in der Lage etwas zu sagen.

Die Luft verändert sich am Rand der Schale, der Erdsenke. Was geschieht da? Es steigt Nebel auf. Ein zarter Nebel, fast transparent. Der Nebel nimmt Formen an, Formen von jungen Frauen. Ihre Gewänder sind aus Nebel, der wallend um ihre Körper schwebt. Sie tragen auf dem Kopf einen Blumenkranz aus Rosen, Schleierkraut und Efeu. Auf der Stirn leuchtet ein silberner Stern. In den Händen ein Hauch von einer weißen Rose. Sie gleiten schwebend im Kreis um die Erdsenke. Romos und Bebirjus atmen nur noch oberflächlich, denn jeder Atemstoß könnte dieses Bild zerstören, so zart, so fein, erscheint es ihnen. Aus der Mitte des Kreises steigt jetzt auch Nebel hoch. Dieser formt sich ebenfalls zu einer jungen Frau. Sie trägt, wie die anderen, auch einen Blumenkranz auf dem Kopf und einen Stern auf der Stirn. Das Einzige, was sie von den anderen unterscheidet, sind die zwei weißen Rosen, die sie in der Hand hält. Sie richtet ihr Antlitz dem Elf zu und er hört ihre Stimme in seinem Kopf. „Die Schriftrolle. Lese, was in der Schriftrolle steht." Bebirjus bindet sie sich von seinem Mäntelchen, richtet sich auf, zeigt auf die Frau und beginnt daraus vorzulesen. „Seid gesegnet. Ihr habt den göttlichen

Plan bis hier erfüllt, auch wenn du, Bebirjus, denkst, für den Auftrag zu schwach zu sein. Du wirst bald erkennen, wie viel mehr Kraft du in dir hast. Den ersten Teil hast du erfüllt. Du lernst deine ganze Kraft auf dem Weg durch das Land der Lieblosen kennen. Denn das ist deine eigentliche Aufgabe. Der Kobold Romos hat ebenso seinen Plan erfüllt. Gesegnet sei er in seiner eigenen Vergebung und in der Liebe aufgenommen." Der Kobold wird lichter und lichter bis er sich ganz im Licht der Liebe auflöst und er zeigt sich in einer wahrhaftigen Koboldgestalt. All das Negative, das sein Aussehen verändert hat, hat sich aufgelöst. Keine Warzen mehr an den Armen, glatte Haut und in seinem Gesicht sind seine Gefühle zu erkennen. Er sieht aus wie ein Kobold aus dem Reich des Südens. Und noch etwas anderes ist zu erkennen. Aber es ist noch zu schwach, um ganz zum Vorschein zu gelangen. Bebirjus kann es an Romos Augen erkennen, dass es eine Wandlung gegeben hat. Sie haben ihre Farbe von rot in dunkelbraun gewechselt. Bei diesem Schauspiel hört der junge Elf auf zu lesen. Ihm stockt der Atem beim Anblick des Kobolds. In seinem Sein wieder gefangen liest er weiter: „Nun zu dir, meine Freundin", Bebirjus richtet sich der Frau zu. „Mit deiner Liebe und deinem Vertrauen in das große Ganze hast du eine Aufgabe erfüllt. Die zweite Entscheidung hast du weise getroffen, um auch deinen zweiten Teil des Planes zu erfüllen. Ich danke euch allen, für die Erfüllung des vorgegebenen Plans. Ihr seid gesegnet." Der Elf senkt die Arme mit der Rolle in der Hand und schaut die junge Frau an. Sie gesellt sich mit einem Lächeln der Liebe zu den anderen Frauen. Schwebend bewegen sie sich weiter im Kreis. Sie stimmen einen himmlischen Gesang an. Während sie so im Kreis schweben und singen, werden sie immer transparenter bis nur ein Flimmern übrig bleibt. Dem jungen Elf und dem Kobold fällt jedem eine der weißen Rosen vor die Füße. Es sind die, die die junge Frau in den Händen hielt. Mit Tränen in den Augen heben beide sie auf.

Romos steht mit Bebirjus an der Erdsenke, in dem ihr geliebtes Einhorn versank. Beide haben die weiße Rose aufgehoben. Von diesem Ereignis sind Romos und der Elf noch ganz benebelt. Beim Anblick der jungen Frau ist in Romos irgendetwas aufgegangen. Ihm war so, als ob er sie kenne, als sei sie ihm schon einmal begegnet. Ihre Augen, dieses Gefühl in ihm, hat etwas in ihm berührt. Langsam vergeht das Gefühl in ihnen und sie sind wieder mit ihrem Geist anwesend. Erschrocken über seine Veränderung, seinem Aussehen während des Schauspiels, schaut der Kobold auf die Rose in seiner Hand. Im ersten Augenblick wollte er sie loswerden, doch ihr lieblicher Duft stieg ihm in die Sinne und er entschied sich erst einmal, sie zu behalten. Mit einem prüfenden Blick, ob er von Bebirjus beobachtet wird, riecht er noch einmal verstohlen an der Rose, bevor er sie in seinem Kittel versteckt. „Was denkt sich wohl der kleine Kerl?", spukt es in Romos Gedanken herum. „Erst beobachte ich ihn und das Einhorn, dann bringe ich es zu Fall und es löst sich im wahrsten Sinne auf. Dann erscheint diese Frau und ich bekomme auch noch eine Rose von ihr geschenkt. Und was sollte das mit meinem Aussehen? Gut, dass ich wieder so bin wie vorher." Die Magie der Wandlung zeigte Romos und Bebirjus für einen Augenblick, dass er ein gutaussehender Kobold ist mit einem Geheimnis in seinem Energiekörper. Das, was er sein ganzes Leben lang im Wasserspiegel gesehen hat, war das, was Granog mit seiner Manipulation aus jedem seiner Anhänger macht. Es kommt nur noch das Böse zum Vorschein.

Mit einer großen Wut im Bauch und Verständnislosigkeit, dass ausgerechnet „Der" auch eine Rose bekommt, hält Bebirjus seine Rose so fest, dass er sie fast mit seinen Händen kaputt macht. „Was schaut der mich so an? Was will er denn von mir? Er ist schuld, dass ich jetzt ganz alleine bin." Mit seinem Schicksal hadernd, will er das Geschehene verdrängen. Er beginnt, an der Liebe des Einhorns zu zweifeln. Bei diesen Gedanken hält er die Rose noch fester, so dass sich ein Dorn tief in sein Fleisch bohrt. „Autsch", stöhnt er aus. „Kann ich dir helfen?", fragt Romos etwas überrascht. Mit einem Schwall an Vorwürfen deckt der Elf den Kobold ein. „Es tut mir echt leid, das war keine Absicht", versucht sich Romos bei Bebirjus zu rechtfertigen. Doch dieser macht alles und jeden für sein vermeintliches Unglück verantwortlich. Über so viel Mitgefühl, von seiner Seite, ist Romos wirklich erstaunt. Er bietet ihm an: „Ich habe gehört, was du aus der Schriftrolle vorgelesen hast. Es betraf mich ja auch ein wenig." Bebirjus sieht zu ihm hin. Mit einem harten „Und?" in seiner Stimme bringt er seine Verachtung Romos gegenüber zum Ausdruck. „Ich bin hier in diesem Land zu Hause und ich kann dir helfen, dass du an dein Ziel kommst, so wie es geschrieben steht."

„Du bringst mich nirgendwo hin. Wegen dir bin ich in der Situation."

„Ich verstehe, du möchtest dich in deinem Leid etwas suhlen. Das sei dir auch gestattet. Doch bedenke, hier ist niemand auf Liebe eingestellt. Bald werden sie kommen und nachsehen, was hier los ist. Dass das Einhorn hierdurch kommt und ich es zum Sturz zwingen werde, ist hier bekannt." In sich blickend fährt Romos fort: „Ich hatte den Auftrag, Alexa zu helfen und wurde persönlich für diese Mission vom Troll Granog ausgesucht. Du sollst wissen, mein Vater ist ein Vertrauter von Granog." Romos hofft auf Verständnis, wenn er Bebirjus erzählt, warum er aus dem Gebüsch gesprungen ist. „Ich wollte euch warnen vor dem was euch hier, in meinem Land, erwartet." Enttäuscht darüber, dass sich das Einhorn darauf einließ, beendet Bebirjus das Gespräch. „Ich mache mich auf den Weg. Es ekelt mich an, wenn du für deine Tat gehuldigt wirst." Schweren Herzens nimmt der Elfenjunge seine Lebensaufgabe an, in seine Stärke zu gehen und durch das Land der Lieblosen zu ziehen, um zu König Friederjus zu gelangen. Er blickt noch mal zu der Erdsenke, in dem das Einhorn versank und diese Frauen empor stiegen. „Nutze die Nacht und halte dich immer in Richtung Norden. Bleibe in der Nähe des alten Flusses. Der führt dich direkt zum See. Schaue immer nach vorne wenn du etwas hörst. Gehe einfach weiter, als ob es das Natürlichste wäre was da hinter dir geschieht. Schlafe bei Tag, denn die Trolle kontrollieren am Tag. In der Nacht lässt Granog die Feenmänner laufen. Das ist dein Glück, denn ihr Geruchssinn ist nur halb so gut." Das ist die einzige Hilfe, die Romos Bebirjus mitgeben kann. Ohne sich auch nur ansatzweise umzudrehen oder sich zu bedanken, geht Bebirjus seinen Weg in die Nacht hinein.

Fackelschein ist in der Ferne zu sehen. Auch wildes Getöse wird immer deutlicher zuhören. Romos Volk kommt, um zu sehen, ob er das Einhorn wirklich zu Fall bringen konnte. All das, was Romos in den vergangenen Tagen gespürt, gesehen und wahrgenommen hat, all das muss er jetzt unterdrücken. Schweren Herzens beginnt er laut zu lachen und zu jubeln, um von Bebirjus abzulenken. Sie kommen näher und er entschuldigt sich in Gedanken noch mal beim Einhorn und bei Bebirjus für sein Verhalten, bevor er in seine alte Rolle schlüpft. Um sich zu schützen, bevor auch er zu Fall gebracht werden kann. Granog ist der Erste, der bei Romos eintrifft, gefolgt von hunderten, sabbernden und grunzenden Wesen, die einmal schön anzusehende Feenmänner und Trolle waren. Er schaut sich um, ob er das gefallene Einhorn zu Gesicht bekommt. Das Einzige, was er sieht, ist die aufgewühlte Erde, die die Form eines Einhorns hat. Dass diese Wesen anders vergehen, war ihm zwar klar, doch dass es so aussieht, hat er zum ersten Mal gesehen. Er dreht sich Romos zu: „Du hast es geschafft. Ich wusste, du bist der Richtige. Doch Alexa hat auch bewiesen, dass sie eine wahre Priesterin ist. Nur selbst schuld, dass sie gefangen genommen wurde." Granog schaut sich Romos genauer an, um seine Reaktion auf die Aussage zu beobachten. „Irgendwie siehst du anders aus. Doch egal, du hast es geschafft." Irritiert über das, was er über Alexa erfahren hat, entgegnet Romos Granog: „Als ich mich auf den Weg zu den gefährlichen Hügeln gemacht habe, dachte ich, dass Alexa alles im Griff hat." „Mach dir keine Gedanken darüber. Wichtig ist, dass wir es geschafft haben. Bei solchen Unternehmungen gibt es schon mal Verluste." Granog lacht und richtet sich der Menge zu, nimmt den Arm von Romos und hält ihn in die Höhe. „Lasst ihn hochleben. Durch ihn kommt eine neue Ära auf uns zu." Gejaule durchdringt die Stille der Nacht. Keinem ist auch nur im Geringsten aufgefallen oder gar in den Sinn gekommen, dass der „Botschafter" entkommen ist.

Bebirjus ist noch in der Nähe und beobachtet das Geschehen aus sicherer Entfernung. Tränen laufen über sein Gesicht. Sie sind wie eine Quelle, die nie zu versiegen scheint. Verschwommen nimmt er die Silhouette von Romos wahr. „Lass dich ruhig hochleben. Die Schuld, die du auf dich geladen hast, wird dich noch einholen." Mit diesen Gedanken entfernt er sich still und leise und folgt den Rat, den er von Romos bekommen hat und läuft gen Norden in die Nacht hinein.

Trotz der Ehre, die ihm jetzt zu Teil wird, ist Romos tief in sich unglücklich. In den Augenblicken, in denen er ungestört ist, holt er die Eindrücke an seine Oberfläche, um dieses schöne Gefühl, das ihm das Einhorn entgegenbrachte, zu spüren. Er muss dabei auch immer wieder an die junge Frau denken. In manchen Nächten träumt er vom Einhorn und gleichzeitig erscheint ihm die Frau, die aus der Erdsenke emporstieg. Nach diesen Träumen ist er im Zweifel über das, was er gelernt hat und den neuen Gefühlen. Um unauffällig zu bleiben, versucht er immer, dass Schlechte in dem Ganzen zu suchen. Wenn er es schafft, das Schlechte zu sehen, fühlt er sich momentan wohler, denn das ist das Gefühl, dass er Zeit seines Lebens kannte. Das war sein altes Leben. Keiner glaubte wirklich an ihn. Er wurde Zeit seines Lebens gehänselt. Das war für ihn normal und das kannte er auch. Er versuchte, so oft es ging an das zu glauben, was er sich einredete, dass es was Schlechtes war, das Einhorn und diese Frau getroffen zu haben. Um für sich in seinem normalen Zustand zu gelangen. Für ihn waren die anderen Gefühle, angenommen zu werden, ein Miteinander, kein Werten oder gar gerichtet werden, kennengelernt zu haben, ein Fluch. Das bereitet ihm jetzt Schmerzen, die ihm bis dato unbekannt waren. Doch Romos fällt es schwer, diese alten

Gefühle aufrecht zu halten. Jetzt fühlt er anders. Er bemerkt die Gemeinheiten seiner „Freunde" auf einmal. Es ist, als ob er früher durch den Schleier der Ignoranz geschaut hat und jetzt erkennt, dass die Liebe was Wundervolles ist. Ja, jetzt ist er gelüftet, der Schleier, und alles wird klar und deutlich erkennbar. Wie soll er sich nun verhalten? Fragen um Fragen und viele „warum es so ist" quälen ihn. Altvertraut, zugeschaut, hat ihn nie umgehauen. Neue Gefühle. Er fühlt sich zerrissen. Wenn das einer mitbekommt, ist er ein Aussätziger in seinem Land. Doch wo soll er dann hin? Hier gibt es kein Verständnis. Sie leben hier im Hass und Groll, so wie es Granog bei der gewaltvollen Übernahme des Landes eingeschleppt hat. Je stärker, je hinterlistiger und skrupelloser, desto größer das Ansehen. In den anderen Reichen, denkt er sich, ist er der Böse. Der, der das Einhorn und den Botschafter Bebirjus zu Fall gebracht hat. Keiner der Könige weiß, was der kleine Elf macht und ob es ihm gut geht. Wo Romos auch hin gehen oder sich aufhalten würde, er hätte in dieser Zeit, in der er sich jetzt befindet, nirgendwo ein Zuhause. Wie bekannt heilt die Zeit alle Wunden. Romos muss nur lange genug in der „alten" Lebensform weiter machen, dann fällt auch er wieder zurück in diese Form. Mit einer Ausnahme. Seine tiefsten Gefühle, die in ihm erwacht sind und die Träume von der schönen jungen Frau mit der Rose. In kürzester Zeit hat sich Romos seinem alten Verhalten wieder, so gut es ihm möglich ist, angepasst. Schon alleine dadurch, dass er jetzt im ganzen Land bekannt ist, war es nötig zu reisen, da alle ihren neuen Helden kennen lernen wollen. Gegröle und Gejaule, egal wo er auftaucht. Er, der große Einhornbezwinger. Auf seinen Pflichtreisen durchs Land der Lieblosen, von Granog arrangiert, um sich als Held feiern zu lassen, denkt er ab und zu an den kleinen Elf Bebirjus. Was er jetzt wohl so macht? Schafft er es? Wo befindet er sich? Er erkundigt sich bei den Reisenden, die er trifft, ob sie etwas Neues wüssten aus Granogs Dorf. Immer in der Hoffnung, er trifft ihn, um ihm weiter zu helfen.

Bebirjus läuft in die Nacht ohne zu wissen, wo er hin läuft. Er weiß nur, dass er in Richtung Norden unterwegs ist. Er läuft und läuft. Das Jubeln ist zu viel für ihn. Er will nur weg von hier. Zum ersten Mal ist Bebirjus fern von seinem zu Hause, seinen Eltern, seinen Geschwistern. Ganz alleine und noch dazu in diesem Land. Von der Angst getrieben geht er weiter, bis der Tag anbricht. Obwohl er den Kobold für sein Unglück verantwortlich macht, nimmt er sich seinen Rat zu Herzen. Müde vom vielen Laufen, sucht er sich einen Platz zum Schlafen. „Was ist das nur für ein grauenhaftes Land? Und hier soll mal das schöne Reich der Mitte gewesen sein? Keine Blumen, keine Wesen, die sich freuen, singen und tanzen. Wie kann man nur hier leben?" Mit diesen Gedanken schaut er sich um, um einen sicheren Schlafplatz zu finden, damit keiner von diesen grauenhaften Wesen ihn entdecken kann. Seine Augen schweifen durch die

Gegend. Immer wieder fallen ihm die Augenlider zu. Er ist zu müde um klar sehen zu können. Ein dunkler Punkt im Felsen zieht seine Aufmerksamkeit an. Mit schleifenden Füßen begibt er sich hin, um zu sehen, was seine Aufmerksamkeit angezogen hat. „Dem Universum sei Dank, es ist eine Höhle. Ob es hier wohl sicher ist? Kann ich da in Ruhe schlafen?" Doch die Müdigkeit lässt ihm keinen Aufschub zum Beantworten seiner Gedanken. Er begibt sich hinein. Er geht so tief in die Höhle, bis er das Licht der Öffnung nur noch schemenhaft wahrnehmen kann. „Hier fühle ich mich sicher", spricht er laut, seine Worte schallen als Echo um ihn herum. Zusammen gekauert liegt er nun am Boden. Als Kopfkissen hat er seinen Kittel zusammen gerollt, in den er so lange weint, bis er eingeschlafen ist. Es ist ein traumloser Schlaf. Tiefe Dunkelheit, keine Erinnerung an irgendetwas.

Geschreie und Gezanke dringen in sein Bewusstsein. Langsam wacht er auf. Das Streiten ist jetzt ganz deutlich zu hören. Es ist vor der Höhle. Es geht wohl um ein Kaninchen, das einer der beiden Streithähne gefangen hat und der andere will es ihm wegnehmen. Er hört, wie der eine den anderen schlägt und dieser zu Boden geht. Dann ist es wieder still. Leise zieht er seinen Kittel an, um noch tiefer in die Höhle zu gehen. Er möchte laut aufschreien, um seinem Leid Ausdruck zu verleihen. Doch er unterdrückt seine Stimme, denn der Hall könnte denjenigen, der vor der Höhle ist, hinein locken. Er presst seine Lippen zusammen, um ja keinen Laut von sich zu geben. Es wird immer dunkler, je tiefer er in die Höhle vordringt. Bebirjus tastet sich an den Wänden entlang, denn die Dunkelheit ist ein einziges Schwarz. Irgendwann bleibt er stehen, lehnt sich an den kalten Fels und rutscht in die Knie, bis er auf dem feuchten Boden sitzt. „Jetzt sterbe ich in dieser Höhle. Es ist ein dunkles und feuchtes Grab." Tief in seinem Leid, ohne einen Ausweg zu erkennen, irgendwie doch noch an sein Ziel zu gelangen, geht ihm alles, was er in den letzten Wochen erlebt, hat durch den Kopf.

Er ist wieder auf dem Fest, zu Hause in seinem Land. Er spürt die Sonne, die seinen Körper wärmt, hört das Lachen seiner Freunde und seiner Familie und riecht den verführerischen Duft vom leckeren Essen. Er fühlt diese Liebe, von der er umgeben ist, die Freude auf das Einhorn. Das ist das erste Mal in seinem Leben, dass er ein Einhorn trifft. Sein Herz schlägt ihm bis zum Hals, als er das Einhorn zum ersten Mal sieht. Und dann noch der Kontakt mit ihr. Es ist alles so überwältigend für ihn. Die Flucht in die Erinnerung lässt ihn die feuchte Kälte um ihn herum vergessen. Er nimmt seine Hände und legt sie sich ans Gesicht, um den Puls zu spüren vom Einhorn, ihren Geruch einzuatmen, um in diese Liebe zu kommen, die einen alles ertragen lässt. Kurzzeitig kommt ein Unwohlsein in ihm auf. Das ist der Zeitpunkt, an dem er den Kobold bemerkt. Doch diese Liebe und das Verständnis, welches das Einhorn ihnen beiden entgegen bringt, lässt ihn wieder in die Ruhe und Zufriedenheit kommen. Dann der Tag danach. Der Tag des großen Regens und der Besinnung. Wie seine Mutter ihn in ihren Armen gehalten hat, als er träumte. Dieses Gefühl der Geborgenheit und Sicherheit aufgehoben zu sein. Alles ist in Ordnung. Das Gefühl etwas wert zu sein, gebraucht zu werden, etwas Großes zu erleben, etwas zu bewirken, etwas zu verändern. Stolz durchdringt ihn bei diesen Gefühlen. Er, Bebirjus, ist zu Größerem berufen. Seine Erinnerung, der Ausflug in die Vergangenheit, geht weiter. Als das Einhorn wieder kam und er von König Hansgar gerufen wurde, um auf dem Einhorn zu reiten, für eine große Mission gerüstet, die er zusammen mit ihr erfüllen soll. Seine Gesichtszüge sind so entspannt, stolz und weich zugleich bei dieser Erinnerung. Den Wind in den Haaren, auf dem Einhorn reitend über Wiesen und Felder. Mutter Erde nimmt alle Härte, so dass es sich wie ein Schweben anfühlt. Der Himmel verfärbt sich zu einem wundervollen Abendrot. Einen solchen Sonnenuntergang hat er noch nie wahrgenommen. Glücksgefühle durchziehen seinen kleinen Körper. Entspannt liegt er auf der feuchten Erde in der Höhle und bewegt sich im Rhythmus mit dem Ritt auf dem Einhorn.

Ein kräftiges Zucken durchzieht diesen kleinen entspannten Körper. Bebirjus wacht erschrocken auf. Im ersten Augenblick ist er verwirrt, was los ist. Erst als er sich umschaut und alles dunkel ist, weiß er wieder, was geschehen ist. Der Sturz, das Einsinken des

Einhorns, die junge Frau, der Kobold. Er ist in dieser Höhle. Weinend über sein Schicksal beginnt er sich zu bemitleiden und hält die Rose in seinen Händen. In seiner Gefühlswelt bewegt sich einiges. Fast wie eine Inventur aller Gefühle. Welche brauche ich, auf welche kann ich verzichten? Wo fühle ich mich wohl, wo weniger? Es ist eine Zeit, tiefer und tiefer in seine eigene Gefühlswelt vorzudringen.

7 Die Verwandlung

Marrenya wusste nur, es wird ein Neubeginn auf allen Ebenen. Dann der Sturz, wodurch sie ihr Versprechen, auf Bebirjus aufzupassen und ihn an sein Ziel zu bringen, brechen muss. Es widerstrebt ihr und sie wehrt sich zuerst. Bis sie loslässt. Erst dann kann sie sich mit Mutter Erde verbinden. Der Widerstand in ihr löst sich immer mehr auf und wird weicher und weicher, bis sie ihn ganz aufgibt. Mit der Liebe zu Mutter Erde wird sie ganz und gar von ihr durchdrungen. Etwas Seltsames geschieht, als sie einsinkt. Mutter Erde bringt sie an einen anderen Ort, auf eine andere Ebene. Sie bekommt die Wahl, von höherer Warte aus zu helfen oder als ein menschliches Wesen neu in die Dimension der Elfen und Feen zurückzukehren. Sie entscheidet sich für das menschliche Dasein. Als sie in die andere Ebene gleitet, beginnt ein Ziehen und Zwicken, in ihrem ganzen, schmerzenden Körpern. Sie kann den Schmerz kaum orten, er ist überall. Aus dem Körper des Einhorns wird ein menschlicher Körper, eine Frau.

Während all das geschieht, befindet sie sich inmitten junger Frauen, die sie mit solch einer Güte und Liebe anschauen, dass sie sich geborgen fühlt. Das, was geschehen war, hat keine Bedeutung mehr für sie. Die Frauen, die sie umrunden, beglückwünschen sie von ganzem Herzen zu ihrer Entscheidung. Jetzt begibt sie sich in ein neues Leben, eine neue Aufgabe. Die Frauen sangen, solange die Transformation dauerte. Der Gesang brachte Marrenya in eine Schwingung, durch die die Wandlung schwebend vollendet wurde. Nach der körperlichen Transformation gleitet sie langsam auf den Boden. So daliegend spürt sie zum ersten Mal, wie sich ein menschlicher Körper von Innen anfühlt. In diesem, ihrem jetzigen Dasein spürte sie noch eine andere Liebe in ihrem Herzen. Diese will sie in ihr Leben ziehen. Noch etwas unbeweglich in ihrem menschlichen Körper, versucht sie aufzustehen. Wieder singend, bleibt der Kreis der Frauen um sie herum bestehen. Es entsteht ein kaum zu spürender Wirbel, der es ihr erleichtert aufzustehen und aufrecht auf den neuen Beinen zu stehen. Ein Hauch von einem Gewand umhüllt ihren Körper. Freudig darüber, stehen zu können, schaut sie in die Runde derer, die sie umgeben. Ihr ist so, als ob sie jede Einzelne kennt. Eine von den Frauen lächelt sie besonders liebevoll an. In ihrem Kopf hört sie eine Stimme: „Ich freue mich, dich wieder zu sehen. Lange habe ich auf dich gewartet. Mit dir ist unser Kreis nun vollständig und wir können alle an unsere Aufgabe gehen. Dir sei gedankt, dass du dich zu uns gesellt hast." Die Stimme, die Augen. Alles kommt ihr so bekannt vor. Sie schaut jeder Frau in der Runde tief in die Augen. Jede grüßt sie mit einem Lächeln.

Jetzt erst versteht sie, wer diese Frauen sind. Es sind alles Einhörner, die nach und nach aus ihrer Ebene verschwanden. Sie alle sind bereit für eine neue Aufgabe. Mit vielen von ihnen ist sie über grüne Wiesen und durch Wälder galoppiert. Alle hier Anwesenden sind ihre Schwestern. Ihr Weg wird vorerst ein anderer sein als der von Marrenya. Sie haben sich von Anfang an entschlossen, als Menschenkinder in deren Welt geboren zu werden, um die Liebe wieder in den Herzen der Menschen zu erwecken. Die junge Frau, die ihr von Anfang an so vertraut war, ist eine enge Verbündete von Marrenya. Es ist ihre vertrauteste Schwester Marylla. Sie zählt ihr, wie die Aufgabe ihrer Schwestern aussieht. „Wir alle haben uns entschlossen in der Menschenwelt zu inkarnieren, um durch unsere Existenz unser Sein zu wirken. Wir brauchen keine weiteren Aufgaben. Unser Leben besteht darin, die Menschen in ihren Herzen zu berühren, damit sie ihren eigenen Weg gehen. Den Weg, der in ihre Herzen führt. Wenn sie Kontakt mit uns haben, sei es in Freundschaft oder durch ein Gespräch, werden sie all das in ihrem Leben verändern, was nötig ist, um sich zu finden. Dieses werden wir aber erst in der Mitte unseres Lebens erkennen. All die Erlebnisse, die wir haben werden, sind uns dienlich. Um das Menschsein zu erleben und Verständnis für ihr Verhalten zu erlangen, bevor wir wieder in die reine Liebe unserer Herzen zurückkehren, die sich immer in uns befindet." Marrenya hört freudvoll zu, was ihr Marylla da erzählt. „Und was ist meine Aufgabe, dass ich als Mensch hier in dieser Dimension lebe?" „Wie du weißt, sind die Tore in die

Menschenwelt verschlossen worden. Und dass Jandelion die Tore mit einem Zauber verschlossen hat. Was genau deine Aufgabe ist, wird dir Friederjus erklären und beibringen. Doch erst lass uns das hier zu Ende bringen." Freude steigt in ihr hoch. Ein Glücksgefühl durchzieht ihren neuen Körper. Sie spürt es bis in die kleinste Zelle. Von oben herab schweben zwei weiße Rosen in einem hellen Lichtstrahl in ihre Hände. Ihre Schwester spricht wieder in ihrem Kopf. „Es ist an der Zeit, dich von deinen Begleitern zu verabschieden. Jeder von euch hat seine eigene Aufgabe bekommen, auch die beiden dort oben." Marylla zeigt nach oben, wobei kein oben zu erkennen war. „Beide sind tief mit deinem Herzen in der Liebe verbunden. Lass es uns vollenden, damit auch sie ihren Weg beschreiten können. Schließe nun deine Augen und vertraue." Sie macht was ihr gesagt wird. Sie schließt ihre Augen. Langsam bewegt sie sich ohne zu erkennen, in welche Richtung es geht. Im vollsten Vertrauen, auf das, was kommt, gibt sie sich hin. Sie hört Maryllas Stimme in ihren Kopf. „Du kannst die Augen wieder öffnen." Langsam öffnet sie ihre Augen und sieht sich an der Stelle, an der sie als Einhorn versank. Jetzt erkennt sie ihre zwei Begleiter, die fassungslos an dem Rand stehen. Sie weiß um ihre Aufgabe und spricht mit ihnen mit der Gabe der Telepathie. Bebirjus befolgt was sie sagt und liest vor, was sie ihm aufgetragen hat. Jetzt wird ihr noch bewusster, dass das alles von Anfang an so geplant war. Jetzt versteht sie die Worte des Weisen, dass sich alles verändern wird. Freudig über die Erfüllung gibt sie jedem eine der Rosen, damit sie ihren Weg, der für sie bestimmt ist, auch in Zeiten des Zweifels immer weiter gehen. Was nun auf sie zukommt, erklärt ihr Marylla. „Meine Liebe Marrenya", sie schaut zu allen Frauen in der Runde, „wir bringen dich jetzt zu König Friederjus. Von ihm erfährst du wie es für dich weiter geht." Marrenya ist bewusst, dass ihr Leben als Frau wundervoll sein wird und mit der Liebe, die sie in sich spürt, weiß sie, dass sie immer zur richtigen Zeit am richtigen Ort sein wird. Was sie noch unterschätzt sind die Gefühle als Frau, die in keiner Weise mit denen eines Einhorns vergleichbar sind.

Romos hört auf all seinen Reisen durch das Land, von Dorf zu Dorf, sehr genau hin, ob sie von einem gefangenen Elf sprechen. Es ist ihm unwohl bei dem Gedanken, dass er sich um diesen Kerl Gedanken und Sorgen macht, der ihn doch mit so viel Missachtung gestraft hat. Er ist dem Reisen genauso überdrüssig geworden wie der Zwiespältigkeit seiner Gefühle. Natürlich bereitet es ihm Freude, dass er jetzt bekannt ist, von ihm gesprochen wird, was er alles geschafft und erreicht hat. In den Augenblicken, wenn er in ein Dorf geht und sie ihn erkennen, wer er ist, für ihn Feste feiern, ist sein ungutes Gefühl weg und er will mehr von der Huldigung und dem Hochleben erleben. Doch am Abend, wenn er sich zur Ruhe begibt und in seiner Tasche die Rose spürt, fühlt sich sein Siegeszug so unecht an. Oft hat er versucht, die Rose los zu werden. Doch jedes Mal, wenn er vor hatte dies zu tun, hat sie zu leuchten und zu strahlen begonnen. Der süßliche Duft hat ihn in ihren Bann gezogen, so dass es ihm unmöglich war, die Rose aus seinem Leben zu entfernen. Daraufhin hat er sie sofort wieder in seine dunkle Tasche gesteckt. Romos erkennt immer mehr, dass er nie wieder der sein wird, der er einmal war. Zu viel hat sich in seinem Leben verändert. Die Sucht nach dem Bösen ist verschwunden. Sein Herz ist aufgegangen. Doch wie lebt man damit in diesem Land? Wut kommt in ihm hoch. Schuld ist nur das Einhorn. „Solange ich nur von ihnen hörte, ging es mir gut. Da wusste ich, wer ich bin. Zufrieden mit all der Scheußlichkeit, die man den ganzen Tag anstellen konnte." Er wünscht sich sein altes Leben zurück. Um alles zu vergessen, was ihm das Einhorn seiner Meinung nach angetan hat. Auf seinen Reisen trifft er auch immer wieder Wanderer, an die er sich heftet, um von den Gefühlen der Liebe und des Dankes wegzukommen. Vor allem aber von den Gedanken an das Einhorn und der jungen Frau. Wie könnte er das Einhorn vergessen? Sie ist ein Bestandteil seines Lebens geworden. Wegen ihr wird ihm ja gehuldigt. Er beginnt sich zu verbieten, die Gefühle zu fühlen, die in ihm erwacht sind. Er gleicht es mit Hass und Feindseligkeit aus, nur damit es ihm seiner Meinung nach wieder gut geht. Jeden positiven Gedanken an sie versucht er zunichte zu machen, mit Fragen, die er sich selbst stellt. „Was will sie von mir?",

„Wir leben in zwei verschiedenen Welten" oder „Was haben wir denn gemeinsam?" und noch viel mehr von diesen Gedanken, die er sich selbst negativ beantwortet, bestätigen ihn, dass er richtig handelt. Sein Verhalten wird daraufhin annähernd so, wie es einmal war. Bis auf die Rose. Sie hält ihn in ihrem Bann. Er kann sie weder wegschmeißen noch genießen. Sollte er doch mal soweit sein, sie loszuwerden, beginnt sie so zu leuchten, dass sein Herz sich erwärmt. Dann war es das mit diesem Gedanken. Der aufkommende Instinkt, sie zu beschützen, wird dann zu stark. Romos ist schon weit durch das Land gekommen und am Ende seiner Reise angelangt. Es ist das letzte Dorf, bevor er seine Heimreise nach Hause zu Granog und seiner Gemeinschaft antritt.

Nach einer langen Feier ihm zu Ehren begibt er sich zu Bett. Es beruhigte ihn, dass er es fast geschafft hatte, das Einhorn und die Frau aus seiner Gefühls- und Gedankenwelt zu streichen. Er konnte endlich einmal Kopf und Gefühle ausschalten, um sich körperlich und geistig zu erholen. Da erscheint ihm die Frau in seinen Traum. Das einzige was sie sagt ist: „Wache auf! Bist du sicher, dass du das willst?" „Wache auf", sagt er zu sich selbst immer wieder im Schlaf. Schweiß gebadet wacht er nach diesem Traum auf. Es verwirrt ihn, dass er die Gefühle zuerst beim Einhorn hatte, jedoch verstärkt bei der Frau spürt. Gedanken kreisen in ihm wie ein Orkan. „Wieso diese Veränderung? Wozu sollte das für mich gut sein? Bisher war mein

Leben doch in Ordnung so wie es war! Was will sie von mir? Jetzt, wo ich so gut wie einen Weg gefunden habe mit allem klar zu kommen, kommt sie mich in meiner Traumwelt besuchen." Fassungslos über so viel Frechheit wälzt und dreht er sich in dem Bett hin und her. Er spürt, dass etwas auf ihn zukommt, hat jedoch keine Erklärung, was das soll. Er denkt, dass sich nur seine Gefühle verändern, doch sein Aussehen verändert sich auch. Nach diesem Traum erscheint er weicher und entspannter. Er hat zwar bei Alexa festgestellt, je böser sie dachte umso hässlicher wurde ihr aussehen, dass das jedoch auch umgekehrt wirken kann, ist ihm völlig fremd.

Es wird ihm erst bewusst, als er am Morgen daraufhin angesprochen wird. „Guten Morgen", wird er begrüßt. „Unser Held ist aufgestanden", so tönt es durch das Dorf. Die Bevölkerung drängt sich um ihn. Sie beginnen zu tuscheln und schauen ihn mit komischen Blicken an. „Hey Leute, was habt ihr denn? Was schaut ihr so!" Romos dreht sich in der Menge, um herauszufinden was sie haben. „Gestern haben wir noch gemeinsam gefeiert und gelacht. Jetzt schaut ihr mich an, als sei ich ein Fremder." Der Dorfälteste geht zu ihm. „Wenn du es bist Romos, dann hast du dich über Nacht aber sehr verändert." „Was meinst du? Ich bin heute Morgen der Gleiche wie gestern Abend, als wir uns niederlegten." Die Menge drängt ihn zum Brunnen, damit er in der Wasseroberfläche sein Spiegelbild sehen kann. Wer ist das in dem Spiegelbild? Erschrocken über das, was

Romos sieht, weicht er zurück. „Was habt ihr mir in die Getränke und meinem Essen gemischt?" Verwirrt über das, was oder besser wen er da sieht, schnappt er sich seine Tasche und flieht aus dem Dorf, hinein in die Wildnis seines Landes, die ihm vertraut war und in der er sich jetzt als Fremder fühlt. Was ist geschehen? Alle seine Gefühle, die er dachte, vergessen zu haben und zu unterdrücken verstand, kommen in geballter Form an die Oberfläche. Es pikst ihn in die Seite. Es ist die Rose, die in seiner Tasche ist. „Hätte ich dieses Ding doch längst verschwinden lassen! Was ist los? Warum ich?!" Er holt sie aus der Tasche, um sie wegzuwerfen. Was er da sieht lässt seinen Atem stocken. Die Rose leuchtet verstärkt aus sich selbst heraus. Es ist, als hätte sie einen Pulsschlag, der gleichmäßig pocht. Vor einer Felsenwand lässt er sich nieder, um die Rose und das was geschieht näher zu betrachten. Dass sie leuchten kann hat er schon gesehen. Doch jetzt ist es in einer stärkeren Intensität, als ob sie ihm etwas mitteilen möchte. Romos ist wieder in seinen Gefühlen, die er zum Einhorn hat. Er wollte es beschützen, ihr helfen. Er will es doch nur lieb haben, ohne dass einer etwas davon mitbekommt. Eifersucht gegenüber Bebirjus kommt auch noch dazu. Ja, er ist einer der Auserwählten für das Einhorn. Er, Romos, ist ja nur einer aus dem Land der Lieblosen und für Alexas Intrigen gut genug. Mitleid für sich selbst hatte er zuvor noch nie gespürt. Er hatte die Machenschaften seiner Welt gut in sich integriert und Gefühle ignoriert. Er hat die Begebenheiten immer so angenommen, wie sie gerade kamen. Diese Erfahrung jedoch und die Gedanken, die er sich jetzt macht, ermüden ihn und er schläft ein.

Er beginnt zu träumen. Wie er das Einhorn zum ersten Mal sah, von Alexas Fernster aus, und als sie ihn bemerkte. Dieses Gefühl, das in ihm aufblühte. Er will mehr davon. Immer im Wissen, dass sie nie in seiner Nähe sein wird. Immer nur von weitem wird er Kontakt mit ihr haben. Am meisten schmerzt es ihm in seinem Traum, dass er sie verraten wollte. Dass er sich von der Gemeinschaft hat anstecken lassen, ihr etwas Böses zuzuführen. Nur um auch mal etwas zu sein, um Anerkennung zubekommen, keine Fehler zu machen und immer den Ansprüchen der Anderen gerecht zu werden. Dass er am Ende dem Einhorn doch helfen und sie warnen wollte und sie damit doch zum Sturz gebracht hat. Genau in diese Gefühle und Bilder seines Traumes kommt die Frau. Erst erscheint ihm eine Nebelsäule, die immer mehr ihre Form annimmt. Sie dreht sich im Traum zu ihm. Er ist verlegen, dass sie ihn so liebevoll anlächelt und beginnt zu ihm zu reden, ohne die Lippen zu bewegen: „Ich freue mich, dass du gekommen bist. Lange habe ich auf den Augenblick gewartet. Wie du selbst in dir vernehmen kannst, verändert sich vieles. Du wirst immer mehr der, der du in deinem Herzen bist. Dein Innen zeigt dir den Weg im Außen. Wie du siehst, habe auch ich eine Veränderung hinter mir. Jeder von uns hat für sich zu lernen. Nutze die Zeit, die du hast, um in die Liebe, die in dir ist, zu kommen, zu spüren und zu fühlen. Ich habe dir als Einhorn deine Fesseln genommen, damit du frei in dir sein kannst. Du hast die Zweifel und die Liebe kennen gelernt. Du hast gelernt, Abhängigkeiten zu Wesen, die dich benutzen, zu erkennen. Jetzt lerne, für dich da zu sein, indem du deinem Herzen folgst. Das ist der einzige Weg, der dir noch bleibt. Falls du dich darüber ärgerst, tut es mir leid. Ich weiß jedoch, es ist dein Weg, der Weg deines Herzens. Vertrau auf die Liebe und das was in dir ist. Folge dem Schein deines Herzens. Als Zeichen meiner Liebe zu dir wird die Rose immer scheinen und dir dein Herz erhellen. Jetzt mache dich auf den Weg zu dir selbst und zu deinen Herzenswünschen, damit das Universum sie dir erfüllen kann." Genauso wie sie gekommen ist, löst sie sich wieder und Romos fällt in einen tiefen Schlaf.

8 Eine Freundschaft beginnt

Bebirjus hat sein Zeitgefühl verloren. Wie lange saß er da im Dunkel der Höhle? Waren es Stunden, gar Tage? Er kommt erst wieder zur Besinnung, als die Rose in seiner Hand zu leuchten beginnt. Erstaunt über das Leuchten schaut er sich in der Höhle um. Noch ein paar Schritte und er wäre gegen eine Felswand, die das Ende der Höhle anzeigt, gelaufen. Jetzt, mit dem Licht der Rose, erkennt er, dass das Ende der Höhle auch einen Ausgang hat. Er schaut dem Fels entlang nach oben und sieht, dass er in einem Kamin endet. Dort oben ist ein Lichtpunkt zu erkennen. Wieder beginnt er zu weinen. „Warum denn immer ich? Wie soll ich Elf denn da hoch kommen?" Er fällt auf die Knie und beginnt mit seiner letzten Kraft aus ganzem Herzen zu beten. „Liebes Universum und alle Kräfte die wirken, ich bitte euch von ganzem Herzen mich aus dieser Situation zu retten. Schickt mir doch bitte jemanden, der mir hier und jetzt hilft." Immer und immer wieder wiederholt er sein Gebet. Er macht ein Mantra daraus. Er wiederholt die Worte seiner Bitte im Gebet.

Romos wacht aus einem tiefen Schlaf auf. Ein Gemurmel lässt ihn ganz wach werden. „Wo kommt das denn her?", fragt er sich. Er steht auf und geht ein paar Schritte von der Felswand weg. Das Gemurmel wird dabei leiser. Er dreht sich zum Fels und es wird wieder lauter. Das Geräusch kommt aus dem Felsen! Neugierig steigt er nach oben.

Je höher er kommt, umso lauter wird das Geräusch. Auf der Spitze des Felsens entdeckt er eine Öffnung. Es ist ein Loch, das in den Abgrund führt. Er schaut genauer hin, bis sich seine Augen an die Dunkelheit gewöhnt haben. Dort unten ist etwas. Es sieht aus wie ein Licht! Dieses Licht kommt ihm bekannt vor. Ihm ist, als ob er so ein ähnliches Leuchten schon mal gesehen hat. Das Gemurmel hört auf. Romos schaut noch mal hin und ruft in das Loch: „Hallo? Ist da unten jemand?" Erschrocken darüber, dass er gerufen hat, dreht er sich ein Stück zur Seite. „Was machst du da?" Mit diesen Gedanken der Unachtsamkeit schüttelt Romos seinen Kopf. „Ich will doch alleine sein, um für mich klar zu werden."

Bebirjus ist wie gelähmt als er dieses Rufen hört. Da oben ist jemand. Er ärgert sich, dass er so laut gebetet hat. Was ist, wenn es ein bösartiger Troll ist oder einer der beiden, die sich vor der Höhle gestritten haben? Dann wiederum kommt ihm in den Sinn: Das könnte die Antwort auf seine Gebete sein. Mit einem zaghaften: „Hallo? Ist da oben jemand?", antwortet er auf die Frage. Romos hört dieses und eine Wärme steigt in ihm auf. Dieses Stimmchen kennt er doch. Es hört sich wie Bebirjus an. „Bebirjus, bist du das?" fragt er in das Loch. „Ja, ich heiße Bebirjus", erwidert dieser.

Oben am anderen Ende beginnt jemand zu lachen. Laut zu lachen. Dieses Lachen kennt Bebirjus. Er ruft mit etwas kräftigerer Stimme zurück: „Romos, bist du das?" „Ja, Kleiner, ich bin es." „Was machst du da oben?" „Gegenfrage, was machst du da unten?" Glücklich darüber, dass es Romos ist, der da oben steht und kein böser Troll, beginnt auch Bebirjus zu lachen. „Ich bin so froh, dass du es bist, Romos. Kannst du mich hier raus holen?" „Ich schau mal, was ich tun kann. Warte und bleib schön da stehen, ohne mir weg zu laufen." Über diesen Witz muss Romos lachen. Nur Bebirjus findet keinen Sinn in dem Witz und stellt sich mit verschränkten Armen trotzig unten an den Kamin. Romos steigt von den Felsen herunter und sucht etwas Passendes, um den Elf zu retten. Bei seiner Suche fragt er sich, wie lange er wohl schon da unten gefangen ist, vor allem, wie er sich in diese Situation gebracht hat. Schmunzelnd darüber, dass Bebirjus ihn um Hilfe bittet, findet er sogar ein Seil, das einer der vielen Wanderer in der Nähe des Felsens liegen gelassen hat.

Es ist eine Bilderbuchrettung: Das Opfer ist sauer, und der Retter lacht nur darüber, dass der Andere sauer ist. Nachdem beide vom Felsen geklettert sind, setzen sie sich an einen nahe gelegenen Steinkreis, der als Feuerstelle für Wanderer dient. Romos sucht Feuerholz zusammen, was in der trostlosen Gegend kein größerer Aufwand ist. Anschließend macht er ein Feuer und zaubert aus dem, was sich in seinem Beutel alles Essbare findet, ein Essen für den ausgehungerten Bebirjus. Der schlingt das Mahl nur so hinunter. Nachdem er den letzten Bissen geschluckt hat, wischt er sich mit seinem Hemdsärmel den Mund ab. „Du hast ja ganz schön Appetit gehabt. Das muss ja äußerst köstlich gewesen sein, so wie du es hinunter geschlungen hast." „Es hat satt gemacht. Auf den Geschmack habe ich keinen Wert gelegt." Romos muss wieder zum Lachen anfangen. Der Kleine ist echt ein netter Kerl. „Jetzt aber mal im Ernst", beginnt Romos, „wie bist du in die Höhle gekommen?" Bebirjus beginnt zu erzählen. Von dem was er mitbekommen hat als Granog zu der, na ja, der Unglücksstelle gekommen ist. Dann die beiden, die sich vor der Höhle gestritten haben und er immer tiefer vor Angst in diese Höhle vorgedrungen ist. „Respekt Kleiner! Du hast die Hälfte des Weges unter der Erde zurückgelegt. Glückwunsch! Du bist schon fast an deinem Ziel und dann triffst du auf mich." Wütend darüber, dass Romos ihn immer Kleiner nennt, beginnt Bebirjus zu reden. „Erstens, ich bin kein Kleiner! Und zweitens heiße ich Bebirjus! Außerdem habe ich gewusst, dass ich gerettet werde. Ich habe ja darum gebeten." „Tja und die Gebete kamen zu mir", erwidert Romos. „Du willst dich über mich lustig machen. Schau dich doch mal an. Du hast dich ja mal richtig verändert." Bei diesen Worten wird Romos ganz bleich. „Was hast du da gesagt?" „Na, dass du auch ein anderer geworden bist als der, der du mal warst. Schau dich doch mal an. Weiche Gesichtszüge, du hilfst mir und du kannst lachen." Bebirjus schaut ihm nun tief in die Augen. „Sei ehrlich, sie hat Kontakt zu dir aufgenommen." Nervös beginnt Romos das Geschirr zusammen zu räumen und in seinem Bündel zu verstauen. „Wen meinst du?" „Na, die junge Frau, von der wir die Rosen haben. Du hast deine ja auch noch." „Nein, ich habe sie weggeworfen." „Du lügst! Ich habe sie in deiner Tasche gesehen und deine Veränderung zeugt von dem Kontakt mit ihr und deiner eigenen Liebe. Das heißt, dass sie sich bei dir gezeigt hat. Ich habe mir gewünscht, dass die Gerechtigkeit zu dir kommt. Dass sie so aussieht, hätte ich nie gedacht. Doch für dich in deinem Land ist es eine Strafe, Liebe, Freude und Mitgefühl zu spüren." In seiner Stimme lag eine kleine Spur von Überheblichkeit, die er wiederum brauchte, um von seiner Eifersucht abzulenken. „Ja, ich gebe zu, sie, ich meine die junge Frau, ist mir im Traum erschienen und sie hat mit mir geredet. Mir war nur unklar, dass man es mir so deutlich ansieht." „Das kommt davon, wenn man sich einmischt, wo man seine Finger raus halten sollte." Bebirjus will einen Trumpf ausspielen, dass er das Einhorn persönlich kennt und er ihn, auf dem Fest bei König Hansgar entdeckte. Romos schaut zu Bebirjus. In seiner Stimme ist die Weichheit zu hören, die sich in seinem Wesen ausbreitet. „Wenn es dir gut tut, kannst du noch länger auf mir rumhacken. Ich weiß, dass ich in einer ganz anderen Welt lebe und es bessere als mich gibt, die es verdient haben, von solch einem reinen Wesen beachtet zu werden. Du kannst mit deinen Anspielungen aufhören. Ich helfe dir bis zum großen See. Den Rest des Weges musst du alleine schaffen." Ein Gewinnerlächeln zieht über Bebirjus Gesicht. Geschafft! Der hat aufgegeben und lässt ab von meinem Einhorn oder wer sie jetzt ist! Romos schaut nachdenklich zu Bebirjus. „Ich frage mich nur, warum aus der Erdsenke diese bezaubernde Frau gekommen ist und mir auch eine Rose, die leuchten kann, gegeben hat?" Mit dieser Frage ist Bebirjus überfordert. Er wusste auch keine Antwort darauf. Das einzige, was er sich vorstellen kann, ist, dass das Einhorn seine Form verändert hat. Und es sich in eine Frau verwandelte.

Schweigend löschen sie das Feuer, packen den Rest der Habe zusammen und machen sich bei Einbruch der Dunkelheit auf den Weg zum großen See. In Gedanken versunken marschieren sie in der Dunkelheit. Romos denkt an die Frau und was sie ihm gesagt hat. Sie hat auch eine Transformation hinter sich und jetzt muss sie lernen, wie sie damit umgeht. Was das mit all den Transformationen auf sich hat, macht Romos neugierig und er will wissen, wer sie ist. Die Gefühle, die er hatte, als er sie in seinem Traum sah, sind so anders als die, die er bisher kannte. In ihm kommt der Wunsch auf, zu schlafen und zu träumen. Er will die Frau wieder sehen. Im Schein des Mondes kann Bebirjus die Gesichtszüge von Romos sehen. „An was mag der wohl jetzt denken? Träumen kann er ja, solange er sich von ihr fernhält." Er senkt den Kopf, schaut die Erde an auf der sie gehen, lässt sich ein wenig zurückfallen und geht schweigend hinter Romos her. Romos greift in seine Tasche, um mit seinen Fingerspitzen die Rose zu berühren. Er ist ganz zärtlich mit ihr, denn jetzt hat er Angst, dass sie kaputt gehen könnte. „Lass uns eine Pause machen. Ich bin müde", unterbricht ihn Bebirjus. Romos überhört die Worte von Bebirjus, er ist ganz mit seinen Gedanken bei der jungen Frau. Etwas lauter sagt Bebirjus noch mal: „Hallo! Lass uns eine Pause machen." Romos bleibt stehen, dreht sich zu Bebirjus um und schaut wie weit sie gekommen sind und wo sie sich befinden. „Ja! Gleich können wir eine Rast machen. Nur noch ein Stückchen weiter. Da vorne um die Kurve kommt eine Felsenformation, an der wir auch schlafen können." Bebirjus ist damit einverstanden und geht weiter.

An den Felsen angekommen sucht sich jeder einen Platz, an dem er sich, so gut es geht, bequem hinlegen kann. Beide schlafen schnell ein. Bebirjus schläft tief und fest. Trotz allem fühlt er sich bei Romos gut aufgehoben. Romos legt sich so hin, dass seine Tasche, in der die Rose ist, auf seinem Herzen liegt. Gefühle der Freude und Sehnsucht erwachen in seinem Herzen. Mit diesen schläft er ein, in der Erwartung, die Frau besuche ihn wieder in seinen Träumen. Er wird enttäuscht, stattdessen besucht ihn Granog. Mit einem breiten fiesen Grinsen steht er vor ihm. Im ersten Augenblick ist Romos zusammen gezuckt, denn er freute sich auf die Frau und dann erscheint Granog. „Was willst du von mir?", fragt Romos ihn im Traum. „Mit dir reden. Es läuft anders als ich es mit Alexa geplant habe. Hast du etwas damit zu tun?" Romos muss sich jetzt etwas Schlaues ausdenken. „Ich habe keine Ahnung, ob alles so läuft, wie ihr es geplant habt. Ich habe meinen Teil erfüllt. Und seit der Abreise aus dem Land im Süden von König Hansgar habe ich jeglichen Kontakt zu ihr verloren. Außerdem hast du ja erzählt, sie hätten Alexa gefangen genommen." Granog schaut ihn musternd an. „Was ist mit dir geschehen? Du siehst ja ganz anders aus! Deine Veränderung missfällt mir gewaltig!" „Anscheinend ist das Hochleben zu viel für mich. Es ist ein erhebendes Gefühl von den Bewohnern des Landes so gefeiert zu werden", versucht sich Romos heraus zu reden. „Nein, nein, da ist etwas anderes. Du siehst eher aus, als ob du zu lange in der Nähe des Einhorns gewesen bist." Darauf hat Romos keine Ausrede. Er schaut Granog nur tief in die Augen um zu erfahren, was in ihm vorgeht. Granog verschleiert seine Augen, damit Romos keinen Einblick bekommt und fährt fort. „Du hast dich einwickeln lassen, du Abtrünniger! Hätte ich mir denken können, dass du zu weich bist! Warte, bis ich dich in meine Finger bekomme." Romos nimmt seinen ganzen Mut zusammen, denn jetzt ist es auch schon egal. „Ich habe meinen Teil des Auftrages gut erledigt. Ihr habt mir verschwiegen, dass ich die Liebe in mir habe und ich will sie leben. Ich will mich ganz leben, ohne auf euch oder sonst wen zu hören! Es ist mein Leben und ich habe das Recht, es so zu leben, wie ich es will. Da kannst du mir so oft drohen, wie du willst." Granog wird so wütend, dass es ihn fast zerreißt. Er fängt sich wieder und mit ganz ruhiger Stimme redet er weiter. „Von deinem kleinen neuen Freund habe ich auch schon erfahren. Und was ihr vorhabt. Glaube mir, das geht schief, denn dazu fehlen dir der Mut und die Kraft. Ich weiß es zu vereiteln, dass ihr an euer Ziel kommt."

Erschrocken und schweißgebadet wacht Romos auf. Die Tasche mit der Rose ist von seiner Brust gerutscht. Es ist noch ein langer Weg bis zu König Friederjus. Ich muss den Kleinen wecken, geht es ihm durch den Kopf. Gedacht, getan. Er weckt Bebirjus auf. „Hey, Kleiner. Ich meine Bebirjus. Du musst aufstehen. Wir haben da ein Problem. Granog weiß von dir und meiner Veränderung." Bebirjus räkelt sich und muss sich im ersten Moment orientieren, wo er ist. Er hat sich zum ersten Mal seit Tagen wieder sicher gefühlt und ist in einen tiefen Schlaf der Zufriedenheit gesunken. „Was ist denn los? Wieso Problem? Du bist doch einer von denen." „Tja, das ist vorbei. Ich hatte einen Traum in dem mir Granog begegnete. Was er zu mir gesagt hat, war eine Drohung." Romos packt eilig seine Sachen zusammen. Dem Elf fehlt das Verständnis, warum „der" jetzt so einen Stress macht. „Was willst du denn jetzt von mir, er hat doch dir gedroht?" „Steh auf und packe deine Sachen zusammen. Wir müssen gleich weiter. Sie sind schon auf dem Weg und suchen uns, denn sie wissen ja auch von dir." Mit diesem Satz ist Bebirjus jetzt erst klar geworden, dass er es ernst meint. Er springt auf und packt in Windeseile all sein Hab und Gut zusammen. So schnell, dass Romos schwindelig wird. „Wie weit ist es noch? Können wir es schaffen?"

Genauso schnell wie Bebirjus zusammen packt, redet er jetzt auch. „Langsam mit den jungen Pferden. Jetzt nur keine Hetze und übereilt handeln, denn dann geschehen Fehler. Die wären hier fatal." „Erst weckst du mich und machst Stress, und jetzt soll ich langsamer machen?", wundert sich Bebirjus. „Lass mich mal nachdenken. Sie meinen bestimmt, wir nehmen den kürzesten Weg zum See und werden uns da auflauern. Ja... so machen wir es!" „Wie? Du willst ihnen in die Arme laufen?" „Überleg doch mal bis zum Ende. Wenn wir denken, dass sie uns auf dem kürzeren Weg abfangen wollen, werden wir doch den längeren Weg gehen. Da wir aber davon ausgehen, dass sie uns auf dem Längeren erwarten, gehen wir den Kürzeren." Bebirjus ist verwirrt. „Granog wird an beiden Stellen seine Leute haben, die auf uns lauern. Es ist jedoch ein Unterschied, auf wie viele wir treffen." Bebirjus wird es bei dem Gedanken angst und bange. „Jetzt bleibe ganz locker. Wir werden es schon schaffen." „Ich bin locker, das siehst du doch", versucht Bebirjus sich selbst zu trösten.

Romos geht voraus, denn er kennt den Weg. Bebirjus ist ihm immer dicht an seinen Fersen. Die Sonne steht mittlerweile hoch am Himmel und brennt in einer Hitze herunter. Die Erde beginnt zu flimmern und ihr Durst wird unerträglich. „Bald haben wir es geschafft. Der See ist ganz in der Nähe. Nur noch durch den Wald der toten Bäume und wir sind da." Bebirjus ist ahnungslos, was Romos damit meint. Es ist ihm auch egal. Er will nur noch an den See und mit dem kühlen Nass seinen Körper kühlen und seinen Durst stillen.

Sie werden langsamer, denn sie sind am Wald der toten Bäume angekommen. Bebirjus ist er unheimlich. Hier stehen nur tote Bäume, einer neben dem anderen. Bebirjus hat so etwas noch nie gesehen. Dass die Landschaft tot scheint, daran hat er sich auf dem Weg schon gewöhnt. Doch so viele tote Bäume! Sein Herz beginnt zu weinen. Diese Bäume waren einmal anmutig und stolz. Sie spendeten mit ihren Kronen Schatten und ihr Dasein hatte einmal einen guten Dienst, viele Bewohner bei sich aufzunehmen. Alles ist verschwunden. Bebirjus wird langsamer und bleibt stehen. Er dreht sich um die eigene Achse und schaut entsetzt nach oben in das Gerippe. „Ich weiß", beginnt Romos, „früher war mir das nie so bewusst, dass es ein Ort der Traurigkeit ist, doch wir müssen jetzt weiter. Wir haben keine Zeit uns hier länger aufzuhalten. Das Ufer des Sees ist gleich am Rand des Waldes." Bebirjus löst seinen Blick von den toten Bäumen und läuft mit Romos weiter. Durch die Baumstämme ist das Ufer des Sees zu erkennen. Freude kommt auf, dass sie es ohne Zwischenfall soweit geschafft haben. Je näher sie dem See kommen, desto mehr steigt ihnen ein übler Geruch in die Nase. „Was ist das nur für ein grässlicher Gestank?" fragt Bebirjus. „Das ist der See", antwortet Romos. „Langsam. Da vorne hat sich etwas bewegt", flüstert Romos und hält Bebirjus am Arm fest, um ihn zum Stehen zu bringen. Sie gehen beide in die Knie, um sich kleiner zu machen. Dabei können sie beobachten, was Romos gesehen hat. Jetzt hört Bebirjus die Stimmen von Granogs Leuten. Sein Herz beginnt heftig zu schlagen. Er ringt nach Luft. „Bleib ruhig. Hole erst einmal ein paar Mal tief Luft, damit dein Herz wieder zur Ruhe kommt. Das kann man ja bis ins andere Reich hören." „Was machen wir jetzt? Hast du einen Plan?" Panisch klammert sich Bebirjus an Romos. Er schaut ihn lächelnd an: „Was, was, so viel auf einmal?" Doch dann werden sein Gesichtsausdruck und seine Stimme ernster. „Die Leute von Granog sind das kleinste Problem. Wir haben ein größeres mit dem See." „Warum der See?" „Ich habe ganz vergessen, dass er ja auch tot ist und eher einem Säurebad gleicht als einer Badelagune. Er ist anders als das, was du als See kennst. Mir wird jetzt auch bewusst, warum wir keinen von Granogs Männern getroffen haben" „Was machen wir jetzt?" Bebirjus Panik wird von einer ausgewachsenen Panik abgelöst. „Hier war immer ein Boot, mit dem wir über den See gefahren sind, um bei König Friederjus ein wenig für Aufregung zu sorgen. Doch das Boot können wir vergessen. Das wurde von Granogs Leuten beschlagnahmt." Nervös fingert Bebirjus an seinem Kittelchen herum. „Höre auf herum zu zappeln. Du machst sie ja auf uns aufmerksam." „Ich muss das tun. Mir ist, als ob eine Lösung ganz nah bei uns ist. Ich habe aber keine Ahnung, was das für eine sein könnte." „Wenn du schon zappeln musst, dann mache es wenigsten leise." Romos schaut ihn dabei auffordernd an. „Ist ja schon gut, ich versuche es." „Nur versuchen ist zu wenig, machen!"

Sie beobachten die Wesen. Bebirjus sieht genau hin. Solche hat er noch nie in seinem Leben gesehen. „Sie wären hochgewachsene Feenmänner, doch ein großer Buckel drückt sie nieder. Eine Hautfarbe wie Moos in Bitterkraut gekocht. Keine Krankheit könnte jemandem so eine Hautfarbe beschaffen", denkt er sich. „Was sind das für Gestalten?" fragt er Romos. „Du kannst es glauben oder sein lassen, das sind Feenmänner. So sehen sie aus, wenn sie sich dem Bösen hingeben. Mir ist das nie so wirklich aufgefallen, dass sie so hässlich sind." Romos ist von sich und seiner Betrachtungsweise erstaunt. So hat er sich und alle andern noch nie gesehen. „Wir bleiben hier bis uns was einfällt und sind jetzt aber leise. Sonst entdecken sie uns doch noch." Bebirjus hat sich gegen einen der toten Stämme gelehnt und hält das Säckchen in der Hand welches er von König Hansgar mit der Schriftrolle bekommen hat. Sein Durst ist schon fast unerträglich geworden. Am Morgen konnten sie keinen Tau sammeln, da es in diesem trostlosen Land keine Pflanzen gibt, die es ihnen ermöglicht hätten. Zur Mittagszeit war das letzte Wasser aus Romos Flasche aufgebraucht. Keine Baumkronen und Blätter, die Schatten spenden können. Die Hitze breitet sich immer weiter über den Waldboden aus. Diese stehende Hitze nimmt den Gestank vom

See auf und trägt ihn tiefer in den Wald. Kurzatmig beginnt Bebirjus in seinen Gedanken zu beten, um eine Lösung für ihre Situation zu bekommen.

Romos und Bebirjus zucken lautlos zusammen, als ihre Rosen gleichzeitig zu vibrieren beginnen. Mit schnellen Handgriffen fassen beide in ihre Taschen, um zu erspüren, was da vor sich geht. Kaum haben sie ihre Rosen berührt, bekommen beide die gleiche Vision. Vor ihnen, zwischen den Bäumen, taucht eine Frau auf. Wie ein Nebelhauch schwebt sie an den Bäumen vorbei. Als sie näher kommt, können beide erkennen, dass es die Frau aus der Erdsenke ist. „Ihr seid weit gekommen", hören sie sie in ihren Köpfen. Die Kommunikation findet auf der Gedankenebene statt. „Der Elf hat Recht. Eure Lösung für die Situation tragt ihr mit euch. Im Beutelchen, das Bebirjus von König Hansgar bekommen hat, ist außer der Schriftrolle noch ein Geschenk enthalten. Die Udinenkönigin Waniera hat ein Pulver mitgegeben, das den See entgiftet und wieder zum Leben erweckt." Ihr Antlitz richtet sich auf Bebirjus. „Lieber Elf, hole es heraus und begebe dich damit an den See. Sei mutig! Du bist beschützt, denn es wird dir kein Leid geschehen, solange du im Vertrauen und der Liebe bleibst. Glaube an dich und fühle die Stärke in dir. Sei gewiss, du hast sie. Freue dich darauf, so wie du den See überquert hast, wartet eine große Überraschung auf dich. Mehr wirst du bei Friederjus erfahren." Ihr

Blick wandert nun zu Romos. „Ich freue mich über deine Fortschritte. Du bist deinem Herzen schon ganz nahe. Deine Aufgabe ist hier in diesem Land und deine Entwicklung erkennst du, wenn sich die Rose verfärbt." Sie bemerkt, dass Romos Gesichtsausdruck traurig wird. „Du darfst traurig sein, wenn du willst. Es dauert nur solange an, bis du dich ganz für die Liebe entschieden hast. Dann lebst du aus der Mitte deines Herzens." Er denkt sich „Wie kann ich erkennen, dass ich aus der Liebe und meines Herzens lebe?" „Beobachte die Rose, lerne die Vergebung und Liebe für dich und alle, die du verurteilst, zu fühlen. Erst dann wirst du die Liebe spüren und wissen, du hast sie verdient." Er schaut sie verwundert an und fragt sich „Wie kann sie wissen, was ich gedacht habe?" Sie lächelt ihn ganz liebevoll an. „Überlege doch mal, du kannst mich in deinem Kopf hören. Nur in deinem Kopf, auf der Gedankenebene. Was glaubst du wie ich dich hören kann?" Er vernimmt ein Lachen in seinem Kopf und es ist ihm peinlich, dass er danach gefragt hat. „Es ist doch in Ordnung. Es ist für jeden beim ersten Mal neu, auf dieser Ebene zu kommunizieren." Sie macht eine Pause und schaut Romos ganz tief in die Augen. Ihm ist, als ob sie in seine Seele blickt. „Ich kenne und weiß um deine Gefühle für mich. Lass dir gesagt sein, auch ich fühle so für dich. Mach mit deiner Arbeit, ins Herz zu kommen, weiter, dann wirst du meine Stimme in dir, in deinem Herzen, hören. Dann ist es bald an der Zeit und wir sind beide an dem für uns gedachten Ziel." Sie weiß, dass sie schon zu viel erzählt hat, doch dieses gibt Romos die Kraft und den Mut, weiter zu machen, denn es brennt in ihm, dass sie zusammenkommen. Sie verabschiedet sich von den beiden und ihre Erscheinung löst sich im immer lichter werdenden Nebel auf.

Schweigend über das, was geschehen ist, sitzen die beiden sich gegenüber. „Hast du alles mitbekommen was sie zu mir gesagt hat?" fragen beide gleichzeitig. Bebirjus beginnt als Erster zu antworten: „Nachdem ich von ihr gehört habe was noch alles in dem Beutel ist, wurde mir klar weshalb ich an ihm gefingert habe. Ich frage mich seitdem, wie ich unbemerkt das Pulver in den See streuen kann." „Dann warst du mit deinen Gedanken ganz woanders?", will Romos wissen. „Ja. War es denn wichtig?" „Wenn du so fragst, nur für mich." Erleichtert, dass Bebirjus das Gespräch entgangen ist, redet er weiter. „Hast du dir schon was überlegt, wie du das Pulver in den See streust und ihn überqueren kannst?" Verwundert sieht Bebirjus ihn an. „Sag mal, hast du mir gerade eben zu gehört? Das fragte ich dich, ob du weißt wie ich das machen könnte!" „Ach lass mal. Uns wird schon was einfallen." Das, was die Frau über ihn und sie gesagt hat, dreht sich in Romos Kopf. Eine wichtige Frage hätte er noch an sie: Wie heißt sie, wie ist ihr Name? „Überleg schon, wie kann ich es schaffen an den „es waren einmal Feenmänner" vorbei zu kommen?" „Du entwickelst ja Humor! Das gefällt mir." Romos muss lächeln. Aus dem Jungen wird langsam ein Mann. Seine Ängstlichkeit lässt nach und er entwickelt immer mehr Mut zu sich selbst. Das braucht er auch, wenn er an den See kommen will. „Lass mal deine Kommentare und hilf mir." „Als erstes müssen wir es schaffen, unbemerkt an den See zu kommen, damit du das Pulver hinein streuen kannst." „Ich weiß. Weiter." „Das wirst du alleine erledigen müssen, denn ich bleibe hier. Ich habe hier noch etwas zu finden." „Wie? Du bleibst hier?" „Na ja. Jeder von uns hat seinen Auftrag und eine Nachricht bekommen, die ganz persönlich für jeden war. Auch ich mein Lieber, auch ich." Diesen letzten Satz musste Romos noch sagen. Das Gesicht, das Bebirjus dabei macht, hat ihn kurzzeitig in Begeisterung versetzt. „Jetzt mal wieder zum Ernst der Angelegenheit. Ich könnte die Feenmänner ablenken und du gehst zum See und machst, was du machen musst. Wie es aussieht, ist schwimmen für dich angesagt. Du kannst doch hoffentlich schwimmen?" Bei dem Gedanken zu schwimmen, werden Bebirjus Knie ganz weich. Bisher hat er sich viel lieber von den Nymphen über den See ziehen lassen und das Schwimmen vermieden. „Klar kann ich schwimmen, ich hab nur keine Ahnung wie weit." „Das wirst du jetzt rausfinden müssen. Wenn du erst einmal drinnen bist, gibt es kein Zurück mehr." Ihr Plan ist folgender: Sobald die Feenmänner sich am Feuer ihrer Abendmahlzeit hingeben, lenkt Romos sie ab und lockt sie in den Wald, damit Bebirjus an den See kann, um im Vertrauen ohne körperlichen Schaden an das Ufer von König Friederjus zu gelangen.

Es ist so weit, die Dämmerung ist schon fast in die Nacht übergegangen. Sie wünschen sich gegenseitig Glück. „Alles klar mein Freund. Ich wünsche dir genügend Vertrauen und Ausdauer, dass du unbeschadet über den See ans andere Ufer kommst. Du weißt ja, es wartet eine Überraschung auf dich. Möge dieser Gedanke dir die Kraft geben, durchzuhalten". Romos drückt ihm fest die Hand und will sich schon auf den Weg machen, die Männer abzulenken, da beginnt Bebirjus noch zu sagen. „Hey! Was ich dir noch sagen wollte... Du bist ein feiner Kerl und dein Herz wird sich bald ganz öffnen. Ich wünsche dir auch Erfolg, dass du das findest, wonach du suchst." Sie schauen sich noch einmal an, dann gibt Romos das Zeichen, dass es losgeht. Romos schleicht sich soweit durch den Wald, dass er auf Höhe des Feuers der Feenmänner ist. Er sieht noch mal zu Bebirjus um auch sicher zu sein, dass er den Zeitpunkt wahrnimmt, los zu laufen, wenn das Ablenkungsmanöver beginnt. Er holt noch mal tief Luft und fragt sich in Gedanken: „Worauf habe ich mich da nur eingelassen?" Sein Herz schlägt heftig. „Okay. Wir können beginnen. Wollen wir doch mal die verwaisten Kerle auf Trapp bringen." Ein Kopfnicken zu Bebirjus, dann fängt Romos an, auf den toten Ästen herum zu hüpfen. Diese knacken und brechen unter seinen Füßen. Es dauert einen Moment, bevor die Feenmänner dieses Geräusch orten können. Sie nehmen sich Fackeln aus dem Feuer und stürmen in den Wald hinein, wo sie das Geräusch vermuten.

Bebirjus hat genau beobachtet, was Romos macht. Leise hat er das Pulver aus dem Beutel genommen, seine Schuhe und sein Hemd zu einer Art Rucksack zusammen gebunden und auf seinen Rücken gepackt. Er steht in den Startlöchern: Da war das Nicken von Romos. Lauf, Bebirjus, lauf, dröhnt es in seinem Kopf. Bebirjus hat jedoch vergessen, dass dieser Waldboden hart und steinig ist und kein so schöner weicher mit Moos ausgelegter, wie die Wälder, die er kannte. „Au, Au", hört er sich aufstöhnen. Unterm Laufen versucht er den Schmerz zu unterdrücken. Er spürt, wie seine Füße zu bluten beginnen. Die spitzen Steine und scharfen Äste schneiden ihm die Füße auf. Er denkt an die Überraschung, um sich von diesem Schmerz abzulenken. Das hilft ihm, aus dem Wald herauszukommen. Geschafft. Der Wald liegt ein Stück hinter ihm, der See vor ihm. „Fast habe ich es geschafft, nur noch ein paar Meter." Bebirjus streckt seinen Arm aus. In der Hand hat er das Pulver, um es in den See zu streuen. Das muss er noch, bevor er mit seinen Füßen das Wasser erreicht. In dem Augenblick wird er von einer zweiten Wache der Feenmänner entdeckt. Den haben sie ganz übersehen! Das war ein Schock für Bebirjus. Im ersten Moment war es ihm, als sei er stehen geblieben, ohne zu irgendeiner Bewegung fähig zu sein. Doch sein

Adrenalin hat ihn geistesgegenwärtig weiter rennen lassen. „Mach schneller, du willst doch die Überraschung auf der anderen Seite des Sees haben", sagt er sich immer wieder, um schneller zu werden, denn die Wache ist schon sehr nahe. Der See stinkt faulig und verwest. Das ist dem Elf jedoch egal. Er holt mit seiner rechten Hand aus, in der das Pulver ist, und wirft es so weit er nur kann, denn zum behutsamen Streuen bleibt ihm keine Zeit. Bebirjus macht die Augen zu und läuft weiter, während er in die Liebe und ins Vertrauen geht, dass in dem Augenblick das Wasser gereinigt ist, wenn seine zerschnittenen Füße das Wasser berühren. Es ist ein gutes Gefühl. Er begibt sich ganz in den See und beginnt zu schwimmen. „Schau nach vorne, immer in die Richtung König Friederjus Reich. Wie sagte Romos, dreh dich nie um, was auch immer hinter dir passiert." Hinter ihm hat der Feenmann den See erreicht und Bebirjus hört das Wasser auf platschen, als die Wache sich in den See gestürzt hat, um ihn zu verfolgen. „Verdammt, er entkommt", hört er ihn rufen. Was für ein Glück, dass der See tot war, denn so haben die Bewohner nie das Schwimmen gelernt. Diese Brühe war auch für sie hochgiftig. Zug um Zug bewegt sich Bebirjus vorwärts, um seine Kräfte einzuteilen. Er schwimmt ins Schwarze und die Übung im Dauerschwimmen fehlt ihm ja auch. Am Ufer beginnt ein Gegröle und Gejaule. Bebirjus hält inne und schaut gegen die Ermahnung Romos zurück, um zu sehen was da los ist. Ihm kommt diese Situation bekannt vor. Ja klar, als die Lieblosen gekommen sind, um sich zu vergewissern, dass das Einhorn wirklich gestürzt ist. Zuerst kann er nur tanzende Fackeln erkennen, doch beim genaueren Hinschauen sieht er, dass es die anderen Feenmänner waren, die Romos verfolgten. Ein ungutes Gefühl macht sich in ihm breit. Im Schein des Feuers sieht er eine Gestalt, die von den Feenmännern zu Boden geworfen wird. Sein Gefühl wurde bestätigt. Die Verfolger haben Romos gefangen genommen. Er hat keine Chance. Zu Beginn der Reise wollte Bebirjus zwar, dass Romos etwas passiert, denn er wollte das Einhorn für sich alleine haben. Im Verlauf der Reise hat sich Romos jedoch verändert und ihn so oft gerettet, ihn an den See geführt und sein Leben für ihn aufs Spiel gesetzt. Diese Taten führten dazu, dass er ihn in sein Herz geschlossen hat. Mit diesen Gedanken schwimmt und schwimmt er weiter, denn sein Ziel liegt noch ein ganzes Stück vor ihm.

Der Wald hat doch mehr Tücken, als es Romos in Erinnerung hatte. Ein tiefes Erdloch wurde sein Verhängnis. Er stürzte und die Feenmänner hatten mehr Kondition als er vermutete. Im Kreis stehen sie um das Erdloch herum. „Da ist er ja, unser Abtrünniger!" Mit hämischem Lachen beschimpfen sie ihn. Dann macht einer ernst. „Komm da raus, du Verräter!" Er packt Romos am Arm und zieht ihn aus dem Loch. Ohne darauf zu achten, ob er auf seinen Beinen steht, ziehen sie ihn über den Waldboden zu ihrem Lager zurück. Die Steine und Äste, die Bebirjus schon so verletzten, verursachen tiefe Wunden bei Romos, als er über den Boden geschleift wird. An ihrem Lager angekommen, lassen sie ihn blutend auf der Erde liegen. Vom See her kommt die Wache zu der jubelnden Menge. „Habt ihr ihn gefangen?", fragt dieser etwas außer Atem und klatschnass. „Sein Begleiter ist mir entwischt. Ich hatte ihn fast, doch er kann schwimmen und so ist er entkommen." Das ist den Feenmännern momentan egal, denn sie haben ja Romos gefangen genommen und das ist der, den Granog zu sehen verlangt. Was kann schon so ein kleiner Bengel aus dem Reich im Süden für eine Gefahr für sie sein, zumal er inmitten des Sees ist und versucht, an das andere Ufer zu gelangen. Der See ist tief und bringt jedem den Tod, der nur versucht, sich mit dem Wasser zu waschen. In dieser Situation ist niemandem aufgefallen, dass die Wache, die Bebirjus verfolgt hat, nass ist. Zuerst ist da diese Brühe, dann die Strecke. Falls er die Brühe überlebt, werden ihn vor seinem Ziel die Kräfte ausgehen und er wird ertrinken. Die Wachen jubeln und feiern, schwingen die Fackeln und führen einen Freudentanz auf, da sie Romos gestellt haben. Romos hat das Gespräch der Feenmänner über seinen Begleiter wie im Delirium mitbekommen. „Der Kleine hat es geschafft, er ist im See. Danke liebes Universum für deine Hilfe." Er bittet noch: „Gib ihm die Kraft durchzuhalten." Das ist sein letzter Gedanke, den er noch mitbekommt. Dann fällt er in eine tiefe Ohnmacht, die sein Körper ihm schickt, damit er keine der ihm zugeführten Schmerzen mehr spürt.

9 Drei neue Wege

Nach ihrer Verwandlung vom Einhorn zur Frau brachten ihre Schwestern Marrenya zu König Friederjus und seiner Tochter Orchidea. Als sie bei Friederjus ankommt, ist sie sehr aufgeregt. Alles ist so neu, ihr Körper, ihre Bewegungen, das Fühlen und Spüren, einfach alles. Nachdem sie sich von ihren Schwestern verabschiedet hat, führt Orchidea sie in ihr Schlafgemach. Zeigt ihr alles, was sie jetzt braucht. Orchidea zeigt Marrenya ihr Bett, den Waschtisch im Badezimmer, den Kleiderschrank gefüllt mit verschiedener Kleidung usw. Vom Badezimmer ist Marrenya sehr begeistert. Vor allem von all den Utensilien, die sie jetzt als Mensch zu benutzen hat. Als Einhorn lebte sie auf den Wiesen und in den Wäldern. Kleidung war ihr Fell, schlafen legte sie sich in das saftige Gras der Wiesen oder ins Moos einer geschützten Lichtung. Sie hatte sich niemals Gedanken darüber gemacht, wie das wohl die anderen Bewohner der Reiche machen. Orchidea erklärt ihr, wie sie die Kleider anzieht und warum sie das Badezimmer zu benutzen hat. Erst, als sie sich vom Betrachten und Ausprobieren all der neuen Dinge beruhigt hat, wechselte sie das zarte Nebelgewand gegen ein Nachthemd, das ihr Orchidea schon bereit gelegt hatte.

Friederjus wartet auf das Zeichen seiner Tochter, dass Marrenya fertig ist, um ihr zu erklären, was jetzt auf sie zukommt. Orchidea verlässt das Schlafgemach Marrenyas, um ihren Vater zu holen. „Vater, Marrenya ist soweit. Sie ist verspielt wie ein kleines Kind. Es macht Freude, ihr dabei zuzusehen, wie sie alles ausprobiert und lacht." Er begibt sich vor ihr Schlafgemach und klopft an ihre Türe. Wartet, bis Marrenya etwas sagt... Er klopft nochmal... keine Antwort. Durch die verschlossene Türe fragt er sie: „Alles in Ordnung bei dir?" „Ich denke ja. Redet ihr immer durch die Türen der Schlafgemächer?", wollte sie wissen. Friederjus schmunzelt und antwortet. „Nein, aber wir klopfen vorher an und warten auf Zustimmung, bevor wir einen privaten Raum betreten." Jetzt hat Marrenya verstanden, warum es an der Türe geklopft hat. Sie fordert ihn auf, herein zu kommen. Auf dem Bett sitzend beobachtet sie ihn, wie er den Raum betritt. Sie lächelt ihn an und ist neugierig auf das, was jetzt auf sie zukommt. Friederjus setzt sich zu ihr ans Bettende. „Na, wie fühlst du dich?" „Hervorragend! Es ist das größte Abenteuer, das ich bisher erlebt habe. Und wie geht es für mich weiter?" Mit diesen Worten strahlt sie ihn hoffnungsvoll an. Sie ist weder interessiert, wie sie jetzt als Mensch aussieht oder an ihren Körper. Das einzige, was sie wissen will, ist, wie sie jetzt mit Romos zusammensein kann. „Liebe Marrenya, auch wenn es dir missfällt, wirst du erst eine unbestimmte Zeit schlafen, damit sich dein System an den Körper gewöhnen kann. Dabei hast du Träume und für diese Zeit kannst du dich noch auf der Traumebene bewegen." Er beobachtet, wie das Gesagte bei ihr ankommt. Marrenya schaut ihn mit großen, neugierigen Augen an. Das einzige was sie dazu zu sagen hat, ist ein kurzes „Weiter". Friederjus hofft, dass sie die Worte versteht, die er zu ihr sagt. „Deine Seele weiß, wann du aufwachen musst. Das kann niemand beschleunigen oder verkürzen. Es braucht seine Zeit. Dann können wir mit der Schule und dem Lernen beginnen." Marrenya fasst in ihren Worten zusammen: „Ich habe verstanden. Ich schlafe erst und wenn es soweit ist, wache ich von selbst auf und werde dann alles erlernen, was wichtig für mich ist." Friederjus lässt das mal so stehen. „Genau so wird es sein." Er steht auf und wünscht ihr einen guten Schlaf. Marrenya begibt sich unter die dicke, flauschige Decke und schließt ihre Augen.

Der Zustand der Ohnmacht hat Romos an einen anderen Ort gebracht. Benommen fasst er sich an seinen Kopf, bevor er ohnmächtig wurde. „Was ist passiert? Wo bin ich?" Ihm ist, als würde er aufstehen und wundert sich dabei, dass er keine Schmerzen mehr hat. Dichter Nebel umgibt ihn. „Bin ich tot? Was ist das für ein Ort?" Der Nebel beginnt sich langsam aufzuklären und wird immer durchlässiger. „Du hast immer noch so viele Fragen." Woher kommt diese Stimme? Er dreht sich im Kreis herum, um irgendetwas zu erkennen, doch da ist nur Leere. „Wo du bist, wirst du bald selbst erkennen." Angst kommt in ihm auf. „Wie bin ich hierhergekommen? Was soll ich hier?" „Hier an diesem Ort kannst du zu dir finden und alles erkennen und spüren, was du in dir hast. Nutze die Chance, die dir das Universum gegeben hat, denn hier gibt es nur dich." Die Stimme kommt ihm bekannt vor. Woher kennt er sie? Um sich jetzt genügend Gedanken darüber zu machen, ist er viel zu verwirrt. Er setzt sich, obwohl es keinen Boden gibt. Es gibt weder ein Oben noch ein Unten, kein Links oder Rechts. Es ist unendlich. Kein Ende in irgendeiner Richtung zu erkennen.

Romos beginnt sich abzutasten, ob es bei ihm noch ein Oben oder ein Unten gibt und sonstige Formen existieren. Er sieht an sich hinab und erblickt seinen Körper. Er ist geheilt. Keine Spuren der Wunden mehr und seiner Hässlichkeit, die er als Bewohner des Landes der Lieblosen hatte. Er ist ein stattlicher, schön anzusehender Kobold geworden. Sein Körper hat wieder die Urform eines Kobolds angenommen. Und es scheint noch ein anderer Körper durch ihn hindurch. Er ist fast so groß wie ein Feenmann. Breite Schultern, aber so, dass es zur ganzen Statur passt. Er hat eine glatte Haut und keine Spur mehr von Narben, Warzen oder früheren Verletzungen. Seine Finger tasten sein Gesicht ab, ob es hier noch irgendwelche alten Vernarbungen gibt. Er fühlt ein glattes markantes Kinn, eine hoch angesetzte Nase und sein Haaransatz umrundet nun eine erkennbare Stirn. Mit den Fingern fährt er sich durch eine Pracht von Haaren, die in Wellen bis über seine Schultern fallen. Er führt seine Finger wieder in sein Gesicht und streift über seine Augen. Ganz sanft berührt er sie und erkennt, dass sie jetzt tiefer in den Augenhöhlen liegen. Vor Freude füllen sie sich mit Tränen. Mit seinen Fingerspitzen, die noch auf den Augenlidern liegen, tupft er sich diese aus den Augen. Verblüfft schaut er sie sich genau an. Wie Wassertropfen liegen die Tränen auf seinen Fingerspitzen. Das sind seine ersten Tränen. Weinen zeigt eine Gefühlsregung an und diese hatte er in seinem bisherigen Leben unterdrückt.

Fassungslos und fasziniert zugleich steht er mit ausgebreiteten Armen da und ruft in das unendliche Licht. „Hier bin ich, keine Ahnung, wo das ist. Ihr könnt mit mir machen, was ihr wollt." Romos lauscht. Kommt eine Antwort? „Hey! Ich sagte, macht mit mir was ihr wollt!" „Das ist dein Raum. Finde heraus, was Du willst." Da war sie wieder, diese Stimme. „Dich kenne ich doch. Deine Stimme kommt mir bekannt vor. Kannst du mir sagen, woher ich dich kenne?" „Finde heraus, was du willst, dann weißt du, wer ich bin." „Sprich weiter. Ich komme noch darauf wer du bist. Bitte rede mit mir." Es ist still geworden. Er bekommt keine Antwort mehr. Romos beginnt zu rufen und zu schreien, doch die Stimme ist verstummt. Mit verschränkten Beinen setzt er sich auf den unsichtbaren Boden und redet mit sich selbst. „Das soll fair sein. Da bekomme ich so einen Körper und so ein Aussehen und niemand bekommt mich so zu sehen." Er stützt seine Ellenbogen auf die Knie und legt seinen Kopf in die Handflächen, schaut dabei um sich, ob er doch etwas sehen oder erkennen kann.

Vor ihm erscheint seine Tasche. „Ach danke, dass ihr, wer immer ihr auch seid, mir meine Tasche gelassen habt." Mit alten Koboldmanieren schubst er die Tasche auf die Seite. Dabei öffnet sich die Lasche und die Rose kommt zum Vorschein. Sein Blick wird weich und liebevoll als er die Rose sieht. „Dich habe ich ja ganz vergessen. Willst du mir helfen und mir zeigen wo ich hier bin?" Mit seinen Händen stützt er wieder seinen Kopf und betrachtet die Rose. So beim Betrachten öffnet sich die Blüte ganz und aus ihrem Inneren kommt so etwas wie eine Blubberblase, die einer Seifenblase ähnelt. Romos hebt den Kopf, um genauer hinschauen zu können. Die Blase wird größer und größer. Im ersten Moment versucht er, ihr auszuweichen, doch sie stülpt sich über ihn, so dass er in ihr zum Schweben kommt. Auf der Blase werden langsam Farben erkennbar. Romos ist mitten in dem Bild, in das sich die Blase verändert hat. Es zeigt seine Heimat, wie er sie kannte. Er springt als kleiner Kobold den anderen davon, denn diese wollen ihn wieder mal verprügeln. Kindheitserinnerungen erwachen in ihm. „Ja, die anderen Koboldkinder. Erst haben sie mich verprügelt. War das aber ein Spaß, als ich sie dann verprügelt habe." Die Bilder verändern sich wieder. Jetzt steht sein Vater vor ihm, wie er ihn vor all den anderen verprügelt hat und sie ihn dann auslachten. Diese Demütigung. Sein

Leben, wie er es bisher gelebt hatte, wird ihm noch einmal gezeigt. Aggression und Wut werden von Traurigkeit und Einsamkeit abgelöst. „Was für ein bescheuertes Leben habe ich bisher geführt? Von Mitgefühl und Liebe keine Spur zu sehen. Wie konnte ich nur so leben? Was hat mich so verändert? Warum kann ich es jetzt erkennen?"

Eine neue Blase kommt aus der Rose und stülpt sich über die Erste. Die Bilder der ersten Blase verblassen und es entsteht ein Neues. Auf dem ist er in seiner jetzigen Form zu sehen. Was ist das? Er sieht genauer hin. Da, auf seiner Schulter sitzt er in seiner bekannten Form als hässlicher Kobold. Der wiederum hält ihn gefangen. Keine Möglichkeit sich zu bewegen. Er sieht wie ihm Tränen über sein Gesicht rollen. Ihm wird klar, dass er sich selbst gefesselt hat und seine Negativität ihn handlungsunfähig machte. Ein Licht kommt von hinten auf ihn zu. Er dreht sich um, um zu sehen, wer oder was auf ihn zukommt. Es blendet ihn. Er kneift die Augen zusammen. So kann er etwas erkennen. Nein, nein, geht es ihm durch den Kopf. Es ist ein Einhorn. Seine Augen füllen sich mit Tränen. Es wird ihm einiges bewusst. Mit seinem Handrücken wischt er sich die Tränen aus den Augen, um zu sehen, was auf dem Bild vor ihm geschieht. Das Einhorn steht vor seinem Ebenbild, mit sich selbst als Kobold auf der Schulter. Sie berührt mit ihrem Horn den Kobold, der auf seiner Schulter sitzt, woraufhin er verschwindet. In diesem

Augenblick, beim Beobachten des Bildes, löst sich eine Fessel in ihm, genauso wie bei seinem Spiegelbild, das er gespannt beobachtet. Er weiß auf einmal alles. All das, was in ihm ist, was er will, wo er sich befindet. Ihm ist, als ob ihm die Augenbinde, die er sein Leben lang auf hatte, abgenommen wurde.

Die Blase löst sich auf und sein Blick berührt die Rose, die noch vor ihm liegt. Sie verändert ihre Farbe. Sie erstrahlt in einem zarten Rosa. Da ist sie wieder, die Stimme. Diesmal klingt sie anders. Er empfindet sie weicher und sanfter, eher gesagt zärtlich. „Ich liebe dich." Ein sanfter Hauch berührt seinen Körper, der ihn durch und durch berührt. Jetzt sind alle Ketten von ihm abgefallen. Romos ist nun alles klar und er beginnt damit, sich selbst und allen Wesen, die ihm auf Anhieb einfallen, zu vergeben und zu danken. Einen nach dem anderen. All die, die ihm bisher begegnet sind oder begleitet haben. Mit der Vergebung und dem Danken verändern sich seine Gefühle. Er fühlt eine Liebe in sich. Er ist die Liebe, egal in welche Richtung er sich auch drehen mag. Alles was er ist, alles was er spürt, ist Liebe. Nun weiß er, wo er sich befindet. Er ruft aus voller Kraft: „Jetzt weiß ich, wo ich bin! Ich bin in meinem Herzen!" Weinend vor Glück und dem erhebenden Gefühl in ihm, legt er sich in seinem Herzen nieder und schläft mit der Rose in seinen Händen ein.

Bebirjus schwimmt und schwimmt. Zug um Zug kommt er vorwärts. Hin und wieder nimmt er einen Schluck Wasser zu sich, mal gewollt, mal ungewollt. Er schwimmt in der Dunkelheit ohne zu wissen, wohin er schwimmt. „Wie war das nur möglich, dass sich das Wasser so schnell gereinigt hat?" Neben ihm beginnt sich das Wasser zu kräuseln. Bebirjus erschrickt und nimmt dabei einen viel zu großen Schluck Wasser in den Mund und beginnt zu husten. Es blubbert und sprudelt. Aus der Mitte des sprudelnden Wassers taucht eine Nymphe auf. Verblüfft stoppt Bebirjus sein schwimmen. „Wie geht das?" fragt er. „Dass so schnell Bewohner des Sees eingezogen sind." „Dank deiner Liebe und deines Vertrauens konnten wir uns so schnell entwickeln." „Wir?" Bebirjus sieht sich erschrocken um. Die Nymphe hebt die Hand gen Himmel und das Wasser um Bebirjus herum beginnt zu sprudeln, als würde es kochen. Eine Nymphe nach der anderen taucht auf. Er ist von Nymphen umgeben. Die erste Nymphe beginnt zu sprechen: „Um dir deine Frage weiter zu beantworten. Wir sind von unserer Königin Waniera ausgesucht worden, um hier unseren Beitrag zu leisten. Wie gesagt, deine Liebe und dein Vertrauen ließen uns wachsen, um unser Werk zu beginnen. Je mehr du vertraust und in die Liebe gehst, desto mehr werden von uns geboren." Die anderen Nymphen nicken ihm zu. „Jetzt, da du es geschafft hast, helfen wir dir ans andere Ufer zu kommen. Somit ist einer unserer Aufträge erfüllt." Der Elf begibt sich in die Obhut der Nymphen und schläft erschöpft ein.

Die ersten Sonnenstrahlen kitzeln ihn an der Nasenspitze wach. Er ist am Ufer König Friederjus Reich angelangt. Die Sonne geht hinter ihm über dem See auf. Was für ein Anblick! Er setzt sich in den Sand am Strand und sieht sich dieses herrliche Schauspiel an. Dankend winkt er den Nymphen zu, die ihn sicher an das Ufer gebracht haben. Das zusammengepackte Bündel aus Hemd, Schuhe und den Beutel hat eine der Nymphen neben ihn auf den Strand gelegt. So wie die Sonne ihren Weg in den Tag antritt, begibt sich der Elf Bebirjus auf den Weg zum Schloss. Den Beutel wieder an seinem Kittel befestigend, stellt er fest, dass seine Kleidung trocken und sauber ist. Die Spuren der vergangenen Tage sind weg. Ebenso sind die Verletzungen an seinen Füßen geheilt. Wie er doch die saftig grünen Wiesen vermisst hat! Das bunte Treiben der Schmetterlinge, die von Blüte zu Blüte fliegen. Aus der Ferne dringt ein wunderschöner Gesang an seine Ohren. Diese Stimme berührt sein Herz. Er wird neugierig und läuft schneller in die Richtung, aus der der Gesang kommt. „Wer singt da so wundervoll?" Diese Frage brennt in seinem Kopf. Diese Stimme raubt ihm fast den Verstand. Er vergisst, warum er überhaupt hier ist. Er will nur noch das Mädchen kennen lernen, das so schön singt. Der Gesang wird lauter. Er ist ganz in ihrer Nähe. Sein Herz beginnt zu pochen. Sein Inneres vibriert. Es stockt ihm seinen Atem, als er sie auf einem Baumstumpf singend sitzen sieht. Und wie sie dabei ihre Haare bürstet! Es ist ein Elfenmädchen, von solch einer Schönheit. So im Sitzen erkennt er, dass sie kleiner ist als die Elfenmädchen aus seinem Heimatdorf. So dünn in ihrer Erscheinung, dass sie zerbrechlich wirkt. Ihr Körper ist mit einem Gewand aus blauen Blütenkelchen bedeckt. Ihre Füße, so klein und makellos wie sie sind, baumeln im Takt ihres Liedes hin und her. Sein Blick geht nach oben, um in ihr Gesicht zu blicken. Dabei bleiben seine Augen bei den zarten Händen hängen. Schmale, lange, Blütendocht ähnliche Finger, die die Bürste halten. So etwas Filigranes hat er noch nie gesehen. Bebirjus bleibt vor ihr stehen und er kann sie nur anschauen. Sie hebt ihren Kopf und blickt ihm in seine Augen. Ihr Gesang verstummt. Dieser Anblick wird ihm immer in Erinnerung bleiben. Diese Augen! Diese grünen Augen ziehen ihn in ihren Bann. Eine zarte Stimme durchbricht die Stille. „Wer bist du? Ich habe dich hier noch nie gesehen." Wie angewurzelt, mit weit offenem Mund, steht er da und ist erschrocken, dass sie ihn angesprochen hat. Er ist immer noch gelähmt von ihrer Schönheit. Langsam findet er wieder seine Stimme um ihr zu antworten. „Ich... ich komme über den See." Jetzt fällt ihm wieder ein, warum er hier ist und wer er ist. „Ich bin der Elf Bebirjus aus dem Reich im Süden von König Hansgar und habe eine Botschaft für deinen König Friederjus." „Dass du ein Elf bist habe ich schon gesehen." Sie lächelt ihn an. Bebirjus bekommt einen ganz roten Kopf. „Wenn du, Elf Bebirjus, möchtest kann ich dir den Weg zum Schloss zeigen und dich begleiten." Innerlich macht Bebirjus einen Freudensprung. Sie begleitet mich! Was will mein Herz noch mehr für diesen Augenblick! Die Liebe zu dem Einhorn ist in Vergessenheit geraten. Den leidenden Romos hat er aus seinem Gedächtnis gelöscht. Er hat nur noch Augen für dieses Elfenmädchen.

Auf den Weg zum Schloss erfährt er von ihr, dass sie Orchidea heißt. Was für ein Name! Er spiegelt ihre Schönheit wieder, denkt er sich. Am Schloss angelangt, das dem von König Hansgars ähnelt, ruft Orchidea: „Vater, es ist Besuch für dich da. Der Botschafter aus dem Reich von Onkel Hansgar." Bebirjus stockt der Atem. Mit einer tiefen Verbeugung entschuldigt er sich bei ihr für sein ungebührliches Verhalten. Sie nimmt ihn bei der Hand und sagt mit einem tiefen Blick ihn seinen Augen: „Ich habe gewusst, dass du kommst. Eine Freundin hat es mir im Traum verraten. Du kennst sie auch." „Und seit ich von dir weiß, bin ich jeden Tag zum Baumstumpf und habe für dich gesungen, dass du den Weg zu mir findest." Das alles ist zu viel für Bebirjus. Er ist überwältigt von dem Gefühl in ihm. Dann noch, dass sie von ihm wusste und dass sie von königlichem Blut ist. Was das Ganze in seiner Verwirrtheit noch zu übertreffen schien ist, welche gemeinsame Freundin könnte sie denn mit ihm haben? „Ich muss mich setzen. Entschuldigt, dass ich es so daher sage, aber irgendwie ist mir das Ganze jetzt zu viel." „Oh mein armer Bebirjus", sie streichelt ihm über die Wange. „Es tut mir leid, dass ich dich mit all den Informationen so überrumpelt habe. Aber eines muss ich dir noch sagen, eine wundervolle Neuigkeit. Unsere gemeinsame Freundin ist heute wieder aufgewacht, genau zum richtigen Zeitpunkt." „Mein Vater ermahnte mich schon, es langsam angehen zu lassen. Doch die Freude, dass du es geschafft hast, hat mich überwältigt." Orchidea spricht ohne Punkt und Komma so groß ist ihre Freude. „Kann ich jetzt erst einmal die Botschaft, die ich für deinen Vater habe, überbringen? Bevor es mir den Boden unter den Füßen wegzieht." Bebirjus will nur noch die Schriftrolle für Friederjus überbringen und dann die ganzen Eindrücke bei einem köstlichen Mahl verdauen. „Komm. Ich bringe dich in den großen Saal zu meinem Vater." Sie packt ihn wieder an der Hand und zieht ihn durch die Gänge des Schlosses, bis sie vor einer großen schweren Flügeltür zum Stehen kommen. Der Elf atmet noch einmal tief durch.

Dann öffnet er die Tür zum Saal. Orchidea geht und kümmert sich derzeit um ein ausreichendes Mahl für Bebirjus. Er betritt den Saal. Am anderen Ende, auf der Fensterseite, steht ein wahrlich geschmückter Thron, auf dem König Friederjus sitzt. Neben ihm ist ein etwas kleinerer Thron frei. Mit einer Handbewegung deutet Friederjus ihm an näher zu kommen. Langsamen, aber sicheren Schrittes, begibt sich Bebirjus zum König und verbeugt sich mit den Worten: „Eure Hoheit, ich habe eine Nachricht aus dem Reich im Süden von König Hansgar für euch." Er holt aus seinem Beutel die

Schriftrolle heraus und will sie mit gesenktem Haupt übergeben. Friederjus erhebt sich und geht auf Bebirjus zu. Mit seiner Hand hebt er dessen Kopf an und spricht: „Du musst dich vor niemanden verbeugen, sondern ich mich vor dir. Du hast Mut und Größe bewiesen." Bebirjus schaut den König verwundert an und reicht ihm wortlos die Schriftrolle. „Ich weiß, was in der Schriftrolle steht. Wichtig ist nur, dass du es geschafft hast." Er schaut sich suchend um. „Wo ist dein Begleiter?"

In diesem Augenblick öffnet sich die Tür zum Saal und eine schöne Frau kommt herein. Sie beantwortet die Frage von König Friederjus: „Romos ist noch im Land der Lieblosen. Sein Auftrag beginnt erst so richtig." Sie begibt sich nun vor Bebirjus, der neben Friederjus steht, und schaut ihn liebevoll an. „Na, weißt du jetzt, wer die besagte Freundin ist? Gefällt dir deine Überraschung? Ich meine Orchidea?", zwinkert sie ihm zu. Stotternd beginnt Bebirjus zu reden. „Das Einhorn, nein, die junge Frau aus der Senke. Die Vision im toten Wald." Langsam beginnt es ihm zu dämmern. Er versucht, gedanklich alles zu sortieren, bis sie ihn unterbricht. „Was ist mit Romos, wie weit ist er gekommen?" „Den habe ich ja ganz vergessen", platzt es aus ihm heraus. Mit einem schuldigen Blick sucht er verzweifelt Halt bei Friederjus. „Wo hast du Romos zuletzt gesehen?", will das Einhorn, die Frau wissen. „Am See. Sie haben ihn gefangen genommen. Das Letzte, was ich gesehen habe, war, dass er regungslos am Boden lag und die Feenmänner von Granog mit Fackeln um ihn herumgetanzt sind." Friederjus dreht sich zu der Frau und spricht mit ihr: „Hast du noch einmal Kontakt mit ihm aufgenommen?" „Das, was ich aus meinen Träumen weiß, ist, dass Romos im Land der Lieblosen bleibt, da er erst den Weg in sein Herz finden muss." Sie schaut ins Leere und spricht weiter. „Ich hatte noch einmal Kontakt mit ihm, in seinem Herzen. Ohne zu wissen, dass er in Gefangenschaft ist." Ihre Augen füllen sich mit Tränen. „Anscheinend hat sein Körper ihn ins Herz gebracht, dass sein Bewusstsein von den Schmerzen befreit, die ihm die Männer von Granog zugeführt haben." „Als Einhorn könnte ich jetzt sehen was mit ihm ist, doch als Frau muss ich im Vertrauen und in der Liebe bleiben."

Bebirjus ist die ganze Situation peinlich, da er Romos vergessen hatte. Verlegen sucht er in seinem Beutelchen nach einer Antwort. „Autsch." Er nimmt seine Finger aus dem Beutel und steckt seinen Finger in den Mund, um das Blut abzulecken. „Romos hat doch auch eine Rose. Kannst du über diese mit ihm Kontakt aufnehmen?", fragt Bebirjus. Die Frau geht mit ausgestreckten Armen auf Bebirjus zu, nimmt sein Gesicht in die Hände und küsst ihn auf die Wange. „Die Rose, natürlich." Ihr Gesicht erhellt sich und sie wirbelt im Saal umher. Sie erwähnt etwas von Erinnerungsblasen und das er damit all das erhält, was er braucht, um erlöst zu werden. Bebirjus sieht sich seine Rose noch einmal an und bedankt sich bei ihr für ihre Hilfe. Er hat das Gefühl, sie wieder Marrenya zurück zu geben. „Ich weiß, ihr habt mir diese Rose geschenkt, doch eine Stimme in mir sagt, dass ihr sie jetzt dringender braucht als ich. Ich würde sie ihnen gerne wieder überreichen." Marrenya, in ihrer Aufregung durch seine Worte gestoppt, geht zu ihm. Mit freudigen Augen nimmt sie das Geschenk von Bebirjus an. „Ich danke dir, mein Freund. Sie wird mir eine große Hilfe sein." Sie dreht sich mit der Rose in den Händen ein paarmal im Kreis. „Es tut mir leid, dass ich im Zweifel war. Mein Herz sagte mir, dass du den Weg zu mir findest, doch mein beginnender menschlicher Verstand hat es vereitelt, daran zu glauben. Ich weiß, dass die göttliche Liebe in meinem Herzen zu dir sprechen wird." „Mit wem sprichst du?" will Friederjus wissen. „Ich rede mit Romos, aus meinem Herzen zu seinem." Sie sieht trotz der großen Freude einen Augenblick nachdenklich zu Boden. Marrenya kennt die Liebe in ihrem Herzen nur zu gut. Als Einhorn war sie die reine Liebe. Jetzt, als Mensch in einer Welt, die sie von allem abschneidet und sie die materiellen Ebene zu fühlen beginnt, fällt es ihr sehr schwer, ihre Gefühle zu unterscheiden. Was ist die Liebe aus der göttlichen Verbindung und was ist die Liebe in der materiellen Ebene? Diesen Unterschied muss sie noch kennen lernen, dass die materielle Liebe nur ein Teil des Göttlichen ist. In der materiellen Ebene gibt es Erwartungen, Besessenheit, Machtspiele, Klammern und sich von der Liebe des Anderen abhängig zu machen. Es ist ihre Aufgabe, all diese menschlichen Abhängigkeiten aufzulösen, damit die reine Liebe in einer Beziehung einziehen kann. „Mach dir keine Gedanken, Friederjus. Wir befinden uns mittendrin und jetzt müssen wir nur noch dem Lauf folgen." Bebirjus und Friederjus verstehen nur die Hälfte. „Ich danke dir, du kleiner, großer Held. Eine kleine Aufgabe steht dir noch bevor. Doch jetzt sollst du erst einmal für das, was du geschafft hast, belohnt werden. Orchidea hat dir ein Mahl zubereitet und dein Gemach ist auch hergerichtet. Esse dich satt und schlafe dich aus. Morgen wirst du einiges mehr verstehen als heute. Lass die Mächte der Nacht wirken und freue dich auf deine Zukunft." Mit diesen Worten hat sie den Saal verlassen und Bebirjus bemerkt jetzt erst seinen Hunger und das Bedürfnis, sich in einem weichen Bett auszuschlafen.

10 Romos in Gefangenschaft

Romos fällt es schwer, seine Augen zu öffnen. Jeder einzelne Knochen in seinem Körper beginnt zu schmerzen. Er kann sich kaum bewegen. Jegliche noch so kleine Bewegung, die er versucht, bringt ihm neuen unerträglichen Schmerz. Mit seinen Fingern tastet er sein Gesicht ab. Er spürt verkrustetes Blut. Seine Augen sind von den Schlägen, die er bekommen hat, zugeschwollen. All die Vollkommenheit seines Körpers ist verschwunden. Dieser, im Hier und Jetzt, ist geschunden. Romos kann sich erinnern, dass er in seinem Herzen war und mit der Rose in seinen Händen eingeschlafen ist. Ein stechender Schmerz durchzieht seine rechte Körperhälfte. In der Ferne hört er jemanden rufen: „Steh auf, du Verräter!" Wieder ein stechender Schmerz, diesmal in der linken Körperhälfte. Er kann sich vor Schmerzen kaum bewegen, um eine Schutzhaltung einnehmen. Bei den Worten „Nehmt ihm doch endlich diese hässliche Rose weg!" ist sein Geist vollkommen anwesend. Mit all seiner verbleibenden Kraft hält er sie in seinen Händen so fest, dass sich die Dornen in sein Fleisch bohren. Dieser Schmerz wird, von den anderen, die er schon hat, betäubt. Das einzige, woran er jetzt denken kann ist, halte sie fest, halte die Rose fest. Mit halb geöffneten Augen sieht er schemenhaft einen der Feenmänner, der wieder mit dem Fuß ausholt, um ihn zu treten.

Da hört Romos Granogs Stimme: „Lass gut sein. Der soll noch ein bisschen leiden, bevor er krepiert. Erst will ich wissen, wie weit der andere Bastard gekommen ist." Er konnte es kaum glauben, dass diese Worte wie Musik in seinen Ohren waren, denn sehr vielmehr Schläge wären sein Tod gewesen. Granog beugt sich über ihn und ist ganz nah vor seinem Gesicht. Er erkennt ihn an dem fauligen Geruch seiner Zähne. Er spricht mit einer zuckersüßen Stimme zu Romos. Das kann nur Schlechtes bedeuten. „Gib es schon her, das hässliche Ding. Und lass dir eines gesagt sein. Jeder Gedanke an das Einhorn oder wer sie jetzt ist, wird dir Schmerzen bereiten." Granog kniet sich neben Romos auf den Boden und redet weiter. „Vergiss nie, du bist einer von uns, keiner von denen. Die werden dich nie als einen der ihrigen anschauen." Er macht eine Pause und beugt sich näher über Romos Gesicht. Angewidert versucht er sein Gesicht wegzudrehen, doch der Schmerzen hindert ihn dran. So muss er den fürchterlichen Gestank aus dem Mund von Granog ertragen. „Wir sind diejenigen, die immer für dich da waren." Dabei zeigt auf die sabbernde und grunzende Menge um ihm herum. „Wir sind deine Familie und deine Freunde." Mit leiser Stimme antwortet er Granog: „Du hast Recht. Was will sie denn von mir? Der kleine Elf, dessen Leben ich zweimal gerettet habe, hat mich auch im Stich gelassen. Ich bin kein Kobold, der für das Glück geschaffen ist." „Ja, so gefällst du mir. Das ist mein

Romos." Mit diesen Worten fällt Romos wieder in eine tiefe Ohnmacht.

Romos beginnt, von ihr zu träumen, noch bevor sie etwas zu ihm sagen kann, bekommt er keine Luft zum Atmen. Granog persönlich hat sich seiner angenommen. Sobald er eine Veränderung in Romos Aura bemerkt, weckt er ihn auf. Benommen von den Schmerzen will Romos weiter schlafen, doch Granog schüttet ihm Wasser ins Gesicht. „Du bleibst schön hier mein Freund. Sobald du an sie denkst, werde ich dich wecken und schon bald werden die Höllenqualen beginnen, wenn deine Wunden sich entzünden." Romos ist es in dem Augenblick egal, was Granog da erzählt. Er spürt nur noch einen geschundenen, halb toten Körper. In seinen folgenden Träumen sieht er Bebirjus, den falschen Freund. Dieser tanzt vor Freude und Glück mit einem Elfenmädchen über die Wiesen. Er hat ihm geholfen und was macht der kleine Bursche? Er lässt ihn hängen, in den Händen von Granog. Mit der Zeit heilen all seine körperlichen Wunden, die Seelischen bleiben. Und diese schmerzen noch stärker, als es die Körperlichen je getan haben. Granog muss sich in Acht nehmen. Romos hat sich verändert, ein anderer ist er geworden. Zwar spürt Granog die Wut, die in Romos ist, doch weiß er, gegen wen diese gerichtet ist. Alle Versuche und Manipulationen, ihn in sein altes Leben zu bringen, scheitern. Es scheint, dass Granog teilweise untätig ist, seit er weiß, dass Alexa gefangen wurde. Doch sein

Ehrgeiz und Machtantrieb lassen ihn auch ohne Alexa weiter machen. Er hat sie nur benutzt, so wie sie ihn benutzt hat. Beide wollten sich hintergehen. Es wäre zwar leichter für ihn, sie als Priesterin einzusetzen, doch er wird auch ohne sie an sein Ziel kommen.

Nachdem Alexa das Fluchen aufgehört hat, in dem sie erkannte, dass es keinen Sinn mehr machte, hat sich ihr Geist auf eine andere Ebene zurückgezogen, um zu heilen. Granog hat keinen Zugang auf die heilende Ebene, denn er hat das Böse so sehr in sich vertieft, so dass es für ihn keine Möglichkeit gibt, andere zu heilen.

Granog schickt seine Armee los, um bei König Friederjus für gehörige Unruhe zu sorgen. Doch keiner von seinen Leuten kommt am anderen Ufer bei Friederjus an. Die Nymphen kentern jedes Boot, in dem auch nur ein Wesen mit unreinem Herzen sitzt. Einige schaffen es zurück an ihr Ufer, doch die meisten ertrinken. Romos hört von den Überlebenden was am See geschieht. Er beginnt zu zweifeln, dass er jemals über den See kommt, denn das, was er in dem Traum zu sehen und zu spüren bekam, war eben nur ein Traum und keine Realität. Er ist ein Liebloser. Wenn es anders gewesen wäre, hätte Bebirjus versucht ihn zu retten. Zweifel schleichen sich in seine Gedanken und sein Herz. „Was will sie denn von mir? Ich bin ein Liebloser und werde immer einer sein. So bin ich geboren. Was oder wer ich bin, ich werde sie verletzen, weil ich nie so sein kann, wie sie mich sieht. Ich bin wie ich bin. Der Ausflug in mein

Herz hat mir gezeigt, dass das Leben hier nur umso schmerzlicher für mich wird, wenn ich so sein will, wie ich es in mir fühle. Sie hat mir in der kurzen Zeit so viel gezeigt und gegeben. Wenn ich mich auf sie einlasse, werde ich sie verletzen und meine Identität aufgeben. Dann gehöre ich zu niemand mehr. Dann bin ich ein Heimatloser."

Mit diesen Gedanken ist Romos auf dem Weg zu Granog, hinter dessen Hütte sich die Müllhalde befindet, das beste Grundstück im Dorf. Romos schaut angewidert hinüber. „Wie konnte ich je sagen, dass dieser Duft meine Seele öffnet? Der schließt eher die Atemwege und setzt die Lunge außer Gefecht." Er wollte seinen Blick schon abwenden, doch da war was. Es sah so aus, als ob es aus der Mitte des Müllberges leuchtet. „Später vielleicht", denkt sich Romos, „wenn ich dran denke." Erst möchte er erfahren, warum Granog nach ihm gerufen hat. Früher ist er ohne darüber nachzudenken einfach in die Behausung von Granog eingetreten. Jetzt bleibt er stehen, klopft und wartet bis er aufgefordert wird einzutreten. „Komm doch rein und setzte dich hin. Seit wann wartest du, bis ich etwas sage? Das hast du doch sonst nie gemacht." Granog zeigt auf den freien Hocker, der am Tisch steht. Romos nimmt mit einem Kopfnicken an: „Ich glaube, die paar Tage bei Alexa haben mich da ein wenig beeinflusst. Du hast keinen Schimmer, wie oft ich mir was anhören konnte, nur weil ich in ihre Gemächer eingedrungen bin, ohne dass sie mich hörte." Alle am Tisch fingen an zu lachen, was sich eher nach einem

Grunzen anhörte. Am Tisch sitzen die Ältesten vom Dorf und naschen von den Meisterpflanzen, mit denen sie ihr Bewusstsein auf Reisen schicken. „Schau, was meine Männer aus Hansgars Wäldern geholt haben." Er zeigt auf eine Schüssel am Tisch, die mit Tollkirschen gefüllt ist. „Nimm so viel du verträgst. Früher hast du uns alle übertroffen in der Menge, die du verspeistest." Romos schaut gelangweilt die Schüssel an. Er denkt sich: „Was soll ich denn damit? Als ob das was an meiner Situation ändern würde." Granog hat ihn genau beobachtet und meint ganz am Rande „Mein Freund, so kannst du mal alles vergessen, was war und was ist. Begib dich doch auf die Reise und genieße." Romos will schon zu der Schüssel greifen, um sich ein paar Beeren zu nehmen. Da beginnt es in seiner Hand fürchterlich zu stechen. Es ist der Rosendorn, der sich so tief in sein Fleisch bohrte, als er vergeblich die Rose festhielt, um sie vor Granog zu schützen. Er zieht seine Hand mit den Worten zurück: „Danke für dein Angebot, doch ich lasse es. Ich möchte erst wieder ganz der Alte sein, bevor ich mich auf eine Bewusstseinsreise begebe. Wenn ihr mich entschuldigt, ich möchte zu Bett gehen." Granog schaut ihn ganz böse an. Sein Plan misslingt. Er wollte Romos dazu bringen, wieder in seine alte Sucht zu gelangen. Denn wenn er wieder darin verstrickt ist, hört er auf, selbstständig zu denken. Und diese Gefühle, die Romos durch das Einhorn kennen gelernt hat, würde er bald gegen seine alte Sucht eintauschen. Romos steht auf und verabschiedet sich. Granog nickt einem Wächter zu, dass dieser Romos verfolgt, um zu beobachten, was er macht. Romos war sich im Klaren, dass Granog einen Mann auf ihn ansetzt, denn zu seinen Anfangszeiten war er auch ein Spion, der bespitzelt hat und es dann Granog berichtete. Romos kennt sich gut im Dorf aus und schafft es dem Wächter zu entkommen bzw. ihn zu beobachten. Dieser hat zu viel Angst vor Granog, so verschweigt er ihm, dass er Romos aus den Augen verloren hat. Der Wächter vergewissert sich, dass ihn keiner beobachtet und verschwindet im Haus der Dorfhuren.

Geschafft! Romos reibt sich immer wieder die Hand, in der der Dorn steckt. Er weiß, dass seine Zeit hier vorüber ist, ist sich aber auch bewusst, dass er für das andere Reich noch Reife benötigt. In diesem Gedanken des Zwischendaseins geht er zu der Müllhalde, um nach zu sehen, was da geleuchtet hat. Je näher er kommt desto stärker ist das Stechen in seiner Hand. "Hat es etwas mit der Rose zu tun?" fragt er sich. „Ach was, Granog hat sie zerstört und vernichtet. So wurde mir berichtet." Er geht um den Platz herum und bleibt an einer uneinsehbaren Stelle stehen. Aus dem stechenden Schmerz wird ein Vibrieren in seiner Hand. Wann immer er die Hand in Richtung Müll ausstreckt, umso heftiger wird das Vibrieren. Er spielt ein wenig mit dem Gefühl. Hand vor, Hand zurück. Bis ihm schließlich auffällt, dass es an einer Stelle mehr vibriert und an einer anderen Stelle weniger. Aus dem Spiel wurde ein Orten dessen, was er finden soll.

Er hat die Stelle gefunden, an der seine Hand so vibriert, dass der ganze Arm gleich mitmachte. Es ekelt ihn ein wenig an, in den Müll zu greifen, doch in ihm ist eine Stimme, die immer wieder sagt: „Greif zu! Hole sie heraus!" „Was soll ich raus holen?", antwortet er in seinem Kopf. „Bitte, hole die Rose heraus." Die Rose! Das war sein Stichwort. Sie existiert noch? Granog wusste, dass es für ihn unmöglich ist, die Magie der Liebe zu zerstören. Deshalb hat er alle im Glauben gelassen, er hätte die Rose zerstört. Jetzt vibriert sein ganzer Körper. Es ist die Freude in ihm. Ohne länger nach zu denken greift er in den Müll und fasst nach dem ersten Ding, das noch eine feste Konsistenz hat. Er zieht seinen Arm zurück und in seiner Hand hält er die Rose. In ihrem Zartrosa beginnt sie pulsierend auf zu leuchten. Rosa war sie nur in seinem Traum. Sie müsste von reinstem Weiß sein. Da wurde ihm klar, dass es kein Traum war, sondern dass er es wirklich erlebt hat. Eine Wärme durchzieht seinen Körper. Sein Herz beginnt zu pochen. Dieses Gefühl von Liebe erwacht von neuem. Zu dieser Wärme gesellen sich die Worte von Granog. Du bist einer von uns, sie werden dich nie annehmen. Traurigkeit breitet sich in ihm aus, dass er nur von ihr träumen kann, wie sie in seinen Armen liegt und er ihren Geruch aufnimmt, der süßer ist als alle Blumen zusammen.

In Granogs Hütte herrscht Aufbruchsstimmung. Romos verstaut die Rose in seinem Hemd und versteckt sich hinter dem Müllberg.

Nachdem das Licht bei Granog aus ist, schleicht er sich in seine zeltähnliche Behausung, denn das Anrecht auf seine Hütte hat er verloren. Er bettet sich auf seiner Holzpritsche, holt die Rose heraus und hält sie in seinen Händen. Er betrachtet sie von allen Seiten, um ihre Schönheit auf sich wirken zu lassen. Er, der Kobold, der mit Schönheit noch nie was zu tun hatte, ist von dieser anmutigen Zerbrechlichkeit fasziniert. Sie beginnt wieder zu leuchten. Schnell steckt er sie unter sein Hemd auf sein Herz, damit keiner die leuchtende Rose bemerkt. Denn Privatsphäre gibt es in diesem Zelt keine. Es ist von außen einsehbar. Vorsichtig verschränkt er seine Arme über der Brust, um seinen Schatz fest bei sich zu haben, damit ihn keiner zu sehen bekommt. Die Rose leuchtet unter seinem Hemd weiter und strahlt dabei eine Wärme aus, die sich durch seinen Brustkorb in Richtung Herz ausdehnt. Die Wärme berührt sein Herz, wodurch er in einen tiefen Schlaf fällt. Unbewusst hat er Angst, dass er von Granog geweckt wird, so wie er in seiner Traumwelt bei ihr ist, doch die Rose schützt ihn und er kann unbehelligt Eintreten in die Ebene seiner Träume.

Er befindet sich wieder in dem Raum, der kein Raum zu sein scheint. Vorsichtig schaut er sich um, die Angst, dass doch noch Granog alles zerstört, steckt tief in ihm. „Du brauchst keine Angst zu haben." Da ist sie wieder, die Stimme: „Er hat keinen Zugang zu diesem Ort, denn das ist dein Herz." Romos setzt sich hin und beginnt zu weinen. „Warum weinst du?", will die Stimme wissen. „Wie kann ich es schaffen in die Liebe zu kommen, um einer von euch zu werden?" „Du bist schon immer einer von uns gewesen. Du musst dich nur dafür entscheiden, einer von uns zu sein." Romos ist verwirrt, was er da hört. „Wie kann es sein? Ihr verachtet uns doch!" „Nein, ihr verachtet euch selbst. Dadurch haben alle das Gefühl, dass wir euch verachten. Granog weiß darum, deswegen hat er euch glauben gemacht, dass wir euch ablehnen. So behält er seine Macht. „Ich habe da noch ein paar Fragen. Kann ich sie dir stellen?" „Gerne." „Wer bist du und wie heißt du?" „Hole die Rose aus deinem Hemd und schaue sie ganz genau an. Sie wird dir alle Fragen erklären. Sobald du erkennst und verstehst, werden wir uns wieder sehen." Romos macht, was die Stimme zu ihm gesagt hat. Die Rose hat wieder ihre Farbe geändert. Aus dem hellen Rosa ist ein dunkleres Rosa geworden. Er legt die Rose vor sich hin.

Wie beim ersten Mal öffnet sie auch jetzt ihre Blüte ganz. Aus ihrem Inneren kommt wieder eine Blase heraus, doch diesmal ist es anders. Gespannt was jetzt kommt wird sein Blick immer tiefer immer konzentrierter, bis er sich in der Blase befindet. Er ist auf einer Wiese und liegt in mitten von Blumen in den schönsten Farben. Schmetterlinge tanzen von einer Blüte zur anderen. Das Summen der Bienen und der Gesang der Vögel verzaubern ihn. Der süße Duft, der in seine Nase steigt, lässt ihn seinen Kopf drehen, um zu sehen, woher dieser feine, herzerwärmende Duft kommt. Sie, die Frau aus seinen Visionen und Träumen, liegt neben ihm. Ihre Blicke treffen sich und beide beginnen zu lächeln. Das ist ein Lächeln von solcher Hingabe und Liebe. Romos beugt sich leicht über sie und streicht ihr eine Haarsträhne aus dem Gesicht, streicht ihre Wange und stellt lächelnd fest: „Du bist es, die Frau, die aus der Erdsenke kam, in der das Einhorn versank." „Ja, die bin ich. Ich bin auch die Vision im Wald gewesen, besuchte dich in deinen Träumen und die Stimme, die du in deinem Herzen gehört hast, bin ich auch." „Wie kannst du in meinem Herzen mit mir reden?", fragt Romos. „Mein Lieber Romos, wir sind enger verbunden als du es dir je denken könntest." Romos beugt sich weiter zu ihr hin und gibt ihr einen zärtlichen Kuss. Sie erwidert ihn. Das hätte sich Romos in seinen kühnsten Träumen verboten, dass es sich so wundervoll anfühlt. „Sag mir", beginnt er, „wie können wir uns in unserer Welt treffen und vor allem, wie ist dein Name jetzt?" „Nimm dieses Gefühl mit in den Wachzustand und halte dein Herz offen, so dass du es immer spürst. Dann wirst du zu diesem Gefühl. Dann bist du in der Liebe mit mir verbunden und von allen Mächten beschützt." „Schaffe ich das?", beginnt er zu zweifeln. „Erinnere dich immer daran, was du für mich empfindest und ich für dich, dass es ein Geben und Empfangen von Liebe ist." „Ich erinnere mich. Sag mir noch, wie ist dein Name, damit ich mich auch an deinen Namen erinnern kann. Das bestärkt das Gefühl in mir." „Man nennt mich auch jetzt noch Marrenya." „Marrenya", wiederholt er. „Wie das Einhorn, ein schöner und seltener Name." Mit dem Wort Marrenya schaut er ihr tief in ihre Augen und sie küssen sich hingebungsvoll in einer Verbundenheit des ewigen Kennens. In seinem Kopf hört er: „Du musst aufstehen. Bitte steh auf." „Was ist los?"

Er öffnet langsam seine Augen und bemerkt, dass er in seiner zeltartigen Behausung liegt. Neben ihm am Bett steht Marrenya in Nebelgestalt und spricht weiter zu ihm: „Du musst dich auf den Weg machen. Granog hat vor, dich auszuschalten. Bleib in der Liebe. Du hast die Macht, deine Welt vor Granog zu retten. Mache dich auf den Weg zu mir!" Hellwach nach diesen Sätzen fragt er sie noch: „Wie kann ich meine Welt retten und wie finde ich dich?" „Folge der Liebe in deinem Herzen, sprich aus ihm. Und achte auf deine Rose. Sie wird dir helfen, zu mir zu kommen." Er sieht seine Rose an. Die Farbe der Rose ist rot geworden. Ihm fällt bei dem Anblick ein, dass sie damals im Wald zu ihm sagte, dass seine Zeit kommt, wenn die Rose sich verfärbt. Ein zarter Lufthauch streichelt seine Körper. Danach löst sich Marrenya im Nebel auf.

11 Loslassen

Draußen vor Romos Zelt startet reges Treiben. „Was ist denn hier los?", fragt Romos jemanden, der geschäftig an seinem Zelt vorbei läuft. „Wir machen uns zum Aufbruch bereit. Granog will das Reich von Hansgar angreifen und Beroldîn arbeitet an den Quellen. Das will Granoooo…" Er stoppt sein Weiterreden. Er schaut Romos mit weit aufgerissenen Augen an. „Ist was? Was schaust du so?" Das Treiben endet schlagartig, als Romos ganz aus seinem Zelt tritt und ihn alle sehen. Da wird ihm klar, dass er sich in dieser Nacht wieder verändert hat. Er sieht an sich hinunter und bemerkt, dass für alle sichtbar geworden ist, dass seine Aura in leuchtenden Farben scheint. Seine Wandlung zu einem liebevollen Kobold mit menschlichen Zügen zeichnet sich in seinem Aussehen ab. „Was ist denn hier los? Geht an eure Arbeit!", tönt es von Granog. Verwirrt über das, was sie sehen, gehen sie stillschweigend daran, alles für den Aufbruch vorzubereiten.

Granog ist bei Romos angelangt und stellt sich demonstrativ vor ihn hin. „Habe ich mir doch gedacht, dass du die Rose findest. Das Mistding hat Magie in sich." Herrschsüchtig versucht Granog seine Unsicherheit zu überdecken. Immer in Gedanken an Marrenya findet Romos zu seiner Liebe und in die Kraft, die er durch sie erhält. Er schaut Granog eindringlich an. „Was willst du von mir? Ich weiß

Bescheid, dass du uns für deine Machenschaften nur benutzt hast."

„Jetzt tut er, als ob er ein Heiliger ist. Du hast aus genau den gleichen Gründen dein Leben lang auch so gehandelt." Granog schiebt Romos zurück in dessen Behausung und drängt ihn an die Rückwand. „Schau dich doch mal an, was das Ganze mit dir gemacht hat!" Angewidert blickt er an Romos entlang. „Zu hübsch für unsere Welt und zu hässlich für die Anderen. Sag mal, wen willst du damit beeindrucken?" Romos findet keine Antwort darauf. Ihm ist allerdings klar, dass Granog sein Leben lang aus Angst gehandelt hat. Alles, wofür er in seinem Leben kämpfte, war die Angst vor seinen eigenen Gefühlen. Mitgefühl für all die Taten und das Verhalten von Granog durchdringt Romos. Jetzt hat er verstanden, Vergebung auch in sein Tagbewusstsein zu bringen. Granog spürt was Romos vorhat. Er muss es verhindern, denn das macht Romos stark und so kann er gefährlich für ihn werden. „Ich weiß, was du versuchst. Bedenke jedoch eines. Du befindest dich in meinem Reich und das bisschen Liebe, das in dir wächst, hat kein Fundament. Sie wird bald platzen wie eine Seifenblase, da kann dir die Rose auch keinen Schutz mehr geben." Mit diesen Worten winkt Granog einige seiner Wachen zu sich, damit sie Romos abführen. Sie bringen ihn zu Granogs Haus. Es ist neu für Romos, dass sich hinter Granogs Haus ein Kerker befindet. Granog sieht das Erstaunen von Romos. „Und du dachtest, du bist einer meiner engsten Vertrauten. Da siehst du mal, dass es noch mehr Dinge gibt, die ich dir verschwiegen habe." Die Wachen führen ihn in ein dunkles feuchtes Kellerverlies. Romos meinte, dass der tote See fürchterlich stank, doch das, was hier in seine Nase dringt, ist ätzender als alles, was er bisher gerochen hat. Es ist eine Mischung aus fauligem Fleisch, Wasser vom See und ranzigem Fisch. Ein fester Bestandteil des Gestankes sind auch die Gerüche von Fäkalien. Die Wachen schubsen ihn in eine dunkle Zelle und schließen die Türe hinter ihm. So am Boden liegend würgt es ihn von diesem Gestank. Es würgt ihn so sehr, dass er sich übergeben muss.

Marrenya hat sich wieder schlafen gelegt, um mit ihrem Herzen Kontakt zu Romos aufzunehmen. Bisher hat das immer geklappt. Doch diesmal erscheint im Traum die Lichtung vom Weisen. Verwirrt schaut sie sich um. „Warum bin ich hier? Ich wollte doch zu Romos." Sie erblickt den Weisen nur schemenhaft. „Was ist hier los? Warum hast du mich zu dir gerufen?" Der Weise schaut sie eindringlich an und in ihrem Kopf hört sie seine Worte. „Nun ist der Zeitpunkt gekommen, an dem deine Fähigkeiten eines Einhorns, in die Herzen der anderen und in ihre Träume zu schauen, endet. Mir ist bewusst, dass du dich als Mensch schwer tun wirst, in deinen Gefühlen zu bleiben. Jetzt kommt eure Zeit des Lernens, von dir und Romos. Ihr habt als Liebende euren freien Willen und ihr vergesst, was euch verbindet. Ihr seid Teile einer Seele. Ihr habt einen Einblick in das bekommen, was ihr haben könnt. Was ihr daraus macht, liegt an euch selbst. In jedem von euch steckt das Wissen um das Ganze. Es ist eure freie Entscheidung, es zu finden und zu leben. Wie du weißt, haben deine Schwestern in der Menschenwelt die gleiche Aufgabe. Finde in dir die reine Liebe und öffne dich all dem, was geschieht. Nimm es hin, egal was auch immer dein Verstand dir mitteilen will. Vertraue, dass es ebenfalls zum Plan gehört. Denn du schreibst von nun an, mit deinem Wissen und deiner Liebe, ob nun bewusst oder unbewusst, dein Leben." Marrenya hört zwar die Worte, doch sie weigert sich, das zu verstehen. Ihr wird allerdings dadurch klar, dass sie schon menschlicher denkt und fühlt als ihr lieb ist. In ihrem langsamen Verstehen fügt der Weise noch hinzu: „Vertraue auf die Liebe. Reiche jedem Wesen deine Hand der Liebe und Vergebung. Baue Brücken zu den Gefühlen eines jeden Wesens und du kannst die Herzen befreien und öffnen." Die schemenhafte Gestalt des Weisen löst sich auf und um ihr herum wird es dunkel.

„Marrenya, Marrenya wach auf." Orchidea versucht sie zu wecken. „Was ist denn los?", will Marrenya verschlafen wissen. „Es ist schon Mittag und ich mache mir Sorgen was mit dir ist." Marrenya erinnert sich an den seltsamen Traum. „Ich wollte im Traum zu Romos, doch dann war ich beim Weisen. An das, was er mir sagte, erinnere ich mich kaum. Mir ist nur in meiner Erinnerung geblieben, dass ich ein Mensch bin und meine Fähigkeiten als Einhorn verliere und für mich selbst verantwortlich bin." Jetzt ist sie hell wach und setzt sich in ihrem Bett aufrecht hin. Sie zieht sich schützend die Bettdecke bis zu ihrem Kinn. Sie schaut Orchidea mit großen Augen an. „Ich habe ihn verloren." Orchidea setzt sich zu Marrenya aufs Bett und nimmt ihre Hand in die ihrige. „Das wird nie geschehen. Ihr seid auf der Ebene der reinen Liebe verbunden. Da gibt es keine Trennung." Marrenya zieht ihre Hand zurück und blickt Orchidea eindringlich in ihre Augen. „Ich bin auf der menschlichen, materiellen Ebene und muss erst in meinem Herzen die reine Liebe und Vergebung finden und mich öffnen. Kann ich mir sicher sein, dass ich Romos je wieder sehen werde? Wie schaffe ich es, so weit zu kommen und darauf vertrauen, dass alles so kommt wie es soll?" Ihr Blick richtet sich nach innen. Ihr wird klar, dass diese Aufgabe doch schwerer ist, als sie es sich vorgestellt hatte. Als Einhorn war sie in der reinen Liebe. Diese jetzt mit ihrem menschlichen Verstand zu finden fällt ihr schwer. Sie bittet Orchidea sie für den restlichen Tag bei König Friederjus zu entschuldigen. Sie müsse sich dessen, was nun auf sie zukommt, klar werden.

Friederjus weiß, was in Marrenya vorgeht und hat vollstes Verständnis. Sie ist erst am Tag, als Bebirjus ankam, aus ihrem Schlaf erwacht. Diesen einen Tag lässt er sie in Ruhe, denn nun beginnt seine Aufgabe in der großen Veränderung.

Romos, in seiner Gefängniszelle liegend, rollt sich wie ein Baby zusammen. Er ist so hilflos und hat keinen Plan, wie er aus dieser aussichtslosen Situation kommen kann. Er versinkt tiefer in seinem Mitleid, dass er für sich selbst hegt. Am Ende führt es ihn schließlich dahin, dass er beginnt, an allem was er erlebt hat, zu zweifeln. „Wer oder was bin ich denn nun? Ich gehöre zu niemandem mehr. Warum habe ich mich nur auf das eingelassen?" Mit dem Zweifel kommt auch der Wehmut. „Es war doch ein schönes Gefühl, so angenommen zu werde wie man ist, als Kobold. Warum dann diese menschlichen Züge in meiner Gestalt?" Er sieht ihre Augen, ihre Erscheinung. Er richtet sich in seiner Zelle auf und schreit in die Dunkelheit: „Wozu das Ganze? Warum ich? Wie soll ich das schaffen, vor allem, was soll ich schaffen?" Er bricht in sich zusammen und sackt auf den kalten, harten Boden seiner Zelle. Es beginnt ein tiefer und sehr langer Schlaf.

Ein Traum nach dem anderen jagt ihn abwechselnd durch sein Schlafbewusstsein. Erst ist er wieder im Wald der toten Bäume und erlebt die Vision von der jungen Frau. Dann ist er in seinem Herzen, als er sich als halb Mensch, halb Kobold sieht und er sich als Kobold auf seinen eigenen Schultern selbst fesselt und das Einhorn ihm die Ketten nimmt. So erlebt er eine Situation der vergangenen Wochen nach der anderen noch einmal. Bis er in einen noch tieferen, traumlosen Schlaf fällt.

Die drei Wachen, die Granog aufgestellt hat, um Romos zu beobachten, sind keine geringeren als die, die er als Kind verprügelt hat. Zu gerne würden sie ihm jetzt alles heimzahlen. Jedoch werden sie langsam unsicher. Immer wieder schauen sie durch das Guckloch in der Tür, um zu sehen, wie es dem Gefangenen geht. Seit Stunden liegt er genauso da wie er zusammengebrochen ist. Kein Rufen oder gar Weckversuche haben es geschafft ihn zu wecken. Sie beschließen, dass einer von ihnen Granog Bescheid sagt, was mit Romos ist. Sie befürchten, dass alles Leben aus seinem Körper gewichen ist, und den Stress, den es dann mit Granog gibt, wollen sie aus dem Weg gehen. Im düsteren Schein der Laterne, ziehen sie an Strohhalmen. Wer den Kürzesten von ihnen zieht, muss zu Granog gehen. Als Erwachsene sehen sie noch fürchterlicher aus als damals in der Kindheit. Ihre verkrüppelten Finger tun sich schwer die feinen Strohhalme zu ziehen. Es hat ausgerechnet Jemerich erwischt. Der, der für Romos so eine Art Freund war. Als Kinder hat erst Jemerich Romos verprügelt und später dann Romos ihn. Daraus hat sich eine Freundschaft, im Sinne wie es Lieblosen handhaben, ergeben. Jemerich ist zwar kleiner als Romos, doch viel kräftiger gebaut. Im Tollkirschenrausch haben sie ihre Warzen am Körper gezählt, wer von beiden wohl die meisten hat. Und er war es nun, der Granog die Nachricht überbringen muss, dass Romos kaum noch Leben in sich hat. Jemerich war auch schon seit Stunden in diesem Kellerverlies und seine Augen haben sich der Dunkelheit angepasst. Oben an der Türe angekommen, dringt das Tageslicht durch einige Ritzen in der

Tür auf seine Augen. Er bleibt kurz stehen um sich der Helligkeit anzupassen. Geschrei von draußen dringt an seine großen, nach vorne geklappten Ohren. Er versucht zu verstehen was bzw. wer da so schreit, bevor er die Türe öffnet.

Er hat zu lange gewartet. Denn bis er erkennt, dass es Granog ist, der herumschreit, hat dieser die Tür, die nach innen aufgeht, schon aufgestoßen und Jemerich somit nach unten geschubst. Er kugelt mit seinem übergroßen Buckel und Bauch die Treppe nach unten. Granog beobachtet das und steigt, in seiner Aufgeregtheit ohne sich Gedanken zu machen, ob Jemerich etwas zugestoßen ist, die Treppe hinunter in das Verlies. Er lässt Jemerich genauso liegen, wie er unten angekommen ist und steigt über ihn, um zu Romos Zelle zu gelangen. Granog hat die Tür oben offen stehen lassen und der Lufthauch, der nach unten dringt, lässt Jemerich wieder zu sich kommen. Granog hat gespürt, dass sich bei Romos etwas verändert und sich deshalb auf den Weg zu ihm gemacht. Bei den Wachen vor Romos Zelle angekommen, gibt er jedem eine Ohrfeige, so dass sie zu Boden gehen. Die beiden verlieren dabei einige Zähne. Jemerich sieht das und verlangsamt seinen Schritt. Ihm reicht es, dass sein Rücken von der Steintreppe mit Blutergüssen übersät ist.

„Was ist hier los?", will er wissen. „Warum habt ihr versäumt, mich zu holen, ihr minderen Idioten? Und ich dachte, ihr seid die richtigen für diesen Job." Ohne ein Wort zu sagen kriechen sie von der Türe weg, damit Granog ungehindert zu Romos kann. In dessen Zelle kniet er sich hinunter zu Romos, um zu spüren, ob er noch einen Puls hat. Einen gleichmäßigen Puls und ein gleichmäßiges Atmen nimmt Granog wahr. Er brüllt zu den Wachen, die mittlerweile wieder zu dritt vor der Zellentür stehen: „Holt mir einige Kübel Wasser, damit wir den Verräter wach bekommen." Ohne auch nur daran zu denken, irgendetwas zu sagen, springen alle drei davon, um Wasser zu holen. Granog schaut sich im Lichtschein Romos genau an und spricht ganz leise zu ihm. „Das hast du dir so gedacht, im Traum zu heilen und dir Kraft zu holen. Ich weiß, dass du noch eine Weile brauchst, damit du mit der bedingungslosen Liebe verbunden bist. Dazu, mein Lieber, fehlt dir etwas ganz Wichtiges und ich werde verhindern, dass du es bekommst."

Romos, von dem Geschrei und Gepolter, dass vor seiner Zelle lief, aufgewacht, hört die flüsternden Worte, die Granog an ihn richtet. Ohne zu zeigen, dass er wach ist, versucht er die Worte zu verstehen. Was meint Granog damit? Die Wachen sind mittlerweile mit dem Wasser angekommen und Granog genießt es, alle drei Kübel über Romos auszugießen. Romos ringt nach Luft. Das kalte Wasser hat seinen überhitzten Körper geschockt und etwas von dem Wasser ist in seine Atemwege gelangt. Hustend setzt er sich auf. Die Ellenbogen auf seine Knie gestützt, hält er seinen Kopf. Granog schubst ihn mit seinen Füßen um. „Na? Hast du genug davon oder willst du noch mehr?" Romos, in sich sicher, fragt nach. „Genug vom Wasser oder genug von diesem Loch?" Über so viel Frechheit ist Granog sichtlich erbost. Die Wachen gehen von der Tür weg, denn wenn Granog so richtig böse ist, nimmt er sich immer den zur Brust, der ihm am nächsten steht, und dazu hatte keiner von den dreien Lust. Romos bekommt den Fuß von Granog ab. Dieser tritt so fest zu, dass er umkippt und am Boden liegen bleibt. „Ich habe mir Gedanken gemacht und wollte mal nach dir sehen", sagt Granog mit lieblicher Stimme. Der liegende Romos kennt Granog jedoch zu gut. „Wolltest du sehen, ob ich schon verreckt bin oder ob du irgendetwas aus mir heraus prügeln kannst?" Granog erkennt in Romos einen ebenbürtigen Gegner, der keine Angst mehr vor ihm hat und das macht ihn nur noch wütender. „Ich wollte dir etwas zu essen bringen, doch nun, da du dein wahres Gesicht mir gegenüber gezeigt hast, sollst du in deiner Zelle verrecken!" Er tritt noch einmal nach ihm und befiehlt den Wachen, die Zelle abzuschließen und ihm dann den Schlüssel auszuhändigen. Jetzt weiß Granog, dass er Romos verloren hat und er nie wieder einer von ihnen sein wird.

Romos wird sich bewusst, wie weit er in seiner eigenen Liebe ist. Er liegt zusammengekauert vor Schmerz am Boden und sieht, wie Granog die Tür hinter sich zuzieht. Durch das Guckloch schaut Jemerich noch einmal zu Romos. In dessen Augen kann Romos Mitgefühl erkennen. Dann schließt er es mit dem Eisenriegel ab.

Romos hört noch wie er die Steintreppe hinauf läuft und die Tür oben ins Schloss fällt. Dann ist es still. Er kann seinen Herzschlag hören. Hier und da ein leises Rascheln einer Maus. Der Boden seiner Zelle ist eine große Pfütze vom vielem Wasser, das Granog über ihn vergossen hat. Auf dieser Pfütze schwimmt nun der ganze Schmutz der am Boden lag. Zwischen all dem verwesenden, stinkenden und was auch immer es ist, liegt Romos frierend und wünscht sich, dass sein Leben aus ihm heraustritt. Er fällt wieder in einen tiefen Schlaf und träumt.

„Hallo mein Lieber, da bist du ja." Bei diesen Worten öffnet Romos seine Augen. Was er da sieht übertrifft seine kühnsten Vorstellungen. Er befindet sich auf einer Lichtung, die von solch einer Magie ist, dass es ihm schwindelig wird und er sich auf den Boden setzt. Das Moos unter ihm ist so weich. Ihm wird jetzt klar, dass er träumen muss, denn so etwas hat er in keinem der Reiche je gesehen, noch gespürt. Vorsichtig schaut er sich um. Er lauscht dem Plätschern des Baches, der mitten durch die Lichtung führt, und er hört eine leise klingende Musik, kann aber weder Musiker noch Instrumente sehen. Woher kommt nur diese schöne Musik? Ihm ist zwar aufgefallen, dass der leichte Windhauch die Blumen ins Wiegen bringt, doch dass diese die himmlische Musik erzeugen, geht über seine Vorstellungen. So langsam wird er mit dieser Umgebung vertraut. Da beginnt es neben dem Bach zu flimmern. Er beobachtet neugierig, was da geschieht. Das Flimmern wird stärker und er erkennt ein Einhorn darin. Dieses sieht jedoch gänzlich anders aus als Marrenya, die er kennen gelernt hat. Dieses hat einen Bart und ist dunkler im Weiß. Es ist viel kräftiger gebaut und ist um einiges älter. Romos steht auf, um näher zu treten, um dieses Einhorn genauer zu betrachten. „Bleib bitte da, wo du bist", ertönt es in seinem Kopf. Erst schaut er sich erschrocken um, dann erinnert er sich, dass es die junge Frau, Marrenya auch so gemacht hat. Das Einzige, was er darauf antworten kann, ist: „Schon wieder?!" „Was schon wieder?", wiederholt es ihn. Ihm ist klar, dass alles was er denkt, das Einhorn auch hören kann. „Na das! Ich meine, alles, was ich denke, kannst du hören." Er vernimmt ein Lachen. Auch das kannte er schon und er kommt sich ein wenig unwohl vor. Der Weise dreht seinen Kopf, so dass er Romos in die Augen schauen kann. „Schau mir in die Augen und sage mir, was du darin siehst." Romos folgt der Aufforderung und kneift ein wenig die Augen zusammen, damit er alles erkennen kann, was er zu sehen bekommen soll. Bevor auch nur ein Bild kommt, hört er: „Entspanne dich erst einmal. Du wirst alles deutlich erkennen. Ich mache das schon so, dass du auch alles sehen kannst." Romos entspannt seine Augen wieder und vertieft sich in die des Einhorns.

Die Augen verändern sich. In dem Schwarz ist ein Schloss zu erkennen. Es sieht fast aus wie das von König Hansgar, doch es ist kleiner, dafür etwas höher gebaut. „Was ist das für ein Schloss und wem gehört es?" „Schau genau hin und stelle keine Fragen mehr." Das Bild verändert sich. Er sieht wie Granog in jüngeren Jahren mit einem Heer von Abtrünnigen auf das Schloss zu läuft. Die Bewohner des Landes flüchten in dieses. Romos wird klar, dass es der Beginn der Übernahme war, doch die Bilder laufen weiter. Nachdem Granog mit seinem Heer am Schloss angekommen ist, verändert sich die Geschichte. Diese Bilder erzählen eine ganz andere Geschichte. Anders, als sie Romos von klein auf gehört hat. Die Abtrünnigen brechen die Tore auf und metzeln fast alle Bewohner nieder. Bis hierher stimmt die Geschichte noch. Doch dass einige Trolle in die Berge zu den Zwergen fliehen konnten und andere in die umliegenden Reiche hat nie jemand erwähnt. Für Romos wird es jetzt spannend. Granog stürmt in die Gemächer von Jandelion und nimmt diesen gefangen und bringt ihn in die Kellerräume des Schlosses. Romos erkennt an der Treppe, dass es die Treppe sein muss, auf der er in dieses Verlies gebracht wurde. Granog fesselt König Jandelion und redet auf diesen ein. Was gesprochen wird, bleibt Romos versagt zu verstehen. Er verfolgt trotz allem sehr aufmerksam weiter, was noch alles geschieht. Jandelion ergibt sich Granogs Gewalt. Er sitzt stolz und sicher da, auch wenn Granog ihn mehrmals mitsamt dem Stuhl, auf den er gefesselt ist, umstößt und wieder aufstellt. Dann lässt Granog ein Menschenkind vor Jandelion schleifen. Es ist noch ein sehr kleines Kind. Romos stockt es den Atem, sein Herz beginnt zu pochen und heftig zu schlagen. Er erkennt sich! Er ist das Menschenkind! Granog zieht und zerrt solange an dem Kind, bis Jandelion zu dem Kind schaut. Granog hört auf und sagt noch etwas zu Jandelion. Dieser schließt die Augen und spricht etwas. Das Kind beginnt zu schreien und wild um sich zu schlagen. Romos bleibt die Luft weg. Er weiß, warum das Kind das macht. Alles kommt wieder in seine Erinnerung. Es ist der unsagbare Schmerz, den er als Kind fühlte. Granog hatte Jandelion gezwungen, das Menschenkind in einen Kobold zu verwandeln, damit dieses so lange am Leben bleibt, bis sich die Tore zur Menschenwelt wieder öffnen. Und er es benutzen kann für seine Machtspiele. Nachdem das Kind sich verwandelt hat, kommt ein Kobold in das Verlies. Es ist sein Vater. Na ja, jetzt weiß er, dass es sein Ziehvater ist. Romos wird das alles zu viel und er bricht zusammen.

Er hat kein Zeitgefühl, wie lange er da gelegen hat. Nachdem er seine Augen wieder öffnet, sieht er das Einhorn. Erst ist er wütend über das, was es ihm gezeigt hat, doch Dankbarkeit für die Erkenntnis seiner Herkunft war auch dabei. Weinend fragt er in Gedanken das Einhorn: „Warum hast du mir das alles gezeigt? Ich habe doch schon genug, was ich alles bearbeiten muss?" „Alles, was du gesehen hast, soll dir helfen, dein Leben zu leben. Finde dich, deine Gefühle, dein wahres Ich. Im Herzen hast du dich als den Mann gesehen, der du in

Wahrheit bist. Geh weiter deinen Weg und werde du selbst." „Wie soll ich das denn schaffen? Ich bin in einem Verlies eingesperrt und werde, wie es aussieht, jämmerlich verrecken." Der Weise kommt ein Stückchen auf Romos zu. „Würde ich dir das alles zeigen, ohne einen Ausweg, eine Hilfe, für dich zu haben?" Romos gibt auf. Das ist alles zu viel. Ohne einen Gedanken darüber zu verlieren, wie das gehen soll, beginnt er zu lachen. Der Weise geht wieder einen Schritt zurück und fordert Romos auf, noch einmal in seine Augen zu schauen. Diesmal sieht er sich in seiner Zelle am Boden liegen. Und er sieht den Grundriss des Kellergewölbes. Dabei fällt ihm auf, dass es zwei Zellen nebeneinander gibt. In der anderen ist auch jemand eingesperrt. Romos nimmt seinen Blick weg und meint in seiner Koboldmanier: „Das ist ja super. Jetzt sind wir schon zu zweit. Jetzt kann ich durch die dicken Mauern wenigstens einen kleinen Plausch führen." Der Weise versteht seine Verärgerung und meint mit liebevoller Stimme: „Auch wenn es dir jetzt unmöglich erscheint, sieh dich um, es ist mir auch möglich, dich hierher zu bringen und dir die Bilder zu zeigen. Warum soll dann das andere unmöglich sein?" Romos erkennt seine vorschnelle Zunge und möchte sich entschuldigen, doch der Weise kommt ihm zuvor. „Leg dich schlafen und genieße noch eine Weile das weiche Moos und wache dann in deiner Zelle wieder auf. Vertraue auf das, was ich dir gezeigt habe und es werden Wunder geschehen." Romos Stimme versagt, obwohl er noch einige Fragen zu der Person hat, die mit ihm gefangen gehalten wird. Er macht anstandslos das, was das Einhorn zu ihm sagte und legt sich in das Moos. Als er das Moos unter seinem Körper spürt, ist er auch schon eingeschlafen.

12 Marrenya beginnt zu verstehen

Marrenya sorgt sich mit ihrem Wissen um das, was geschieht. Wie soll sie es schaffen, Romos zu helfen, in ihre Liebe zu gelangen und dabei andere Wesen zu unterstützen? In ihrem Herzen spürt sie einen Schmerz, den sie zuvor noch nie gespürt hat. Trauer ist in ihr und eine Verlustangst, dass sie in ihrem Leben zum ersten Mal vor Herzschmerz zu weinen beginnt. Sie muss so sehr weinen, dass es durch die Gänge von König Friederjus Schloss hallt.

Orchidea und Bebirjus schauen sich hilflos an. Orchidea weiß, dass sie ihr keine Hilfe geben kann und Bebirjus bereut, dass er Romos zurückgelassen hat. Und dass er ihn für sein Unglück verantwortlich machte. Das, was er als Unglück in den Momenten bezeichnete, hat sich als Glücksfall für ihn gezeigt. Denn ohne das Geschehene hätte er Orchidea nie kennen und lieben gelernt. Er nimmt die Hand von Orchidea und zieht sie zu König Friederjus. „Eure Hoheit, was können wir tun? Es schmerzt uns, Marrenya so zu hören." Er lässt die Hand von Orchidea los und fällt auf seine Knie vor Friederjus. „Ihr Schmerz ist auf meinem Ego aufgebaut. Ich war eifersüchtig und wütend, wenn Romos sie nur ansah, denn ich habe mich wichtiger genommen und mich an sie geklammert und keinen in ihrer Nähe geduldet. Wie kann ich ihr helfen, dass auch sie so glücklich wird wie ich mit Orchidea?" Friederjus begibt sich zu

Bebirjus und legt seine Hand auf dessen Schulter. „Mein Lieber Bebirjus", beginnt er, „jeder in diesem Plan hat seine Aufgabe. Du hast deine für den Anfang erfüllt und nun sind andere dran, für die Erfüllung ihres Plans zu reifen." Friederjus hilft Bebirjus auf und bittet ihn und Orchidea sich zu ihm an den Tisch zu setzen, damit er ihnen erklären kann, dass jeder seine eigene Zeit hat. Marrenya und Romos haben zuerst ihm geholfen, dass er in das Reich der Nordküste gelangt. Beide haben gewusst, dass sie ihre eigenen Aufgaben haben, doch wie diese im Genauen aussehen, wusste keiner. Friederjus erzählt ihnen, dass es eine schwierige Aufgabe ist, in die reine Liebe seines Herzens zu kommen, wenn man im menschlichen Geist steckt und der Verstand und das Ego es einem erschweren. Beide, Marrenya wie Romos, lernen jetzt, ihrem Inneren zu vertrauen und hinzunehmen, was das Leben ihnen bringt und dabei in der Liebe zu bleiben. Mit ernster Stimme fügt er noch hinzu: „Wir, die in diesen Reichen geboren und unseren Ursprung haben, wissen um die negativen Gefühle, die das Werten und der Zweifeln die Liebe verhindern kann. Wenn wir sie in uns erkennen, bedanken wir uns bei ihnen, dass sie sich gezeigt haben und schon können wir unsere Aufmerksamkeit wieder der Liebe widmen. Indem wir uns so lieben, wie wir sind, sind auch diese Gefühle ein Teil unserer Persönlichkeit. Das ist unsere innere Gefühlsdualität." Bebirjus und Orchidea hören gespannt zu, was ihnen Friederjus zu erklären versucht. Eines wissen beide: sie werden für Marrenya jetzt da sein und ihr helfen, so gut sie nur können. Ohne weitere Fragen zu stellen gehen beide schweigend in den Garten des Schlosses und lauschen den Vögeln. Friederjus begibt sich in seine Gemächer, um in sich zu gehen. Er weiß, dass es keine leichte Aufgabe ist, doch seine Liebe und sein Vertrauen helfen ihm.

Marrenya beruhigt sich mit der Zeit und ist sich jetzt unsicher, wie sich ihr Äußeres verändert hat. Sie schaut sich in ihrem Handspiegel genau an. Bisher hat sie sich keine Gedanken über ihr Aussehen gemacht, doch jetzt will sie das, was sie zu einem Menschen macht, ihren Körper, genau ansehen. Zum ersten Mal schaut sie sich bewusst in ihre Augen. Sie sieht ein paar braun-grüne, mandelförmige Augen, umrundet von langen schwarzen Wimpern. Vom vielen Weinen sind sie gerötet und leicht angeschwollen. Mit ihren Fingern streicht sie sich übers Gesicht und fühlt ihre Haut. Sie hat eine glatte, feine Haut, die so zart aussieht wie kostbares Porzellan. Ihre schmale Nase betrachtet sie von allen Seiten. Dabei dreht sie ihren Kopf und den Spiegel, wodurch sie ein Bild aus allen Winkeln bekommt. Den Spiegel wieder gerade vor ihrem Gesicht, berührt sie mit den Fingerspitzen ihre vollen roten Lippen und macht dabei Sprechübungen, um sich der Bewegungen ihrer Lippen bewusst zu werden. Beim Reden schaut sie sich auch ihre weißen Zähne an und bemerkt, wenn sie den Mund so oder so bewegt, sich das ganze

Gesicht verändert. Sie beginnt Grimassen zu schneiden, um sich dabei zu beobachten, wie sie aussieht. Erst war sie ernst, doch je mehr Grimassen sie schneidet, desto öfter muss sie auch mal lachen und macht ein Spiel daraus. Durch das Hin- und Herdrehen ihres Kopfes bemerkt sie ihre langen, wallenden Haare. Als Einhorn kannte sie ihre Mähne, doch die Haare als Mensch sind anders. Als Erstes fällt ihr auf, dass sie braun-rote, hüftlange Haare hat, die in ihrer Beschaffenheit viel weicher und welliger sind als das, was sie bisher kannte. Ihr Blick verlässt ihr Gesicht und sie schaut an sich hinunter, um ihren Körper anzusehen. Was sie bisher als selbstverständlich genommen hat, wird ihr jetzt so richtig bewusst. In ihrem kleinen Handspiegel sieht sie nur Teilstücke ihres Körpers. Sie fährt mit dem Spiegel ihren Körper rauf und runter, doch sehen kann sie sich nur stückchenweise. Egal wie sie sich verbiegt, dreht und wendet, der Spiegel ist zu klein. Sie erinnert sich, dass sich in König Friederjus Schlafgemach ein großer Spiegel unter weißen Tüchern befindet. Hektisch dreht sie sich ein paar Mal in ihrem Zimmer herum, bevor sie den kleinen Spiegel auf ihren Waschtisch legt, den Morgenmantel überzieht und sich mit wehenden Haaren auf den Weg zu Friederjus macht. Durch die Gänge wirbelnd erreicht sie die Gemächer, bleibt kurz stehen um noch einmal tief Luft zu holen und beginnt heftig an die Tür zu klopfen. Sie lauscht. Keine Antwort. Sie klopft noch einmal und lauscht wieder. Ruhe. Ihre Arme sacken an ihrem Körper entlang und traurig blickt sie zu Boden.

König Friederjus, zurück im Speisesaal, hat mitbekommen, dass im oberen Geschoss die Türen fliegen und sich auf den Weg gemacht, nachzusehen, was da los ist. Er geht durch die Gänge und schaut sich sorgfältig um. Als er in den Gang zu seinem Schlafgemach kommt, erblickt er Marrenya, wie sie sich mit gesenktem Kopf wieder auf den Weg zu ihren Gemächern macht. Er schreitet mit offenen Armen auf sie zu, um sie schützend in seine Arme zu nehmen. Marrenya fällt schluchzend in diese, legt ihren Kopf auf seine Schultern und beginnt zu weinen. „Ich wollte mir bei dir ansehen, wie mein Körper aussieht. Mein Spiegel ist einfach zu klein oder ich zu groß." Friederjus streicht ihr sanft über den Rücken und meint: „Das ist doch in Ordnung. Mache dir keine Gedanken. Du kannst dich betrachten und ich warte solange auf dem Flur. Wenn du mich brauchst, bin ich für dich da." Marrenya hebt den Kopf, sieht ihm dankbar in die Augen und wischt sich die Tränen aus dem Gesicht. Friederjus nimmt sie bei der Hand und führt sie in sein Gemach, stellt sie vor den verdeckten Spiegel, zieht die Seidentücher ab, geht wortlos wieder hinaus und schließt die Türe hinter sich.

Marrenya steht nun in voller Größe vor dem Spiegelbild. Sie sackt vor dem Spiegel zusammen und weint in ihre Hände. Nach einer Weile sieht sie so aus der Hocke im Spiegel, dass sich ihr

Morgenmantel aufgeplustert hat. Neugierig, was sich unter diesem versteckt, steht sie wieder auf und öffnet ihn langsam. Sie sieht sich von oben bis unten an. In ihrem Gesicht beginnend verfolgt sie ihren schmalen Hals zu ihren zarten Schultern, erblickt ihre kleinen runden Brüste, eine schmale Taille, schöne Hüften, ihre Scham. Nachdem sie ihre Aufmerksamkeit von dieser wieder lösen konnte, begutachtet sie ihre langen schlanken Beine. Sie lässt nun den Morgenmantel ganz fallen und sieht ihre schlanken Arme. Sie stellt zufrieden fest, dass alles in seiner Form zusammenpasst. Sie dreht sich, um sich von hinten auch zu sehen. Der kleine runde Hintern erregt ihre Aufmerksamkeit. Sichtlich zufrieden mit dem was sie sieht, zieht sie sich den Morgenmantel wieder über, schaut noch einmal in den Spiegel und begibt sich zur Tür, um König Friederjus zu beruhigen, dass jetzt alles in Ordnung ist. „Eine Bitte hätte ich an dich", beginnt sie die Stille zu brechen. „Darf ich, wenn ich es möchte, mich so oft im Spiegel betrachten wie ich es will?" Friederjus gibt ihr etwas schöneres als sein Ja. „Wenn du möchtest, kann ich dir deinen eigenen Spiegel ins Zimmer bringen lassen." Vor Freude über dieses Geschenk, fällt sie ihn um den Hals und bedankt sich. Friederjus hat sein Versprechen sogleich erfüllt und einen Boten geschickt, der zeitgleich mit dem Spiegel ihr Gemach erreicht.

Bisher war es ihr egal, was ihren Körper bedeckte, doch jetzt beginnt ein neuer Lebensabschnitt für sie. Der große Schrank in ihrem Zimmer ist voll mit schönen Kleidern. Darum hatte sich Orchidea gekümmert, als Marrenya zu ihnen aufs Schloss kam. Nun schaut sie sich erst einmal alle Kleider an. Sie haben alle verschieden Farben und Formen. Sie hält sich eines nach dem anderen vor dem Körper und macht ein paar Drehungen nach links und nach rechts. Sie schwingen verschieden um ihren Körper und sie bemerkt in ihren Gefühlen, dass bei einigen Kleidern keine Freude aufkommt und bei anderen wiederum sie sprichwörtlich überschäumt vor Freude. Sie entscheidet sich für das Kleid, dass ihr die größte Freude bereitet. Es ist ein schulterfreies hellgelbes Rosenblätterkleid, das in der Taille eng und an den Beinen weit geschnitten ist. Die Rosenblätter liegen in vielen Schichten übereinander. Sie macht noch einen Kontrollblick im Spiegel, ob alles da ist, wo es hingehört, dreht sich nach links und nach rechts, bevor sie ihre Gemächer verlässt.

Strahlend im Speisesaal angekommen, nimmt sie ihr Frühstück zu sich. Auch dieses wird heute als ein Erlebnis neu zelebriert. Den Kelch mit den Blütensirup führt sie erst zu ihrer Nase, um daran zu riechen, dann steckt sie einen Finger rein, um die Konsistenz zu erfühlen, um sich anschließend den Finger abzulecken. Sie macht das mit allem was auf dem Tisch steht. Blütenstaubknödel, Gemüsesuppe. Nach der Frühstücksexkursion macht sie sich auf die Suche nach Friederjus. Der Erste, der ihr auf der Suche nach dem König den Weg kreuzt, fragt sie, wo sich der König aufhält. Sie hat keine Zeit und Lust, nach ihn im ganzen Schloss zu suchen, viel zu aufgeregt war sie über all die neuen Eindrücke. „Friederjus ist im hinteren Teil des großen Gartens, bei der alten Linde." Marrenya bedankt sich kopfnickend und begibt sich auf den Weg zu Friederjus. Bebirjus und Orchidea begegnen ihr. Sie grüßt beide freudestrahlend. Über diese Veränderung sind beide sichtlich erstaunt. „Was ist denn mit dir geschehen?", kommt es wie aus einem Mund. „Ich bin glücklich über das, was ich gesehen habe." Sie kommt näher, um den beiden ins Ohr zu flüstern. „Ich habe meinen Körper gesehen und ich bin mehr als zufrieden mit dem, was ich gesehen habe." Bebirjus und Orchidea haben keine Ahnung, was sie damit meint, denn sie haben alle für sich einen perfekten Körper. Warum darüber so viel Aufsehen machen? Ihnen kommt in den Sinn, dass das wohl menschlich sein muss. Das man sein Befinden vom Körper abhängig macht.

Marrenya lässt die beiden so stehen und macht sich auf den Weg zur alten Linde, an der Friederjus schon auf sie wartet. Freudig über ihr Glück schaut sie sich im Garten genauer um und sieht zum ersten Mal, bewusst, mit menschlichen Augen, die Schönheit der Natur. So hat sie sie noch nie wahrgenommen. Alles scheint anders zu sein. Von weitem kann sie Friederjus an der alten Linde erkennen. Mit den Händen über die Blumen streichend geht sie zu ihm hin. Er sitzt auf der Bank vor der Linde und beobachtet sie, wie sie so daher schlendert. „Ich freue mich, dass es dir gut geht", begrüßt er sie.

„Anscheinend hat dir gefallen, was du gesehen hast." Bei ihm an der Bank angekommen, bleibt sie vor ihm stehen und dreht sich im Kreis, so dass ihr Kleid zu fliegen beginnt. „Ja, ich bin glücklich. Mir wird bewusst, dass mich mein Körper glücklich macht." Sie wirbelt vor ihm immer weiter im Kreis. Ihr wird von dem ganzen Drehen schummrig und sie setzt sich außer Atem neben Friederjus auf die Bank. Bis Marrenya sich wieder beruhigt hat, genießen beide den schönen Garten. Ihre Aufmerksamkeit richtet sich auf die kleinste Kleinigkeit. Jede Blume in ihrer Form, Farbe, Größe und Geruch. Alles nimmt sie sehr intensiv auf. Es kommt einem so vor, als sehe sie das heute zum ersten Mal.

13 Alles ist Energie

Friederjus wartet, bis sie in ihre innere Ruhe kommt. Er beobachtet Marrenya dabei ganz genau, denn das, was für sie jetzt beginnt, ist eine wichtige Schule. Sie wird ruhiger. „Oh Friederjus, ich bin so froh mich für diese Aufgabe entschieden zu haben. Romos wird Augen machen, wenn er mich so sieht wie ich bin." „Jetzt hole erst mal tief Luft und höre mir zu, was ich dir zu sagen habe, denn es ist sehr wichtig für dich." Friederjus sieht sie bei seinen Worten intensiv an. Wie wird sie reagieren, wenn er weiter spricht? Marrenya setzt sich so neben ihn, dass sie ihn immer in ihrem Blick hat. „Wie du weißt, verlierst du deine Fähigkeiten als Einhorn." Sie nickt ihm zustimmend zu. „Doch das ist erst der Anfang, was du verlieren wirst." Marrenya hat keine Ahnung, was er ihr sagen will. „Was meinst du damit?" „Lass es mich dir erklären." Friederjus weiß, dass das, was er ihr jetzt erklären wird, ihr einen Schock versetzen wird. Deswegen bemüht er sich, es ihr so schonend und langsam wie möglich zu erklären. „Wie gesagt, du wirst deine Fähigkeiten verlieren. Damit meine ich auch deine Erinnerungen, was du als Einhorn erlebt hast. Das heißt, dein Leben hier bei mir im Reich der Nordküste wird alles sein, woran du dich dann noch erinnern kannst."
Wie befürchtet reagiert Marrenya geschockt. Ganz weiß im Gesicht fragt sie ihn: „Wieso erzählst du mir das alles, wenn ich es sowieso

vergesse?" „Das hat einen bestimmten Grund", fährt er fort. „In deinem Herzen und Unterbewusstsein werden sich dieses Gespräch und deine Gefühle abspeichern. In manchen Momenten deines Lebens wird dir immer wieder etwas bekannt vorkommen. Sei es eine Gegend, ein Gespräch oder eine Person. Du hast keine Erinnerung, warum es dir so vertraut ist, du weißt nur, dass du es kennst." Verstört, mit Tränen gefüllten Augen, fragt sie Friederjus: „Werde ich Romos auch vergessen?" Friederjus nickt. Ihr ist, als breche ihr Herz auseinander. Sie muss nach Luft ringen, so sehr schmerzt es sie. Das ist zu viel für sie. Sie bringt nur ein „Entschuldige mich" heraus und springt auf, um in den nahe liegenden Wald zu rennen.

Sie rennt und rennt, als könne sie vor dem Vergessen davon laufen. Nach einiger Zeit bleibt sie nach Luft ringend an einer alten Linde stehen. Mit beiden Armen klammert sie sich an den Baum. Ihre Stirn an den Baumstamm gelehnt, weint sie herzzerreißend weiter. Die Tiere des Waldes gesellen sich zu ihr, um ihr Trost zu spenden. Schluchzend erzählt sie den Tieren all das, was sie von Friederjus erfahren hat. Es klingt so unglaubwürdig, da sie noch alle Erinnerungen hat. Wer wird sie dann sein? An was wird sie sich erinnern können? Gibt es von ihr eine Geschichte? Was wird ihr Leben dann ausmachen? Wird sie verstehen, dass sie der einzige Mensch im Reich sein wird? Wie wird sie als Mensch sein? Vor allem, was wird mit ihr und Romos? Wird er sich an sie erinnern?

Und wird sie ihn erkennen, wenn er ihr begegnet? Was, wenn beiden die Erinnerung fehlt? Das ist ihre größte Angst. Schluchzend löst sie sich aus der Umarmung mit dem Baum und dreht sich den Tieren zu. „Ach meine Freunde, werde ich euch auch vergessen? So wie alles, was ich bisher in meinem Leben erlebt habe?" Sie lehnt sich mit dem Rücken an die Linde. Es wird warm. Ein Gefühl von Geborgenheit steigt in ihr auf. Marrenya schließt die Augen, um die Wärme und das Gefühl in ihrem Körper zu speichern. Sie verbindet sich ganz und gar mit der Linde.

Eine vertrauensvolle Frauenstimme beginnt mit ihr zu reden. Sie lässt die Augen geschlossen, um in dem Gefühl der Geborgenheit zu bleiben. „Immer, wenn du zweifelst und deine Richtung verloren hast, komme zu mir. Ich helfe dir, dass du dich wieder erinnerst. Lehne dich an mich und verbinde dich mit mir, denn alles Wissen ist in dir gespeichert und die Verbundenheit lässt dich erkennen, was du in deinem Lebensabschnitt zu wissen benötigst." Marrenya verschmilzt regelrecht mit der Linde, denn das, was sie hört, ist ihre einzige Hoffnung, die sie in ihrer jetzigen Situation hat. „Du wirst dich zu mir hingezogen fühlen, ohne zu wissen warum. Folge deinen Impuls und lasse es geschehen. Meine Herzblätter und meine weibliche Energie wird in dir das öffnen, was jetzt in Form des Vergessens verschlossen wird. Im Laufe der Zeit kommt ein wichtiger Teil deines Wissens wieder an die Oberfläche. Immer nur so viel, dass es dein menschlicher Verstand aufarbeiten kann. Liebes Kind, ich bin so alt und seit je her mit dem Wissen verbunden. Vertraue auf das, was ist. Und bei der kleinsten Unruhe in deinem Herz, komme zu mir und hole dir Trost und Geborgenheit. Sollte keine Linde in deiner Nähe sein, so gehe bewusst in diesem Augenblick in deinen Körper und hole das Gefühl, dass du jetzt hast, in dir hervor. Geh nun wieder zu Friederjus. Er ist dir ein guter Lehrer, wie alle Wesen, die dir begegnen. In euren Gesprächen, die ihr führen werdet, erfährst du all das, was du benötigst, um zu erkennen." Die Wärme an Marrenyas Rücken lässt nach. Langsam öffnet sie ihre Augen. Ein Ast mit seinen Blättern befindet sich genau vor ihr. Jetzt erst erkennt sie die Form der Blätter. Es sind lauter kleine Herzen, die in der leichten Brise des Windes hin und her wehen. „Ja genau so fühlt sich mein Herz an, hin und her gerissen." Sie bedankt sich bei der Linde mit einem Handkuss und macht sich auf den Weg zurück zu Friederjus.

Zitternd vor Kälte wird Romos, auf dem kalten nassen Zellenboden liegend, wach. Er denkt sich „Was für ein Traum!". Dabei beginnt er zu zweifeln, ob es wirklich ein Traum war. Seine Augen haben sich an die Dunkelheit gewöhnt, doch es ist zu dunkel, um viel sehen zu können. Mit schmerzendem Körper steht er auf, um sich an dem, was er im Lichtschein als Granog da war, erkennen konnte, zu orientieren. Vorsichtig tastet er sich durch den Raum und macht sich mit ihm vertraut. „Hier werde ich also die nächste Zeit verbringen, bis ich..." Er stoppt den Gedanken. Er erinnert sich an den Grundriss und durch das Ertasten der Zellenwände kann er sich so in etwa vorstellen, an welcher Seite der andere Raum ist. Die Steinmauer, die er an dieser Seite unter seinen Fingern spürt, weckt seine Neugierde. Diese sind aus massivem Felsgestein gehauen und die Struktur ist erhalten geblieben. Intuitiv legt er seine Handflächen auf einer der Steinblöcke um zu fühlen, ob die Steindeva noch darin wohnt. Romos schließt die Augen, atmet ein paar Mal tief durch, um seinen Puls zu verlangsamen. Seine ganze Aufmerksamkeit richtet sich nach innen. In den Handflächen spürt er den Pulsschlag seines Herzens. Mit der Kraft der Vision richtet er das Pochen in den Stein. Der Stein nimmt das Pochen an. Es fühlt sich an, als würde Leben in den Stein einkehren. Das Pochen wird erwidert. Es trifft zurück in seine Handflächen. Es fühlt sich für ihn wie ein zweiter Herzschlag an. Die Steinenergie hat ihm geantwortet. Völlig erschöpft von der Anstrengung bedankt er sich bei ihr, nimmt die Hände von der Wand und setzt sich auf einen kleinen Fleck in der Zelle, der trocken geblieben ist.

Mit dieser Aktion hat er seine Körperfunktionen herunter gefahren und er friert wieder. Sich selbst umarmend, versucht er sich warm zu reiben. Immer schneller werden seine Bewegungen, damit es ihm wieder warm wird. „Im Sitzen schaffst du das nie, stell dich hin und hüpfe auf der Stelle." Erschrocken über das, was er hört, hält er inne. „Weiter machen, sonst wird dir nie warm." Romos steht auf und beginnt auf der Stelle zu treten, er reibt sich weiter mit dem Armen seinen Körper. Dabei schaut er sich laut fragend um. „Wer bist du? Wo bist du und wie kannst du sehen, was ich in der Dunkelheit mache?" „Ich habe keine Ahnung, was du machst. Ich weiß, was ich damals gemacht habe. Ich bin in der Zelle neben dir." Romos bleibt stehen und schaut in der Dunkelheit in die gefühlte Richtung der Wand, auf der er seine Handflächen gelegt hatte. „Wie kann es sein, dass wir uns durch diese dicke Steinmauer unterhalten können?", will Romos von der Stimme wissen. „Das warst du. Da du Kontakt mit dem Steingeist aufgenommen hast, konnte er die Schwingung im Gestein verändert. Du weißt ja bestimmt, dass alles Schwingung ist und wir uns nur mit dem begrenzen, was wir zu sehen glauben." Romos tastet sich soweit auf die Mauer zu, so dass er diese mit seiner Nasenspitze berührt. Plötzlich spürt er ein Zwicken an der Nase und springt nach hinten weg. Was war denn das? Er vernimmt ein Lachen. „Ist das komisch. So zu lachen habe ich vermisst." Jetzt wird Romos sauer. „Keiner lacht mehr auf meine Kosten." Mit wirklich wütender Stimme fordert er: „Stell dich, ich will dich sehen!" „Es geht doch, siehst du ja." erwidert die Stimme. „Außerdem, lass mir doch meinen Spaß. So lange schon habe ich auf dich gewartet, dass ich meine Freude so zeigen kann." „Ich glaube, ich brauche erst einmal Ruhe, um das alles hier zu verdauen. Das ist mir jetzt zu viel." Mit diesen Worten entfernt sich Romos von der Wand und setzt sich hin, bedacht darauf, die Wand vor sich zu haben, ohne sie zu berühren. Leicht überfordert versucht er zu begreifen was das war. Bei dem Einhorn im Traum wurde ihm ja gezeigt, dass es da noch jemanden in diesem Kellergewölbe gibt. Das Einhorn hat noch gesagt, alles ist möglich. Es geschehen noch Wunder. Auf seltsame Weise brachte ihn das Einhorn ja auch auf seine Lichtung. Er ist doch hell wach. Wie kann das sein? Das Erlebnis und die Anstrengungen der letzten Tage lassen ihn einschlafen. Es ist ein traumloser Schlaf, ein erholsamer Schlaf.

Ein Rütteln und Schütteln an seiner Schulter wecken ihn auf. „Was ist denn los?" sagt er schläfrig. „Ich brauche noch Zeit, um wach zu werden." Jetzt erst wird ihm bewusst, dass jemand in seiner Zelle ist. Augenblicklich öffnet er seine Augen um den Eindringling zur Rede zu stellen. „Was machst du hier in meiner Zelle?" Für mehr fehlen ihm die Worte. Er schaut sich den Eindringling genauer an und stellt fest, er kann in der Dunkelheit etwas erkennen. Noch dazu fällt ihm auf, dass es hell in seiner Zelle ist. „Wie hast du das gemacht?", will er wissen. „Ich glaube, bevor wir eine Kommunikation starten, sollte ich mich erst einmal vorstellen. Ich bin Feenkönig Jandelion." Romos ist verwirrt. Wie kann das sein? Wie soll das funktionieren? Es dreht sich in seinem Kopf. Was er heraus bekommt ist die Frage: „Der Feenkönig Jandelion?" „Ja. Das bin ich." Romos steht auf, um sich vor Jandelion zu verbeugen. Dieser reicht ihm seine Hand und meint: „Wir sind beide in derselben Position. Auch ich verbeuge mich vor dir." Gesagt, getan. Romos Knie werden weich. „Ich glaube, ich muss mich setzten." „Du hast Recht. Im Sitzen lässt es sich leichter reden. Im Stehen beginnen immer die Beine zu schmerzen. Ich hab ja schon einige Jahre auf dem Buckel" Jandelion macht eine kreisende Handbewegung vor seinem Körper und in der Zelle erscheint ein Tisch mit zwei Stühlen. „Jetzt reicht es." Für Romos ist das definitiv zu viel. „Ihr lasst alle im Glauben, dass ihr tot seid. Dann bin ich in einem Kellerverlies und irgendwie haben die Wände den Zweck verloren, Wände zu sein. Dann erscheint ihr in meiner Zelle und jetzt noch die Stühle und der Tisch. Entweder bin ich am Durchdrehen oder ich werde verrückt." Er hält sich die Hände vor sein Gesicht und schließt seine Augen in der Hoffnung, dass, wenn er sie wieder öffnet, alles nur ein Spuk seiner angespannten Nerven war.

Jandelion verhält sich ganz ruhig, sagt keinen Ton und atmet nur oberflächlich, dass alles mausestill ist und keiner was hören kann. Er beobachtet Romos genau und fragt sich innerlich, was er denn jetzt damit bezwecken will. Romos beruhigt sich. Sein Verstand war fast soweit durchzudrehen. Er nimmt die Hände vom Gesicht, um seine Ohren nach vorne zu halten, damit er besser hören kann. Dabei lässt er die Augen geschlossen um sich zu konzentrieren. Es ist still, kein laut. Er vergewissert sich noch einmal, ob auch wirklich kein Geräusch mehr zu hören ist. Jandelion behält ihn dabei im Blick, was er treibt, ohne auch nur ein Geräusch zu erzeugen. Romos hätte nie daran gedacht, dass er sich die Einsamkeit seiner Zelle irgendwann mal wünschen würde. Es ist ruhig und still. Nur sein eigener Atem dringt an seine Ohren. Vorsichtig öffnet er seine Augen, ob es auch wieder dunkel ist. Erst ist es ein kleiner Lichtschlitz zwischen seinen Liedern, den er sieht. Dann wird dieser immer breiter, je weiter er seine Augen öffnet. Und er steht da, Jandelion, und sieht ihn verwundert an, was er macht. Jetzt wird es Romos zu viel. „Was soll das? Warum ich? Was ist hier los?" Jandelion bittet ihn sich zu setzen. Dann beginnt er ernsthaft mit Romos zu reden. „Ich weiß vom Weisen. Das ist das Einhorn, das dich auf seine Lichtung brachte als er dir die Wahrheit gezeigt hat. Die Wahrheit über deine Herkunft." Romos erinnert sich an die Bilder, in denen er sich als Menschenkind wieder erkannte. „Du hast gesehen, wie es war. Doch um Granog vernichten zu können, musste ich dir das antun. Die Tore zu deiner Welt waren schon verschlossen und es gab kein Zurück mehr für dich. Als Mensch hättest du nur die Lebenserwartung eines Menschen gehabt und wärst vorher gestorben. Wir hätten keine Chance, unsere und eure Welt retten zu können. Doch die Zeit ist nun gekommen. Es gibt eine große Veränderung in deiner sowie in meiner Welt." Romos ist ganz nachdenklich geworden von dem, was ihm Jandelion da erzählt.

Romos bittet Jandelion mit einer Handbewegung inne zu halten. Er hat ein paar Fragen, um seine Gefühle zu sortieren. „Warte mal. Damit ich es auch verstehe. Ich bin als Kind von Granog aus der Menschenwelt entführt worden, damit er wieder in meine Welt reisen kann. Um lange genug zu leben, musste ich ein Kobold werden. All das, was ich erlebt habe in meinem bisherigen Leben... war eine Lüge, mein Leben ist eine Lüge. Ich war nur seine Marionette. Wieso hat er mich dann zu Alexa geschickt? Er wusste doch um mein menschliches Herz und dass das Einhorn in mein Herz blicken kann!" Seine Verzweiflung steht ihm ins Gesicht geschrieben. Noch bevor Jandelion etwas sagen kann, hebt Romos mit erhobenem Zeigefinger seine rechte Hand. „Warte. Jetzt bin ich verwirrt." Beim Erwähnen von Alexa kommt Romos in den Sinn, dass sie ja Jandelions Tochter ist. Zudem sind sie im Kellerverlies des Schlosses von Jandelion. Doch es gibt kein Schloss, sondern das Dorf von Granog, in dem er aufgewachsen ist und gelebt hat. All die Jahre existiert Jandelion in dem Verlies. Wie war das mit Essen und was man sonst noch zum Leben braucht? Wie macht er das mit den Stühlen und dass er in seine Zelle kann? Jandelion erkennt, was in Romos vorgeht. Er unterbricht seine Gedankengänge, bevor es zu viele werden. „Lass mir dir einiges erklären. In deinen Gedanken sieht vieles zu kompliziert aus."

Erschrocken darüber, dass Jandelion weiß, was er denkt, blickt er zu ihm. „Du auch? Du machst das auch, meine Gedanken lesen?" „Könnte man sagen", erklärt ihm Jandelion. „Es ist nur so, dass deine Gedanken so viel Kraft besitzen, dass ich sie ohne es wirklich zu wollen, hören kann." Er lehnt sich zurück. Sein Blick wendet sich nach innen. Dann beginnt er in einer ruhigen, fast verklärten Stimme zu reden. Romos spürt, dass er jetzt genau hinhören muss und ihn auf keinen Fall unterbrechen darf. Er stützt sich mit seinen Ellenbogen auf die Knie und hält seinen Kopf in den Händen. So nach vorne gebeugt, geht er in die volle Aufmerksamkeit.

„Ich wusste, dass Alexa ein wildes Kind ist und dass sie sich gerne gegen Vorschriften wehrte. Selbst als ich ihr eindringlich verbot, auf die große Wiese zu gehen, fühlte ich, dass sie sich dem widersetzen wird. Ich habe immer gehofft, dass meine Erziehung sie von der Bestimmung abhalten könnte. Ja, ich habe gewusst, dass sie sich der schwarzen Magie zuwenden wird. Wir hatten immer eine funktionierende Welt. Der Elfenkönig Friederjus und sein Volk in die Nordküste, die Udinenkönigin Waniera im großen See, ich, der Feenkönig im Land der Mitte, der Gnomkönig Hansgar im Reich des Südens und in den Bergen um unsere Länder, die Zwerge, mit König Beroldîn. Es war ein harmonisches, liebevolles Zusammenleben. Auch als die Tore zu der Menschenwelt noch offen waren… wir mit den Menschen kommunizierten und sie immer wieder in ihrer Welt besuchten, war dies eine Bereicherung für alle. Doch es gab auch andere Bewohner, die in der Menschenwelt auf die trafen, die Macht, Gier und ihren Profit daraus ziehen wollten. Einige sind davon geblendet worden und haben die Revolution begonnen. Meine Frau Andeliana war auch dabei und als sich Granog in sie verliebte, war er einer der schlimmsten. Er und meine Frau hatten durch ihre Redekünste viele von dem Plan überzeugt, unsere Welt auszubeuten und unsere Schätze in die der Menschen zu bringen, um dafür Reichtum und Anerkennung zu erhalten. Das Reich in der Mitte hatte schon immer die Verantwortung für die Tore zur Menschenwelt und als es soweit war, habe ich sie mit einem Zauber verschlossen. Und nur die reine Liebe eines menschlichen Herzens kann sie wieder öffnen. Granog hatte keine Ahnung, wie die Tore wieder geöffnet werden können. Er dachte, wenn er ein Menschenkind mitbringt, werde ich die Tore öffnen, um das Kind zu retten. Doch unsere Welt stand auf dem Spiel. Mir waren die Hände gebunden. Ich hatte die Macht über die Tore aufgegeben. Granog erpresste mich: dich zu töten oder das Kind, also dich, in einen Kobold zu verwandeln. Was Granog dabei jedoch übersah, dass er unsere Rettung mitbrachte. Ich verschonte dein Herz. Somit kannst du die Liebe in dir noch fühlen. Es hat mir in der Seele wehgetan zu sehen, wie du dich verwandelst. Doch noch mehr schmerzte mich, dass du aus deinem Leben gerissen wurdest. Es war das Einzige, was ich für dich tun konnte, um dich am Leben zu erhalten, damit du in das Wissen gelangst, warum alles so gekommen ist. Nachdem ich nutzlos für Granog geworden bin, hat er den Zugang zu dem Kellergewölbe verschlossen und verbreitet, dass ich gestorben sei. Immer wieder kam er auf der Traumebene vorbei, um mir von Alexa zu erzählen, dass sie gute Fortschritte mache in der schwarzen Magie und dass Hansgar keine Möglichkeit hat, ihr die weiße Magie näher zu bringen. Meine Hoffnung bestand immer darin, dass Marrenya mit ihrer Liebe noch etwas bewirken kann, doch die Bestimmung muss man annehmen wie sie ist. Du wirst dich sicherlich fragen, wie ich die ganze Zeit hier in diesem Verlies überleben konnte. Granog hat euch in vielem im Unklaren gelassen, z.B. über die Macht der Visualisierung und darüber, dass alles Energie ist. Wir sind alle Energie. Um uns herum ist alles Energie und das, was wir als Nahrung zu uns nehmen, ist auch Energie. Ebenso die Steine. Alles um dich herum und in dir, deine Gedanken, dein Herzschlag, alles ist Energie. Und da gibt es die Möglichkeit der Lichtnahrung. Das ist ein erlernbarer Prozess, um Nahrung in der Form von Lichtenergie zu sich zunehmen. Alles ist Energie. Auch zum Visualisieren benötige ich Energie. Die Energie der Gedankenkraft, so wie ich die Stühle und den Tisch hier hinein brachte. Alles ist Schwingung und Energie und es liegt in unserer Vorstellungskraft, unsere Begrenzungen zu umgehen. Du dachtest, ich kann durch Wände gehen. Dabei ist es die Schwingung der

Materie und die Bewohner der Materie, die es ermöglichen. Nehmen wir die Steingeister oder Steindevas. Sie leben in den Steinen. Sie sind die Energie der Steine und in Verbindung mit ihnen können sie die Schwingung verändern und sie für uns durchgängig machen. Alles, was geschieht, ist in unserer Vorstellungskraft und in unserem Vertrauen, zu dem was ist."

Jandelion schaut Romos an, um zu sehen, wie es ihm geht. Dieser ist fasziniert von dem, was er hört. Es erscheint ihm, dass alles einen tieferen Sinn hat. Jandelion fährt in seiner Erzählung fort. „Nun zu dir und deiner Aufgabe hier in meiner Welt. Nachdem du ein Kobold geworden bist, hat dich Granog dem Widerlichsten von all seinen Anhängern übergeben, um dich in eine harte Schule zu schicken. Er hoffte, dass du vergessen wirst, dass du einmal ein Mensch warst. Jahrelang ist es ihm gelungen, dich davon zu überzeugen. Und du hast es auch geglaubt, ein Kobold zu sein. Dass er dich auserwählte und zu Alexa schickte, war sehr mutig von ihm, denn er musste testen, ob du dem Ganzen schon standhalten kannst. In all den Jahren hat er es geschafft, dich von Einhörnern fern zu halten, doch mit dieser Aufgabe bekamst du deine Prüfung, ob du ein wahrer Anhänger seiner Machenschaften bist."

Bei dem Erwähnen von Einhörnern wird es Romos ganz warm ums Herz, denn aus dem Einhorn wurde die junge Frau, die ihn in seinem Herzen berührt hat und nach der er sich sehnt. Jetzt kann er verstehen, warum ihn Granog immer aufweckte, als er am See gefangen genommen wurde. Granog erkannte, dass sein Herz noch menschlich war und er musste unter allen Umständen verhindern, dass die Liebe in seinem Herzen wieder erweckt wird. Mit aller Gewalt versuchte er, Romos davon abzuhalten seine Liebe, sein Ich, zu erkennen. Deswegen wollte Granog die Rose verschwinden lassen, denn diese ermöglichte Romos, seine Herzbewegungen zu erkennen. Die Gefühlsregungen, die bei Romos ablaufen, lassen Jandelion erkennen, dass sein Herz schon weiter in der Liebe ist als er vermutet hat. Mit diesem Wissen redet er weiter. „Dass du Marrenya getroffen hast, war eine Herausforderung für dich und dein Herz. Die Liebe in deinem Herzen wurde entfacht und als sie sich entschloss, ein Mensch zu werden, haben eure Herzen sich verbunden. Sie hat dich in deinen Visionen und träumen besucht, um dir ihre Liebe zu zeigen. Die Rose ist ein Spiegel deines Herzens. Je mehr sie sich verfärbt, umso mehr wächst deine Liebe in deinem Herzen. Deswegen musstest du auch hier im Reich bleiben. Erst, wenn dein Herz völlig in der Liebe ist, bist du frei. Das erkennst du, sobald die Rose dunkelrot ist. Dann hast du dein vollkommenes, liebendes menschliches Herz wieder." Romos hat die Rose ganz vergessen. Bei den Worten von Jandelion schaut er sich in der Zelle um. Er kann sie nirgends sehen. Sie ist weg! Hastig klopft er seinen Körper ab. Oft hat er sie so vor Granog versteckt, wenn er die Rose am Leib trägt. Ahhh... Da ist sie. Er hat sie sich unter sein Hemd geschoben, als Granog ihn in seiner Behausung an die Wand drückte und zur Rede stellte. Beruhigt, dass sie noch da ist, konzentriert er sich wieder auf Jandelion. „Lass dir jedoch gesagt sein, mit Marrenya wird es eine Herausforderung für eure Liebe. Wie gesagt, sie hat sich entschlossen ein Mensch zu werden und dabei wird sie alles vergessen. Dass sie ein Einhorn war und dass es dich gibt. Doch euren Herzen sind verbunden und ihre Liebe zu dir wird immer existieren." Jandelion hört hier auf zu erzählen, denn das was noch auf Romos zukommt, würde ihn jetzt überfordern.

14 Marrenyas erster Unterricht

Verstört und traurig kommt Marrenya zurück zu Friederjus, der im Garten auf sie wartet. Sie setzt sich neben ihn und sieht auf den Boden. Friederjus wartet, bis sie zu reden beginnt. „Warum werde ich alles vergessen? Wie kann ich dann den Wesen ins Herz blicken und ihre Fesseln von den Herzen nehmen, wenn diese verschlossen sind?" Mit dieser Frage sieht sie Friederjus eindringlich an. In ihren braun-grünen Augen kann Friederjus Traurigkeit und Verzweiflung lesen. Er nimmt ihre Hände in die Seinen und beginnt mit ruhiger Stimme zu reden. „All das, was geschieht, ist in deinem Einverständnis geschehen, als du dich dafür entschieden hast, ein Mensch zu werden. Um den Menschen zu helfen, ist es gut, wie ein Mensch zu fühlen und das zu wissen, was ein Mensch weiß. Die alte Linde sagte dir, dass du alles Wissen in deinem Herzen hast und du es Stück für Stück, zur rechten Zeit erkennen wirst." Marrenya zuckt ein wenig zusammen, als er die Linde erwähnt. „Ja, ich weiß darum, was sie dir erzählt hat. Alle hier sind da, um dir zu helfen, dass du als Mensch den Menschen helfen kannst. In dir wirst du noch viele verschiedene Gefühle entdecken, die dir gänzlich neu sind. Es gibt das Urteilen und das Werten, indem du dich als wertvoller oder minderer empfindest, über ihre Taten und Äußerungen sprichst und sie mit deinen Wertvorstellungen vergleichen wirst. Alles wird in zwei Kategorien aufgeteilt, in Gut und Böse. In Opfer und Täter. Dir wird einiges widerfahren, durch das du zu zweifeln beginnst, an dir selbst und deinen Gefühlen. Bestandteil des menschlichen Denkens sind auch Ängste. Das können Ängste des Alleinseins, des Loslassens, des Neubeginnens und des Verlustes sein. Oft, wenn etwas zu Ende geht, sei es eine Beziehung, ein Todesfall, ein Umzug oder sonst etwas, denken die Menschen, sie hätten etwas verloren und trauern über den Verlust." „So wie ich denke, dass ich Romos verloren habe? Oder meine Fähigkeiten als Einhorn verlieren werde?" „Du kannst niemanden verlieren, denn du wirst nie jemanden besitzen können. Und deine Fähigkeiten sind alle in dir. Sie sind nur tief in dir verborgen. Das ist das Gefühl des Verlustes. Denn das, was du in dir hast, ist immer da. Nur das, was du denkst, im Außen besitzen zu wollen, ist das, was man festhalten will. Dann kommt das Gefühl der Angst, es verlieren zu können. Und genau diese Angst ist es, die dein Außen zu dem verändert, was du befürchtest. So wie du deine Aufmerksamkeit nur an den äußerlichen Dingen fest machst, verlierst du deine Aufmerksamkeit nach innen. Und im Außen erkennst du es, indem sich das Äußerliche so verändert, dass es aus deinem Leben verschwindet. Wie deine Angst es dir zeigt. Somit ist der Kreislauf der Angst und des Verlustes geboren. Das Ganze funktioniert auch umgekehrt. Glaube und vertraue, dass dir nur Gutes widerfährt und nehme dankbar an, was sich zeigt und es wird Gutes in dein Leben kommen. Deine Aufgabe als Mensch ist es, im Vertrauen zu bleiben und für dich zu erkennen, dass alles, was dir begegnet, aus deiner Herzenshaltung geschieht. Und alle Wesen, ob Mensch oder Tier, werden dir Lehrer sein, wie du mit deinen Gefühlen umgehst. Es kann auch einmal vorkommen, dass du in Situationen gerätst, in denen du nur als Zuschauer agierst und es gilt für dich, nur zu betrachten, dass die Menschen nun einmal Menschen sind. Egal, was dir widerfährt, sei dir immer bewusst, dass du in dir frei bist. Nur du kannst dich für die Liebe zu dir entscheiden. Kein anderes Wesen ist für deine Gefühle verantwortlich. Am Anfang wird es dir oft schwerfallen, wenn du glaubst, in deinen Gefühlen verletzt worden zu sein und die anderen für deinen Schmerz verantwortlich machst. Doch je mehr du dich auf dich besinnst, erkennst du, dass das, was du denkst und fühlst, aus dir kommt. Oft hilft dir dein Gegenüber, das zu erkennen. Dann kannst du in die Dankbarkeit gehen und dich freuen, wieder ein Stück deinem Selbst näher gekommen zu sein." Marrenya will wissen, wie sie als Mensch ihren Wert erkennen kann. „Du wirst irgendwann erkennen, dass es keine Bedeutung hat, was du bist, sondern dass du bist. Der Wert liegt in deiner Existenz, das ist das Wertvollste. All deine Zweifel werden sich auflösen und du wirst wissen, was es heißt, zu leben, ein Mensch zu sein. Höre mal die Worte, Zwei-fel und Ein-heit. So wie du im Zwei-fel bist, bist du in der Zweiheit, fern deiner selbst. Und das Wort Einheit sagt dir, in der

Ein-heit, in dir eins zu sein." Damit sie die heutigen Erfahrungen verarbeiten kann und sieht, dass es sich lohnt, an sich zu arbeiten, fügt er zum Abschluss noch hinzu: „Nur das, was du dir aus deinem Herzen und deiner Liebe wünschst, wird in dein Leben treten und dir einen Sinn geben." Er schaut ihr in ihre Augen und erkennt, dass die Traurigkeit einem hoffnungsvolleren Blick gewichen ist. Sie fragt ihn noch, bevor sie zum Schloss zurückgehen: „Glaubst du, dass ich es schaffe?" Still schweigend nimmt er ihre Hand, dreht sich zu ihr hin und sagt: „Glaube und fühle, dass du es schon geschafft hast." Das ist alles, was er zu sagen hat.

Im Schloss angekommen steht das Essen im Speisesaal schon bereit. Bebirjus und Orchidea haben auf die beiden gewartet, um gemeinsam zu Abend zu essen. Freudig erzählen sie von ihren Plänen, denn Bebirjus möchte seinen Eltern und König Hansgar seine Braut vorstellen. Friederjus erklärt beiden, dass Bebirjus noch einiges zu lernen hat und ihre Zeit noch kommen wird. Doch jetzt müssen sie sich noch gedulden. Marrenya hört sich das eine Weile an, dann entschuldigt sie sich, um in ihre Gemächer zu gehen. Zu viel ist an diesem Tag geschehen und sie braucht Zeit, um das Ganze, was sie erfahren hat, zu verarbeiten.

In ihren Räumen angekommen, sieht sie den Spiegel, doch sie deckt ihn ab. Für heute reicht es ihr. Marrenya bemerkt in der Stille, dass sie sehr müde geworden ist. Das ist auch so etwas, was das

Menschsein mit sich bringt. Als Einhorn wurde sie vom Spielen über den Wiesen und durch die Wälder galoppieren müde. Denken, Fühlen, sich sorgen und zweifeln kostet mehr Energie und macht schneller müde. Im Vergleich ist die Einssein-Energie spendend und erfüllend. Jetzt wo ihre Fähigkeiten vergehen, bemerkt sie an Körper und Geist, dass Menschsein eine wirklich schwere Aufgabe ist. Sie will nur noch schlafen und vergessen, was heute war. Marrenya begibt sich in ihr Bett und zieht die Bettdecke bis zur Nasenspitze hoch. Sie fühlt sich so sicherer, bedeckt, behütet und beschützt. Sie schläft sofort ein.

Erst ist es ein tiefer traumloser Schlaf. Sie wacht auf und dreht sich im Bett hin und her. Sie ist jedoch noch ganz tief in der Traumwelt. Was sich dreht, ist ihr Geist, der sich auf eine andere Ebene begibt. In ihr beginnt ein Gefühl von Vertrauen, sich für all das zu öffnen. Sie gibt sich dem, was geschieht, ganz und gar hin. Marrenya genießt die Form der Schwerelosigkeit, in der sie sich befindet. Es wird warm und sie spürt ein vertrautes Gefühl. Alles, was um sie herum ist, möchte sie mit geschlossenen Augen genießen. Marrenya befürchtet, dass das schöne Gefühl vergeht, wenn sie ihre Augen öffnet. Eine ganze Weile bleibt sie in diesem Zustand. Sie fühlt, dass sie regungslos in der Schwebe ist. Jetzt wird sie neugierig, zu sehen, wo sie sich befindet. Sie öffnet langsam ihre Augen. Dabei sinkt sie immer tiefer. Die Augen fast offen, spürt sie den Boden unter ihren Füßen. Sie bringt sich ins Gleichgewicht, um auf ihren Beinen zu stehen. Sie befindet sich in dem Raum, in dem ihre Transformation stattgefunden hat, vom Einhorn zum Menschen. Ihr Herz beginnt vor Freude zu springen, als sie all ihre Schwestern um sich herum erkennt. Es ist wie damals, nur dass sie jetzt keine Rosen in ihren Händen halten. Sie stehen im Kreis um sie herum, die Arme ausgestreckt und die Handflächen in ihre Richtung haltend. Marrenya will sie begrüßen, doch sie kann weder sprechen noch ihr Denken hören. Sie lauscht in sich hinein, ob sie irgendetwas zu hören vermag. Stille. Je mehr sie sich anstrengt, etwas zu hören, desto lauter und deutlicher wird das Pochen ihres Herzschlages in ihrem Kopf. Sie beobachtet ihre Schwestern, was sie vorhaben. Sie schließen ihre Augen und beginnen zu summen. Es ist ein Ton, der Marrenya ganz schwindelig werden lässt. Sie schließt ebenfalls die Augen und dabei erscheinen ihre Schwestern genauso deutlich vor ihr wie mit offenen Augen, nur diesmal erkennt sie, dass es auf der energetischen Seite des Bewusstseins mehr zu sehen gibt, als mit offenen Augen. Aus den Handflächen ihrer Schwestern strömt helles Licht auf sie zu. Sie steht in der Mitte des Kreises und dieses Licht bündelt sich in ihrem Herzen. Sie breitet empfangend die Arme aus und legt den Kopf in den Nacken. Alles, was auf sie einströmt, ist die wahre, kosmische Liebe. Ihr Körper füllt sich von der Mitte aus mit dieser Liebe an. Voll und ganz angefüllt mit dem Licht richtet sie sich wieder ihren

Schwestern zu und öffnet die Augen, während sie ihre Arme herunternimmt. Sie schaut in den Kreis und ihre Schwestern stehen lächelnd um sie herum. Jetzt kann Marrenya ihre Stimmen in ihrem Kopf hören.

„Wir grüßen dich, geliebte Schwester. Wir haben dein seelisches Leid, deinen Zweifel, mitbekommen. Wir sind alle miteinander verbunden und wenn eine von uns Schwierigkeiten hat, stehen wir ihr zur Seite und helfen." Marylla tritt aus dem Kreis und geht auf sie zu. Sie nimmt Marrenyas Hände und blickt ihr in die Augen. „Meine liebe Marrenya, wir alle haben in irgendeiner Weise in dieser Situation gesteckt, doch gemeinsam haben wir es geschafft." „Wie konnte ich euch helfen? Ich habe keine Erinnerung, dass ich mit euch im Kreis gestanden habe, um zu helfen." fragt Marrenya nach. „Wir sind schon immer und für immer miteinander verbunden und wenn wir uns treffen, verbinden wir uns auf einer anderen Ebene, die tief in unserem Unterbewusstsein ist. Wir sind eine Seelenfamilien. Wenn eine Probleme hat, dann verbinden wir uns auf dieser Ebene, um uns die Liebe zu geben, die wir zur Heilung benötigen. Wir alle sammeln unterschiedliche Erfahrungen, die wir uns gegenseitig zur Verfügung stellen. So braucht immer nur eine die Erfahrung machen. Das, was du gerade durchzumachen scheinst, ist von dem ersten transformierten Einhorn erfahren worden. Aus dieser Erkenntnis kannst du weiter lernen, ohne dass du es selbst weiter erleben brauchst." Die Schwester treten näher, so dass der Kreis immer enger um sie herum wird. Marylla lässt die Hände von Marrenya los und fährt ihr mit ihren Handflächen über Marrenyas Augen, so dass sie diese schließt. Voll Vertrauen und Liebe begibt sie sich in Maryllas Hände. Mit einer Handbewegung hebt sie Marrenyas Körper an, dass er in der Liege zum Schweben kommt. Alle begeben sich näher zu Marrenya und legen ihre Hände auf ihren Körper. Jeder Energiewirbel an ihrem Körper ist mit einer Hand bedeckt und die Informationen, die sie braucht, werden in ihren Körper über die Handflächen geleitet. Je mehr Informationen zu ihr kommen, umso verständlicher wird ihr ihre Situation. All das, was je eine von ihren Schwestern erlebt und erlernt hat, wird ihr so mitgeteilt, als sei es ihre eigene Erfahrung gewesen. Nachdem der Informationsfluss beendet ist, wird sie wieder auf ihre Füße gestellt und der Kreis um sie herum weitet sich wieder. Marylla steht vor ihr. „Alles, was wir dir mitgegeben haben, soll dir und uns helfen, weiter zu kommen in unserer Entwicklung als Menschen. Was uns als Einhörner schon immer bewusst war und wir in unserem Leben gelebt haben, müssen wir als Menschen erst wieder erlernen. Wie du jetzt mitbekommen hast, helfen wir uns gegenseitig, so dass keine von uns eine Erfahrung doppelt machen muss. Denn die Zeit verlangt, dass wir schnell lernen, damit die Transformation der Welten, der Dimensionen, vollzogen werden kann." Marrenya nimmt Marylla in ihre Arme und bedankt sich bei ihr. Dann geht sie zu jeder ihrer Schwestern, die immer noch im Kreis um sie herum stehen, um sich bei jeder Einzelnen zu bedanken, die ihr ihre Erfahrungen zuteilwerden ließ. Bei Marylla wieder angekommen, schließt diese mit ihren Handflächen Marrenyas Augen und bringt sie wieder in die Schwebe. Marrenya wird schwindelig. In ihrem Herzen weiß sie nun, dass sie alles schaffen wird, was noch auf sie zukommt. Mit diesem Wissen fällt sie wieder in den traumlosen Schlaf zurück.

Nachdem Marrenya den Saal verlassen hat, um alleine zu sein, hat Friederjus Bebirjus und Orchidea mit Details vertraut gemacht, die sehr wichtig sind für ihr weiteres Leben. Während seiner Ausführungen, worauf die beide zu achten haben, ist er immer wieder in die Verbindung mit Marrenya gegangen. Nachdem er spürte, dass sie sich auf die andere Ebene begibt, konnte er bei seinen beiden Schützlingen besser ins Detail gehen. Er informiert die beide darüber, dass er in telepathischem Kontakt mit König Hansgar und dem Zwergenkönig Beroldîn steht. Zu ihrer Überraschung erfahren sie Einzelheiten, dass sie einen Angriff planen, um das Reich in der Mitte zu befreien. Bebirjus und Orchidea spielen dabei eine große Rolle. Sie sollen das ganze Volk der Nordküste durch das Land der Lieblosen führen und auf dem Weg Romos und noch jemanden befreien. Verwirrt darüber fragt Bebirjus nach. „Wie sollen wir das denn machen? Ich bin zwar schon durch das Land der Lieblosen hier her gekommen, doch auch nur mit Romos Hilfe. Und der sagte mir, dass ich die Hälfte der Reise unter der Erde, in einer Höhle verbracht habe. Es verunsichert mich jetzt schon ein wenig, das Ganze an der Oberfläche zu tun. Ich kenne doch nur die Höhle." Friederjus beruhigt ihn. „Die Transformation macht ja bekanntlich vor niemanden halt und so haben wir, die Könige, schon jemanden gefunden und auserkoren, der dir und meiner Tochter Orchidea helfen wird." Liebevoll, so wie nur ein Vater sein Kind ansehen kann, blickt er zu Orchidea. Diese reicht ihm die Hand mit den Worten: „Ich weiß, dass du noch mehr für uns beide hast. Du erziehst mich schon mein ganzes Leben auf eine große Aufgabe hin und das reicht mir, dir und der Unternehmung zu vertrauen. Mein lieber Bebirjus." Sie nimmt auch seine Hand in die ihre. „Wir haben mehr vor uns, als nur Romos aus dem Land der Lieblosen zu befreien." Mit einem liebenden und gleichzeitig wissenden Lächeln blickt sie zu ihrem Vater, dieser nimmt mit seiner freien Hand die zweite von Bebirjus, so dass ein Kreis entsteht. In diesen Kreis lässt er magische Energien fließen, die ihm für seine Aufgabe vom Weißen verliehen wurden.

Es entsteht ein holografischer Wirbel, der wie ein Trichter nach oben steigt. Friederjus schließt seine Augen und projiziert die Bilder aus seinem Kopf in den Trichter. In der Mitte des Trichters erscheinen die Bilder, die für Bebirjus und Orchidea bestimmt sind. Sie erkennen ihre ganze Welt, an allen vier Himmelsrichtungen steht einer der

Könige, die ihr Reich mit Liebe und einem offenen Herzen regieren. Im Süden Gnomkönig Hansgar, im Osten die Udinenkönigin Waniera, im Westen der Zwergenkönig Beroldîn, und im Norden der Elfenkönig Friederjus. Alle vier schauen gen Himmel und breiten ihre Arme aus. Aus ihren Herzen strömt Licht. So wie es aufeinander trifft und sich bündelt, wird es immer heller. Dieses weiße Licht wird größer und stülpt sich wie eine Kathedrale über das ganze Land. Aus der Mitte des Landes kommt ein fünfter Energiestrahl, der sich mit den anderen verbindet. Orchidea und Bebirjus erkennen, dass der fünfte Strahl von der Stelle kommt, an dem einst König Jandelions Schloss gestanden hat. Beide schauen sich verwundert an und dann Friederjus. Dieser hat immer noch seine Augen geschlossen und fordert beide mit einem Händedruck auf, weiter in den Trichter zu blicken. Im ganzen Land erscheinen plötzlich Einhörner. Sie gehen in einer Sternformation auf den fünften Lichtstrahl zu. Hinter ihnen alle Bewohner dieser Welt. Die Flüsse füllen sich und erwachen zu neuem Leben. Von Norden, Osten, Süden und Westen. Alle Quellen im Land der Lieblosen beginnen von neuem zu sprudeln. Alle schreiten hinter den Einhörner her, vor sich treibend die Bewohner vom Land der Lieblosen. Vor dem fünften Strahl bleiben alle stehen. Erst gehen die Einhörner in die Knie, dann die Bewohner des Landes und zum Schluss gehen die Bewohner vom Land der Lieblosen in die Knie, als sie den Weisen erblicken. Die Lieblosen dachten, er sei nur eine Erfindung. Doch als sie ihn erkennen, überkommt sie eine Demut. Granog versucht sich aufrecht zu halten, doch der Weise berührt ihn mit seinem Horn und auch dieser geht auf die Knie.

Bevor Bebirjus und Orchidea sehen können, wie es weiter geht, löst Friederjus den Kreis auf und der Trichter mit den Bildern verschwindet. „So kann es aussehen, wenn wir unseren Plan zu Ende bringen. Doch damit dies geschieht, haben wir noch viel vor uns." Friederjus blickt in zwei Gesichter, die so sehr strahlen als ob es sich bereits erfüllt hätte. Friederjus holt sie aus ihrem Glücksgefühl heraus. „Denkt immer daran: Granog wird alles daran setzten dies zu verhindern. Er ahnt, dass wir etwas vorhaben. Er versucht, Wissen von unserem Plan zu bekommen." Bebirjus und Orchidea, mit einem tiefen Vertrauen in sich und dem Plan, wollen nun alles wissen, was sie als Nächstes zu tun haben. „Ich denke, ihr geht erst einmal zu Bett und morgen sprechen wir weiter." Friederjus steht schon auf, als Bebirjus ihm noch eine Frage stellt. „Weiß Marrenya davon? Dürfen wir mit ihr darüber reden?" Erschrocken, dass er es vergessen hatte, setzt Friederjus sich noch einmal an den Tisch und mit ernster Stimme sagt er zu den Beiden: „Ich bitte euch, kein Wort zu Marrenya, denn das könnte ihr Lernen gefährden. Wenn sie weiß, dass es sich so entwickeln kann, bleibt sie auf dem Stand, auf dem sie jetzt ist. Und sie muss von sich aus vertrauen, in ihr Herz und in die Liebe gelangen. Mit einem Wissen, dass sie beeinflussen könnte, kann sie wichtige Schritte übergehen, die für ihr gesamtes Leben als Mensch wichtig sind." Mit so viel Ernst in der Stimme von Friederjus waren beide sehr erschrocken. Ihnen wird klar, dass sie kein einziges Wort mit Marrenya darüber sprechen dürfen, denn das, was sie gesehen haben, soll sich ja erfüllen. Bebirjus begleitet seine Orchidea noch zu ihrem Schlafgemach, dann begibt er sich auch zu Bett.

Glücklich wacht Marrenya auf. Das Vogelgezwitscher und das bunte Treiben der Eichhörnchen auf dem Baum vor ihrem Fenster lassen sie noch eine Weile in ihrem Bett liegen und sie beobachten. Sie versucht, sich an einen Traum zu erinnern, sie hat aber keine Erinnerung in ihrem Wachbewusstsein daran. Das Einzige, an was sie denken kann, wenn sie versucht, die Bilder eines Traumes zu bekommen, ist im Vertrauen zu bleiben. Mit dieser Stimmung steht sie auf und macht sich für einen schönen sonnigen Tag fertig. Noch ein letzter Blick in den Spiegel und sie verlässt ihr Gemach. Sie ist die Erste im Speisesaal. Mit hungrigem Magen macht sie sich über das duftende Frühstück her. Einer nach dem anderen gesellt sich zu ihr in den Saal. Alle machen einen glücklichen und zufriedenen Eindruck, nur König Friederjus schaut sich die ganze Sache vorsichtig an. Ihm wird klar, dass er bald Bebirjus und Orchidea losschicken muss, damit sie keine Möglichkeit haben, doch noch etwas Marrenya zu erzählen und somit alles im Zeitplan bleibt. Nach dem Frühstück wird er sich Marrenya widmen, damit sie fest in ihrem

Herzen verankert ist. Dass Marrenya ihre Schwestern auf der anderen Ebene getroffen hat, hat viel in ihr bewirkt. Sie ist gelöster und freudiger. Das beruhigt Friederjus. Sie verabreden sich, dass sie sich bei der Bank im Garten unter der Linde treffen. Friederjus hat keinen großen Hunger und ist schon vorausgegangen, während Marrenya mit Bebirjus und Orchidea über ihre gemeinsame Zukunft flachsen. „Jetzt wird es aber Zeit. König Friederjus wartet bestimmt schon auf mich. Wir können ja beim Mittagessen weiter machen." Mit diesen Worten verabschiedet sich Marrenya von Bebirjus und Orchidea. Diese begeben sich in die von Friederjus beauftragten Unterrichtsstunden, damit sie das Land der Lieblosen kennen lernen und sich in diesem auskennen, wenn es soweit ist.

Marrenya kommt es wie ein Déjà-vu vor, als sie den Weg zur Bank schreitet. Zu ihrer lockeren Fröhlichkeit gesellt sich eine Ernsthaftigkeit, die ihr Unbehagen verleiht. Sie weiß, dass auf sie eine Unterrichtseinheit mit Friederjus wartet. Friederjus beobachtet sie, wie schon gestern, als Marrenya zu ihm durch den Garten läuft. Er bemerkt auch, dass sie sich auf dem Weg verändert hat. „Warum der Stimmungswandel? Erwartest du etwas Schlechtes?", begrüßt er sie an der Bank. „Nein, nein. Mir ist nur in den Sinn gekommen, dass du mich ja unterrichtest und dass das gestern etwas viel war", entgegnet sie ihm. „Glaubst du, wenn du in dich fühlst, dass es heute genauso wird?" Sie stellt sich hin, spürt den Boden unter ihren Füßen, fühlt in sich hinein und schaut ihn dann an. „Nein. Heute fühle ich mich gestärkt und glücklich. Kannst du mir erklären, warum ich gerade so reagiert habe?" „Das ist das Erwarten. Du hast etwas Wichtiges kennen gelernt. Du hattest gestern eine wichtige Erfahrung und es begegnet dir heute in einer ähnlichen Weise wieder und schon verbindest du es mit deiner Erfahrung von gestern. Gestern hat es dich geschmerzt und aus der Erwartung heraus folgert dein Verstand, dass es heute die gleichen Gefühle gibt." „Diese Gefühle sind schneller in mir gewesen, als ich in mich hinein fühlen konnte." Stellt Marrenya erstaunt fest. Friederjus bemerkt, dass es heute eine gute Unterrichtseinheit geben wird und dass seine Schülerin willens ist zu lernen. Marrenya erzählt, dass sie geträumt hat. Nur fehlt ihr die Erinnerung daran und sie will wissen, wie sie an diese wieder heran kommen kann.

Friederjus erzählt ihr von den anderen Ebenen, auf denen wir unsere Heilung und Erweiterung erhalten. Das ganze Wissen ist in unserem Herzen und Unterbewusstsein. Das alles wird zu viel für Marrenya. „Als Einhorn lebte ich aus meinem Herzen im Augenblick und es gab kein Unterbewusstsein. Alles Wissen war mir bewusst. Jetzt muss ich erst wieder den Zugang in mein Herz finden, um zu verstehen. Als Einhorn war ich stark und in der reinen kosmischen Liebe. In dieser Existenz hatte ich meine Kraft und ich fühlte mich stark und kraftvoll. Jetzt, wo meine Fähigkeiten und die

Erinnerungen schwinden, fühle ich den menschlichen Körper mehr und mehr und dieser ist schwach und zerbrechlich. Die Stärke und die Kraft des Einhorns, an die ich mich vage erinnere, verschwindet mehr und mehr aus diesem Körper." Friederjus beruhigt sie. „Alles ist in dir. Auch wenn sich dein Aussehen verändert und deine Wahrnehmung, bleibt alles, was du in deinem Herzen hast, erhalten. Du hast das Herz eines Menschen mit dem Wissen eines Einhorns und das lebt auch in diesem Körper weiter. Erst wenn du alles vergessen hast, kannst du es in dir wieder entdecken und zu neuem Leben erwecken. Denn das bist du." „Aus der Liebe zu Romos und dem Vertrauen in das Ganze habe ich mich für das Menschsein entschieden. Doch jetzt fühlt es sich so anders an. Ich spüre die Verletzbarkeit und das verunsichert mich." Friederjus versteht was sie meint. „Nach einiger Zeit, wenn du dich an deinen Körper und die Auswirkungen des Vergessens gewöhnt hast, spürst du die Stärke deines Herzens. Und dann wirst du mit Freude in die Liebe deines Herzens gehen und sie ins Leben bringen und allen helfen, die sich dafür öffnen, dass du ihnen hilfst. Vertraue, dass es die richtige Entscheidung war, die du getroffen hast."

Marrenya will von Friederjus mehr über die Erwartung wissen, denn das, was sie selbst schon in sich spürte, will sie jetzt verstehen und wie sie es umwandeln kann. Friederjus hat darauf eine klare Antwort. „Erwartungen sind nur in dir, wenn du dich von der

Vergangenheit leiten lässt und den Augenblick verpasst. Nehmen wir nur deinen Weg zu mir. Du hast erwartet, dass es schmerzhaft wie gestern wird. Dabei hast du den Augenblick und die Schönheit des Gartens zu genießen übersehen, da du mit den Gedanken im gestern warst. Erwartungen entstehen, wenn Mangel in dir ist. Jedes Mal, wenn du erwartest, schaue wo der Mangel ist. Wenn du Liebe willst, liebe dich selbst. Wenn du Anerkennung willst, gebe sie dir selbst. Wenn du verstanden werden willst, verstehe dich zu erst. Es ist egal, was auch immer du von deinem Gegenüber willst, gebe es dir zuerst und dann gebe es weiter. Alles, was du willst, entsteht in dir. Wenn du einen Mangel verspürst, machst du andere dafür verantwortlich. Also merke dir: wenn du denkst, du brauchst etwas in deinem Leben und erwartest, dass es dir andere geben, gebe es dir selbst. Das ist das Geheimnis der Welt, frei von Erwartungen und unabhängig zu sein."
Marrenya ist erstaunt. „Das ist ein offenes Geheimnis, denn jeder weiß darum. Es machen jedoch nur die Wenigsten." Verdutzt über ihre Aussage beginnt sie zu lachen. Friederjus ist glücklich, dass alles so gut und zu seiner Zufriedenheit läuft. Sie spazieren durch die Gartenanlagen und genießen Mutter Natur, die es heute besonders gut mit ihnen meint. In tiefgehenden Gesprächen philosophieren beide über das, was ist und wie es sein kann. Er lässt ihr ihre Träume, denn er weiß, dass vieles anders kommen wird. Doch all das, was sie in ihrer Reinheit ihres Herzens erwünscht, wird zu ihr kommen.

Manches in einer anderen Form, doch es tritt in ihr Leben, so perfekt wie es eben in ihrem Leben sein kann. Die Entwicklung aller Beteiligten im Reich der Nordküste erfreut alle Könige, da alle mit König Friederjus in Verbindung stehen.

15 Romos, ein gelehriger Schüler

Romos ist dankbar, dass Jandelion ihm eine Pause gönnt. Er möchte sich zurückziehen, um über das Ganze nachzusinnen. Jandelion ist sich dessen bewusst. „Wenn ich deinen Bereich jetzt verlasse, möchtest du am Boden liegen oder soll ich dir zeigen, wie du dir ein bequemes Bett visualisierst?" Darüber ist Romos erstaunt. „Kann ich das auch? Brauche ich dazu besondere Fähigkeiten, wie du sie hast? Ich bin doch wieder ein Mensch." „Das kann jeder, wenn er vertraut und an all das glaubt, was ihn umgibt. Glaubst du daran, dass du es schaffst?" Mit dieser Frage fordert Jandelion Romos heraus. In sich blickend, was er in seinem Leben, besser gesagt, in den letzten Wochen seines Lebens gelernt hat, entdeckt Romos in sich das Vertrauen, es zu schaffen. „Ja, ich kann es. Das weiß ich." Tief in seinem Herzen denkt er an Marrenya, die ihm immer wieder sagte – Geh in die Liebe – und Romos ist sich sicher, dass die Liebe und das Vertrauen zu sich selbst der Auslöser sind, alles zu schaffen was man möchte. Jandelion erklärt ihm, dass er sich vor seinem inneren Auge ein Bett aussuchen solle, in dem er schlafen möchte. Wenn er das Passende sieht, soll er sich so fühlen, als ob er in diesem liegt und es mit all seinen Einzelheiten spüren. Romos hat sich ein großes Holzbett mit einer tiefen weichen Matratze ausgesucht. Er schließt seine Augen und es erscheint ein wackeliges Bild vor seinem inneren Auge. Als er die Augen öffnet ist die Zelle kahl und leer. „Was mache ich falsch?" „Du siehst nach, um sicher zu gehen, ob da jetzt ein Bett steht, obwohl vor deinem inneren Auge noch kein Bett entstanden ist. Versuche es mit einer einfachen Pritsche. So eine, wie du sie kennst. Du weißt wie sie aussieht, wie sie sich anfühlt, wenn du darauf liegst. Beginne mit dem was du kennst, so fühlt es sich realistisch an." Romos kapiert schnell. „Ach so, eine doofe Pritsche", denkt er sich. Er schließt seine Augen und sieht klar und deutlich die Schlafstätte, in der er sein Leben lang schon geschlafen hatte. Ein einfaches Gestell mit einer Strohmatratze, ohne viel Schnickschnack. Und dieses Mal ist er sich sicher, dass dieses „Bett" da steht. Er bewegt seinen Körper mit geschlossenen Augen in die Ecke des Raumes in der er sein Bett sieht. Setzt sich auf den Rand und legt seinen Körper auf die Matratze. Jetzt erst, als er diese Unterlage unter seinem Körper spürt, öffnet er seine Augen und sieht einen lächelnden Jandelion vor sich stehen. „Ja, genau so geht das. Ich wünsche dir eine gute Nacht und morgen werden wir weiter arbeiten." Mit diesen Worten geht er durch die Steinwand als wäre sie ein Vorhang. Romos kann es kaum glauben, dass aus dem Eingesperrtsein ein Wunder entspringt. Doch warum wundern? Seine Überzeugungen wurden ja in den vergangenen Wochen komplett auf den Kopf gestellt. So alleine in der Zelle auf seiner Pritsche stellt er sich noch eine weiche Decke aus Seide vor, die nach Marrenya duftet.

Er kann sie riechen, und schon kuschelt er sich tief in die Decke und schläft ein.

Jandelion verbindet sich auf der geistigen Ebene mit allen anderen Königen, um den Erfolg mitzuteilen, dass sein Schüler sehr gelehrig ist. Ein Hoch auf Granog, dass er damals einen so intelligenten Menschen mitgebracht hat. Bei einem weiteren Treffen der Könige, auf der geistigen Ebenen, stellen sie fest, dass ihr Zeitplan ihnen noch Raum lässt. Zu aller Überraschung gesellt sich der Weise zu ihnen. „Ich bleibe nur kurz, um euch mitzuteilen, dass Romos und Marrenya in der Menschenwelt inkarnieren werden. Sie werden in ihrer reinen Liebe die Tore zu ihrer Welt wieder öffnen." Mit Erstaunen hören die Anwesenden zu. „In ihren Herzen wächst die reine Liebe und diese wird auf allen Ebenen Bestand haben. Beide werden sich in verschiedenen Leben wieder treffen, aber nur in wenigen Leben werden sie ihre Liebe zueinander erkennen. Erst in dem Leben, in dem beide aus ihrer Liebe, aus ihrem Herzen heraus leben, werden sie für immer zueinander finden und eins werden." So schnell wie er erschienen ist, ist er auch wieder verschwunden. Mit dem, was sie erfahren haben, hat keiner der Könige gerechnet. Marrenya und Romos steht eine größere Herausforderung bevor als alle vermuteten. Doch ihr Vertrauen ins große Ganze ist größer als ihre Fragen warum. Sie nehmen es so hin und besprechen, wie sie ihre Schützlinge vorbereiten, ohne einen Gedanken daran zu haben, was auf sie zukommt. Jandelion spricht zu seinen Verbündeten. „Ich fühle, ich muss gehen. Mein Schützling hat viele Emotionen, mit denen er noch kämpft. Er ist sehr schlau und ich weiß, er wird auch das mit seinen Gefühlen und Emotionen sehr schnell lernen und im Griff haben. Er ist sehr wissbegierig und will mehr und schneller lernen als mir lieb ist. Ich will sicher gehen, dass das, was er lernt, auch in jeder Zelle seines Körpers integriert wird. Wir sind jedoch gut in der Zeit. So kann ich mit ihm noch mehr in die Tiefe gehen. Oh, oh, ich spüre er lernt auch ohne mich. Er ist sich selbst ein guter Lehrer und beginnt mit seinen Fähigkeiten zu spielen. Ich freue mich auf unser Gelingen." Mit diesen Worten verabschiedet er sich.

Romos hofft, dass im Schlaf Marrenya zu ihm kommt, so wie sie es in der vergangenen Zeit immer wieder gemacht hat. Sein Traum bleibt jedoch leer. Keine Marrenya, keine Bilder. In seinem Schlafbewusstsein stellt er sich vor, wie sein Geist seinen Körper verlässt und er in dem Verlies umher schwebt. Wenn ich es in diesem Raum kann, dann werde ich auch weiter kommen. Sein Geist durchdringt die Mauern seines Gefängnisses. Oben auf der Erde angekommen, stellt er fest, dass es ein herrlicher Tag ist. In dem dunklen Verlies ist ihm das Gefühl, ob es nun Tag oder Nacht ist, abhandengekommen. Er schwebt immer höher und er sieht das Land von oben. Die Erde ist braun und vertrocknet, keine weiteren Farben sind zu erkennen. Romos konzentriert sich, um in der Luft zu bleiben.

Er spielt mit seinem Geist, wie er am besten fliegen kann. Nach ein paar Versuchen hat er es geschafft, eine Form des Fliegens zu finden. Ohne Körper, nur mit der Kraft seines Geistes und seiner Vorstellungskraft, bewegt er sich vorwärts. Zuerst bleibt er noch eine Weile über dem Dorf und erkennt von oben den Grundriss des Schlosses, in dem Jandelion lebte. Er realisiert, dass er, wenn er traurig wird, dem Boden sehr nahe kommt. Er hat verstanden. Er muss sich in der Liebe und der Freude halten, dann kann er fliegen, wohin er will und die Wesen besuchen, wo immer sie auch sind. Er macht sich auf den Weg in König Friederjus Reich. Wenn Marrenya ihm keinen Traumbesuch abstattet, dann will er sie besuchen. Er wird für ihre Augen unsichtbar bleiben, aber er kann sie sehen und das gibt ihm die Kraft, immer höher und schneller zu werden. Er sieht die Felsenformation, aus der er Bebirjus gerettet hat, den Wald der toten Bäume und den großen See. Beim Überfliegen des Sees sprudelt hier und da das Wasser, als ob es an dieser Stelle kochen würde. Aus diesen sprudelnden Stellen tauchen eine oder zwei Nymphen auf. Er bemerkt auch, dass aus der braunen Brühe ein wunderschöner, türkisblauer See geworden ist. In der Ferne erkennt er das Grün des Waldes und die Berge der Nordküste und dreht sich vor Freude in der Luft. Bei der Schönheit der Natur vergisst er für einen Moment, warum er hier ist. Über dem Reich von König Friederjus und den Elfen, die er am Boden tanzen und singen sieht, kommt ihm

Marrenya wieder in den Sinn. Erst versucht er sie mit den Augen zu erblicken und er sinkt tiefer und tiefer. Dann erst bemerkt er jedoch, dass er sie ohne Herz sucht. Er fühlt in sein Herz und seine Liebe zu ihr hinein. „Mein Herz, führe mich zu meiner Liebsten." Die Schwingungen seines Herzens führen ihn über Wiesen, Felder und Wälder. Er ist von deren Schönheit überwältigt. Eine große Baumkrone zieht seine Aufmerksamkeit magisch an. Seinen Flug verlangsamend schaut er genau, warum es ihn zu dieser Linde zieht. Unter der Linde erkennt er eine Bank, auf der zwei Wesen sitzen. Sein Atem stockt. Er hat sie gefunden. Sein Geist bleibt stehen, schwebend beobachtet er Marrenya. Romos Augen füllen sich mit Tränen. Sind das Freudentränen oder die Traurigkeit, dass er für sie jetzt unsichtbar ist. Er sieht nur, wie sie sich bewegt. Wie anmutig und zierlich sie doch ist. Aus dieser Entfernung kann er nur sehen, wie sie sich mit Friederjus unterhält. In dem Augenblick wird ihm klar, dass es kein Zusammensein mit ihr geben kann. Was hat Jandelion erzählt? Sie wird ihn, Romos, vergessen. Er spürt mit traurigen Gedanken, dass sie ihn mit der Zeit vergisst. Wie in einem Sog wird er weggezogen. Romos versucht das Gefühl der Liebe in sich aufrecht zu halten, doch es ruckelt und zuckelt an ihm und mit einem einzigen Ruck ist er wieder in seinem Körper.

Verwirrt und unwissend, was geschehen ist, öffnet er seine Augen und im Lichtschein einer Kerze blickt er in die Augen von Jemerich.

Er ruckelt und zieht an ihm und wiederholt immer wieder die Worte: „Romos, wach auf. Ich muss mit dir reden." Was soll er davon halten und vor allem, wie soll er fühlen? „Was willst du von mir?", fragt Romos mit verschlafener Stimme. Er will viel lieber zurück und Marrenya beobachten, als hier mit Jemerich, dem Verräter, in dem Verlies zu sein. Er dreht sich in dem Gedanken, dass er noch in seinem Bett liegt. Dabei tut ihm alles weh. Er ist wach, denn er liegt auf dem harten kalten Steinboden. Jetzt ist er mit seinem Geist vollkommen in seinem Körper und der Zelle angekommen. Romos richtet sich auf und ehe Jemerich reagieren kann, hat er ihn an dessen Kehle gepackt. „Was willst du von mir?" Das kommt alles so plötzlich, dass Jemerich die Sprache und die Luft weg bleibt und er nur Gestotter heraus bringt. „Ich will, ich meine, ich müsste", ringt Jemerich nach Luft, doch der Griff von Romos schnürt ihm den Hals ab. Mit seinen Händen versucht er, sich aus dem Würgeriff zu befreien. Jemerich hält in seinem Befreiungsversuch inne und reist seine Augen ganz weit auf. Romos ist das egal. Er hält ihn weiterhin fest in seinem Griff. Da hört er hinter sich die Stimme von Jandelion. „Lass ihn los. Komm schon, er ist doch ein Freund." Er legt väterlich seine Hand auf Romos Schulter. Bei dieser Berührung lässt der Würgegriff, mit dem er Jemerich hält, nach. Langsam stellt er ihn wieder auf seine klumpigen Koboldfüße. Danach sackt er in sich zusammen.

„Jandelion, ich habe sie gesehen. Ich bin übers ganze Land geflogen und habe sie gefunden." Weinend sitzt er auf dem Boden. Jandelion kniet sich neben ihn. Mit tröstenden Worten spricht er zu ihm. „Lass dir gesagt sein, es sieht schlimmer aus als es ist." Romos schaut zu ihm hin. „Du meinst, es ist in Ordnung, dass sie mich vergessen wird und sie wie eine Fremde reagiert, wenn wir uns wieder begegnen?" In diesen Worten liegt viel Ironie. „Auch du wirst sie vergessen. Das ist euer Schicksal." Diese Worte sind zu viel für Romos. Er steht auf, läuft durch die Zelle und schreit, dass es in dem Gewölbe zurück hallt. „Wieso, wieso nur habe ich sie dann kennen und lieben gelernt?" Jemerich hat keine Ahnung, von was die beiden da sprechen. Er geht nur immer wieder Romos aus dem Weg, denn der ist so in seiner Wut, da ist es egal, was ihm im Weg steht; es wird einfach überrannt. Jandelion hat sich neben Jemerich gestellt und schaut Romos zu, wie er durch die Zelle läuft, mit den Händen fuchtelt und ganz rot im Gesicht wird. Jemerich blickt immer wieder verstohlen zu Jandelion, als ob er einen Geist sieht. Jandelion nimmt den verstörten Kobold an die Hand und zieht ihn aus der Gefahrenzone, denn Romos ist wütend mit ausgestreckten Händen auf diesen zugelaufen. In dem Moment, in dem Jandelion die Hand von Jemerich genommen hat, ist dieser ohnmächtig zusammen gebrochen. Romos Hände greifen ins Leere. Er bleibt stehen und schaut den am Boden liegenden Jemerich an.

„Was soll das Ganze? Was soll ich verstehen? Erst soll ich in mein Herz, in meine Liebe gelangen. Dann habe ich ein wundervolles Wesen kennen gelernt, die es mir möglich macht und zu guter Letzt werden wir uns gegenseitig vergessen. Wozu denn dann das Ganze?" Jandelion lässt die Hand von Jemerich los, die er noch in seiner hatte. „Romos, höre mir genau zu. Lass deine Verzweiflung einmal bei Seite." Mit ruhiger Stimme spricht er weiter. „Das ist nötig, damit du die Liebe in dir findest und sie von keinem anderen Wesen abhängig machst. Denn nur, wenn du die Liebe zu dir, in dir spürst, wird dein Herz für alle Wesen Liebe empfinden können." Romos beugt sich bei diesen Worten zu Jemerich hinunter und nimmt dessen Hand in die Seine. Er streichelt sie, als wäre es Marrenyas Hand. „Wie soll ich denn Liebe empfinden? Ich habe das liebste Wesen verloren, das ich kennen gelernt habe." Jandelion nimmt die andere Hand von Jemerich in die Seine, „In der Liebe gibt es keinen Besitz. Die Liebe ist. Du kannst sie weder erzwingen noch dich dagegen wehren. Die Liebe ist. Die Liebe lässt dein Herz leben, nur dann lebt dein Herz. Die Liebe ist einfach nur die Liebe. Sie ist, was sie ist. Und nur das ist die Liebe." Diese Worte erreichen Romos' Herz. Er schaut zu Jandelion und gemeinsam ziehen sie Jemerich hoch, um ihn auf seine Füße zu stellen. „Ich glaube, ich verstehe. So wie ich meinen Geist befreit habe. Keine Mauern konnten mich begrenzen, um Marrenya zu sehen. Genauso kann ich mein Herz befreien, um mich allen

Wesen in der Liebe zu öffnen, ohne mich in Abhängigkeiten zu befinden." Jandelion lächelt Romos zuversichtlich an.

Jemerich öffnet seine Augen. „Wo bin ich? Was ist geschehen?" Beim Anblick von Jandelion will er wieder seine Augen verdrehen und wegsinken, doch Romos hält ihn fest. „Schau mir in die Augen." Jemerich macht dies. Je tiefer er Romos in die Augen blickt, umso standfester wird er wieder. Fest dastehend zeigt er mit seinen Fingern auf Jandelion. „Das ist doch König Jandelion. Ich dachte, der wäre..." Weitere Äußerungen bleiben ihm im Hals stecken. Romos nickt zustimmend. „Was willst du hier im Verlies? Hat dich Granog geschickt?" Jetzt beginnt Jemerich zu erzählen, was los ist. „Ich hatte einen Traum, in dem ist etwas ganz Merkwürdiges geschehen." Er schaut auf Romos. „Du bist mir begegnet und hast mich wie jetzt bei der Hand genommen und mir das Land von oben gezeigt." Romos schaut auf seine Hände und sieht, dass er die Hand von Jemerich noch festhält. Ein wenig angewidert lässt er sie los. Jemerich redet unberührt weiter. „Ich hatte ja keine Ahnung, dass das Dorf auf der Ruine des Schlosses aufgebaut wurde. Du hast mir erklärt, dass Granog uns mit der Angst, geliebt zu werden, gefangen hält. Und dass meine einzige Möglichkeit, mich und dieses Land zu retten, darin besteht, dir und den anderen zu helfen und mich für die Liebe zu entscheiden." Romos schaut verdutzt zu Jandelion. „Wie ist das möglich? Ich war doch die ganze Zeit hier und auf meiner Reise zu

Marrenya war ich alleine mit meinem Geist unterwegs." Jandelion erwidert grinsend: „Wie du siehst, ist dein Geist vielseitiger als du denkst und es gibt mehr Ebenen, auf denen du wirkst, als du glaubst." Das ist alles, was Romos von Jandelion zur Antwort bekommt.

Romos fragt Jemerich was Granog vor hat und wie die Situation im Land ist. So erfährt er, dass Granog zu allen Grenzen Truppen entsendet, damit sie in die umliegenden Reiche eindringen. Es sind zwar wenige, da sie an allen Fronten gleichzeitig geschickt werden, doch Granog rechnet mit der Angst der Bewohner der anderen Reiche, dass noch mehr von seinen Abtrünnigen kommen könnten. Er bleibt mit einem auserwählten Kreis im Dorf. Eine Frage hat er noch: „Wie macht ihr das?" und zeigt auf die beiden. Romos und Jandelion schauen sich an wie bei einer Absprache, wer es ihm erklärt. Die Wahl fällt auf Jandelion. „Es ist alles eine Frage der Liebe, des Vertrauens und der Visualisierung. Das ist alles. Ich denke, das als Erklärung reicht fürs erste." Sichtlich zufrieden mit dieser Antwort fühlt sich Jemerich immer wohler in dem kleinen Kreis. Jandelion bestätigt seine Ausführungen über das, was Granog vorhat. Romos und Jemerich stellen sich jetzt Jandelion gegenüber. Sie wollen jetzt beide verstehen. Wenn sie doch alle Bescheid wissen, warum dann der ganze Aufwand und warum haben sie so lange darauf gewartet? „Alles zu seiner Zeit" bekommen sie auf ihre unausgesprochenen Worte als Antwort. Jemerich ist sichtlich darüber erschrocken, ohne etwas gesagt zu haben, eine Antwort zu bekommen. Romos erklärt es ihm. „Die machen das alle irgendwie. Doch man gewöhnt sich mit der Zeit daran."

„König Jandelion, wie soll es nun weiter gehen? Ich meine, was habe ich bei der ganzen Sache zu tun?", will Jemerich wissen. „Mit dir mein Freund, habe ich einiges vor. Du wirst bei mir in die Schule gehen und lernen." Wie ein strenger Lehrer blickt Jandelion Jemerich an. Dieser schaut verlegen zu Boden und meint zögerlich: „Ich war noch nie in der Schule, dafür bin ich viel zu dumm." Jandelion hebt mit seiner rechten Hand den Kopf von Jemerich an. „Du wirst von mir auf deine Aufgabe vorbereitet und dafür habe ich dich ausgewählt. Ich habe dich seit deiner Geburt beobachtet, die Freundschaft zwischen dir und Romos war der Beginn deiner Ausbildung und nun bringe ich sie zu Ende." Jemerich erfährt vom König, dass er Bebirjus und Orchidea, die aus dem Land der Nordküste kommen, zu ihm ins Dorf bringen soll. Die Beiden kommen bald mit einem Boot über den großen See. An einer ganz bestimmten Stelle, die ihm Romos noch erklären wird. Dort soll er sie in Empfang nehmen. Fragen wie „Die erkennt doch gleich jeder" oder „Was ist, wenn die anderen uns hindern wollen und uns gefangen nehmen?" spuken in seinem Kopf herum. „Ich bin keine große Hilfe, man hat mir noch nie was zugetraut." Jandelion lässt ihn reden und beantwortet seine Fragen in dem er ihm erklärt, dass

Bebirjus und Orchidea für diese Reise ebenso vorbereitet werden, damit es zu einem guten Ende kommt. Romos hat die Unterhaltung mit angehört und will wissen, woher er denn wissen soll, an welcher Stelle Bebirjus und Orchidea ankommen. „Weißt du noch, wo Bebirjus ins Wasser ist, um zu Friederjus zu schwimmen?" „Ja, neben dem Steg, der links von der großen Mulde im Wald der toten Bäume ist." „Siehst du, somit hast du Jemerich die Stelle beschrieben, an der die beiden ankommen." Verblüfft darüber, dass manches so einfach ist, schüttelt Romos seinen Kopf und beginnt in sich hinein zu lachen.

Jemerich will noch einiges wissen, wie er sich auf den Weg zu der besagten Stelle begeben kann. Vor allem, wie erklärt er Granog, dass er gerade in diese Richtung mit ein paar seiner Leute will. „Vertraue mir. Wegen der Nymphen haben die meisten deines Volkes Angst vor dem See bekommen und Granog wird froh sein, dass es einige Dumme bereit erklären, die gerade dorthin gehen. Ich sage damit nur, dass Granog dies denken wird. Ich bin von deinem Mut überzeugt." Lächelnd den Worten lauschend sagt Romos noch zu Jemerich: „Grüße den Elfen Bebirjus von mir und beglückwünsche ihn zu seinem Erfolg." Mit diesen Worten klopft er ihn auf dessen Schultern und hat in Erinnerung, wie sich der Kleine immer gegen seine Ratschläge gewehrt hat. „Viel Spaß mit den Beiden." Jandelion hat diese Szene beobachtet und meint am Rande: „Du wirst dich wundern, was aus Bebirjus geworden ist und was noch auf ihn und

Orchidea zu kommt." Jetzt wird es für Jemerich Zeit, wieder nach oben zu gehen. Jandelion hat ihm versichert, dass ihn keiner bemerken wird, wenn er aus dem Kellergewölbe tritt.

Romos kann sich das Grinsen kaum verkneifen. Immer sicherer in seiner Form als Mensch bewegt er sich in seiner Zelle. „Was grinst du so?", will Jandelion wissen. „Ach, ich denke an Bebirjus, wie er war. Und ich freue mich, ihn wieder zu sehen und zu sehen wie er sich verändert hat", antwortet er ihm. Diese Antwort lässt Jandelion so stehen. „Nun zu dir. Auf dich kommt auch noch einiges zu. Lass uns beginnen und dein Visualisieren vertiefen." Gesagt, getan. Romos hat schnell gelernt und visualisiert alles, was Jandelion von ihm verlangt. Zum Schluss meint er: „So. Noch ein Bett deiner Wahl und dann begibt dich zur Ruhe. Denn auf der Traumebene wirst du weiter unterrichtet." Ohne eine Frage zu stellen, macht Romos was Jandelion von ihm verlangt. Heute sollte sein Bett besser und bequemer ausfallen. Nach dem ganzen Visualisieren von Gegenständen ist er in Höchstform, um sich genau das zu kreieren, wovon sein Herz träumt. Dieses große Holzbett, mit tiefer Matratze, Seidenbezügen und es riecht so gut. Er hofft, dass er Marrenya auf der Traumebene begegnet oder im Geist zu ihr kann.

16 Freude beim Lernen

Bebirjus und Orchidea haben sich den ganzen Vormittag Karten vom Land der Lieblosen angesehen und sich viele Orte eingeprägt. Einige sind Bebirjus noch sehr gut in Erinnerung. Erst bei den Plänen vom Land der Lieblosen wird ihm klar, wie weit sein Weg durch die Höhle gewesen war. Stolz erklärt er Orchidea, was ihm alles widerfahren ist. Natürlich lässt er die Teile weg, in denen er vor Angst gezittert und geweint hat. Er will ja, als ihr zukünftiger Mann, keine Schwäche zeigen. Zur Mittagszeit haben sie sich mit Friederjus und Marrenya im Speisesaal verabredet. Aufgeregt erzählen sie, was sie am Vormittag gelernt haben. Geduldig hören Friederjus und Marrenya zu. Nachdem der Redefluss der beiden beendet ist, wollen sie sich erkundigen, wie es bei Friederjus und Marrenya war. Die Beiden lächeln sich an. „Es ist sehr gut gelaufen." Marrenya fügt noch hinzu, dass sie am Nachmittag, wenn Bebirjus und Orchideas Unterricht mit Friederjus weiter geht, in den Wald zur alten Linde gehen möchte, um die Natur zu genießen. Friederjus nickt ihr zustimmend zu und wendet seine Aufmerksamkeit zu Bebirjus und seiner Tochter Orchidea.

Marrenya geht denselben Weg zur alten Linde wie am Vortag. Diesmal sieht sie die Schönheit der Natur. Lachend und sich im Kreis drehend tanzt sie den Weg bis zur Linde entlang. Bei ihr angekommen bemerkt sie, dass ihr alle Tiere folgten, die ihr auf dem Weg dorthin begegnet sind. Die Freude in ihr ist groß. „Ach meine Freunde, das Leben ist so schön. In den vergangenen Tagen lernte ich schon so viel und ich verstehe langsam, um was es geht." Sie schaut jedes Tier einzeln an und bedankt sich bei ihnen für die Liebe, die sie ihr entgegen bringen. Mit Schwung dreht sie sich zur Linde um, breitet ihre Arme aus und umarmt sie. „Ich danke dir für deine Liebe und das ganze Wissen, das du in dir trägst." Die Blätter der Linde beginnen zu rascheln, als würde ein heftiger Wind sie aufrütteln. Marrenya sieht nach oben, doch es sind nur die Blätter der Linde, die sich bewegen. Marrenya drückt ihr Gesicht seitlich mit dem Ohr gegen den Baumstamm, um zu lauschen, ob sie ihr was zu sagen hat. Ihr ganzer Körper wird, bei den Füßen beginnend, wohlig warm. Sie erkennt das Gefühl vom letzten Mal, doch dieses Mal nimmt sie es mit Freude auf. „Da bist du ja, mein Kind" hört sie in ihrem Kopf. Sie dreht sich mit dem Rücken an die Linde und sinkt langsam zur Erde. Sie hat die Linde im Rücken, deren Blätterkrone schützend wie ein Dach über ihrem Kopf ist, und die Tiere vor ihr. Was kann es Schöneres geben? Sie lauscht weiter der Stimme in ihrem Kopf. „Wie ich fühle, geht es dir heute viel besser. Es ist schön, dich so aufzunehmen." Marrenya lauscht ihr. Sie genießt es zu schweigen. Sie will nur das Gefühl und die Wärme, die sie spürt, in sich aufnehmen. Die Linde weiß, dass sich Marrenya ganz und gar hingegeben hat. Sie flüstert ihr zu: „Schließe deine Augen und spüre die Kraft und die Liebe von Mutter Erde unter dir und gebe dich ihr ganz im Vertrauen hin." Das genügt Marrenya. Sie schließt ihre Augen. Mit den Händen fühlt und streichelt sie den Waldboden unter sich. Den Duft des Waldes nimmt sie mit in den Schlaf, der sie umhüllt.

Gekicher dringt an ihre Ohren. Mit ihren Händen fühlt sie den Boden, auf dem sie liegt. Das ist Moos, dringt ihr ins Bewusstsein. Das Gekicher wird lauter. Sie öffnet die Augen. All ihre Schwestern stehen um sie herum und beginnen in die Hände zu klatschen. „Da ist sie ja. Wie immer müssen wir auf sie warten." Sie springen um sie herum. Marrenya steht auf und freut sich, alle wieder zu sehen. Marylla geht zu ihr und fragt sie: „Du weißt schon, was wir hier machen?" Marrenya meint, sie hätte keine Ahnung, doch sie ist sehr glücklich hier zu sein. Marylla beginnt laut zu lachen und sagt zu den anderen. „Sie weiß so viel wie wir." Sie fordert alle auf, zu tanzen und zu singen. Ein Jubeln durchdringt die Lichtung, auf der sie sich befinden. Marrenya kommt die Lichtung bekannt vor, doch sie singt und jubelt lieber mit ihren Schwestern, als sich jetzt Gedanken zu machen, woher sie die Lichtung kennt. Völlig außer Atem legt sich eine nach der anderen hin. So am Boden liegend schauen sie verträumt zum Himmel. Sie können die Sonnenstrahlen sehen, die sich ihren Weg zur Erde durch die Baumkronen suchen. Es herrscht eine ausgelassene Stimmung, die in Ehrfurcht vor der Natur wechselt.

Ein laues Lüftchen kitzelt sie an den Nasen. Um zu sehen, woher es kommt, heben alle ihren Kopf und schauen in die Richtung, aus der das Lüftchen weht. Sie sehen wie die Luft zu flimmern beginnt. Es dämmert ihnen, dass sie zum Lernen hier sind. Das Flimmern wird stärker und sie erkennen einen Umriss. Es ist der Weise, der zu ihnen kommt. Eine nach der anderen steht auf, richtet ihr Gewand und den Blumenkranz, den sie auf ihren Köpfen tragen. Der Weise steht auf der Lichtung. Die Schwestern versammeln sich vor ihm, damit sie ihn alle gut sehen können. „Ich freue mich, alle meine Einhörner um mich zu haben. Ihr stellt euch einer Herausforderung, für die ihr meine ganze Achtung bekommt. Eine kleine Hilfestellung möchte ich euch allen noch mitgeben." Sein Kopf dreht sich in die Richtung, aus der er gekommen ist. Es betritt eine Frau die Lichtung, die noch keine von den Schwestern gesehen hat. „Das ist Feminaya", stellt sie der Weise vor. „Sie war auch einmal ein Einhorn wie ihr. Doch das ist schon lange vor eurer Zeit gewesen. Sie lebt mit einigen aus ihrer Zeit bei den Menschen. Noch bevor die Tore geschlossen wurden, hat sie sich mit ihren Schwestern entschlossen, in der Welt der Menschen zu bleiben. Sie hat Wichtiges für euch mitgebracht. Ich übergebe eure Aufmerksamkeit nun Feminaya. Ich wünsche euch viel Freude über das, was sie euch erzählen wird."

Feminaya gesellt sich zu den Schwestern, stellt sich in die Mitte, sieht jede an, um zu sehen, wie weit sie sind. Bei Marrenya bleibt ihr Blick stehen. „Du, meine Liebe, hast noch kein Menschenleben gelebt." Marrenya schüttelt den Kopf. Feminayas Blick wird liebevoll. „Ich denke, deine Schwestern hier", und schaut in die Runde, „werden dir tatkräftig zur Seite stehen, damit du alles schnell lernst." Damit meint sie wohl die Traumarbeit, die wir schon gemacht haben, denkt sich Marrenya. „Nun zu dem, was ich euch zu sagen habe. In der Menschenwelt werdet ihr dringend gebraucht. Ihr habt keine Zeit, noch viele Leben zu leben, denn auch bei den Menschen wird die Zeit knapp. Denn wenn die Tore zu unserer Welt wieder geöffnet werden, wird der Schleier des Unwissens von den Menschen genommen, dann müssen sie damit umgehen können. Wir wollen doch ein liebevolles und gemeinsames Miteinander." Feminaya macht eine Pause, um ihren Worten Nachdruck zu verleihen. „Um den Umgang mit den Menschen besser zu verstehen, ist dieses jetzt sehr wichtig. Ihr werdet vielen Menschen begegnen. Manche werden eng mit euch zusammenarbeiten. Sei es in der Familie, im Freundeskreis oder in der Arbeit. Andere lernt ihr beim Einkaufen oder über verschiedenste Organisationen kennen. Doch seid euch eines dabei bewusst." Ihre Stimme wird sehr ernst. „Ihr werdet Zweifel in ihren Herzen auslösen. Zweifel über ihre eigenen Gefühle. Ihr werdet sie berühren und sie werden verwirrt sein, was mit ihnen geschieht. Einige lassen sich darauf ein und finden den Weg in ihre Herzen und lassen den Zweifel gehen und finden sich in der Einheit wieder. Die anderen, die Angst haben, in ihre Herzen zu gehen, werden erst zweifeln und dann werde sie euch hassen. Ihr werdet euch am Anfang viele Gedanken machen, ob dies an euch liegt oder was ihr vielleicht falsch gemacht haben könntet. Lasst euch gesagt sein, nur eure Energie, eure Liebe, kann sowas auslösen. Bedenkt, jeder hat einen freien Willen. Wie sie den gebrauchen, das ist ihre alleinige Verantwortung. Wichtig ist, ihr habt sie, ihre Herzen, berührt und das ist das Einzige was zählt. Irgendwann, wenn sie bereit sind und sie euch noch einmal, oder einer anderen von euch begegnen, werden sie ihre Zweifel gegen die Liebe tauschen." Es ist still in dem Kreis der Schwestern. Feminaya schaut jede noch einmal eindringlich an und fragt, ob es dazu Fragen gibt. Die Schwestern schauen sich an und schütteln die Köpfe.

Feminaya spricht weiter. „Manche Menschen verletzen im Namen der Liebe, doch bleibt in eurer Liebe. Vertraut dem, was in euch ist und was ihr fühlt. Vielleicht seid ihr versucht, manchem nachzugeben, was sich für euch weniger richtig anfühlt, nur um zu ihnen zu gehören, einer von ihnen zu sein. Erkennt dies und zählt es zu euren Lernaufgaben, nur das ist wichtig. Dies alles sind Erfahrungen, die ihr zum mitfühlen braucht. Ich hoffe für euch, dass ihr aus euren Herzen lebt. Es ist wirklich wichtig, dass ihr in solchen

Situationen bei euch bleibt und erkennt, dass ihr die Herzen der Menschen berührt, um eine Wandlung in ihnen zu bewirken. Da gibt es noch etwas zu beachten: Es ist euer Leben und ihr lernt, immer das Beste daraus zu machen. Ihr werdet, je mehr ihr in euer Herz kommt und dieses erkennt, eure Fähigkeiten wieder erlangen und den Menschen helfen können, die eure Hilfe annehmen. Dann wird euch wieder bewusst, wo ihr herkommt und ihr werdet euch finden und zusammenschließen. Ihr werdet euch dann so weiter helfen, wie es jetzt noch auf der Traumebene stattfindet." Ein Aha geht durch die Runde. „Ihr werdet ihre Gedanken hören, ihre Gefühle fühlen, und wenn ihr sie darauf ansprecht, werden einige euch der Lüge bezichtigen. Seid euch im Klaren, das ihr dem vertrauen könnt, was ihr empfindet. Es ist die Wahrheit der Herzen. Seid gewiss, jede Erfahrung hilft euch, Verständnis für die Menschen aufzubringen. Geht und freut euch auf die Erfahrungen." Eine nach der Anderen steht auf, um Feminaya zu umarmen, um sich zu bedanken. Alle Schwestern haben schon ein oder zwei Menschenleben hinter sich, sie verabschieden sich und lösen sich mit Flimmern auf. Marylla verabschiedet sich von Marrenya mit einer Umarmung, dann geht sie zu Feminaya und löst sich ebenfalls auf. Marrenya ist die Letzte. Alle anderen haben sich verabschiedet. Sie will auch zu Feminaya, doch diese fordert sie auf, sitzen zu bleiben. Der Weise möchte noch mit ihr reden. Feminaya geht in die Richtung aus der sie gekommen ist.

Marrenya ist alleine auf der Lichtung und macht sich Gedanken, was der Weise von ihr möchte. Dort, wo Feminaya verschwunden ist, kommt er wieder auf die Lichtung, doch diesmal ohne Flimmern. „Danke, dass du dageblieben bist. Ich habe noch eine Überraschung für dich." „Eine Überraschung?", wiederholt sie fragend. Er lächelt und schaut an ihr vorbei. Sie dreht den Kopf, umzu sehen, was er sieht. Sie reibt sich die Augen. Träumt sie? Hat sie richtig gesehen? Es tritt Romos auf die Lichtung. Er schaut sich um und es kommt ihm bekannt vor, wo er sich befindet. Seine Augen schweifen über die Lichtung. Er erblickt Marrenya, wie sie am Boden kniet. Ihm geht es genauso wie ihr. Er muss zweimal hinsehen. Ein Lächeln überzieht sein ganzes Gesicht. Zeitgleich sagen beide voller Freude ihre Namen. Er geht auf sie zu. Sie steht auf. Als sie sich erkennen, verändert sich die Lichtung. Sie befinden sich in einem Raum, der keine Grenzen hat. Als sie sich berühren, fällt sie ihm um den Hals. Der Raum verändert seine Farbe. Jetzt ist er rosa grün schimmernd. Ihren Kopf an seine breite Schulter gedrückt, hört sie seinen Herzschlag und fühlt, dass er wirklich bei ihr ist. Er umarmt sie. Mit seinen starken Armen umfasst er ihren schmalen zarten Körper und hält sie fest an sich gedrückt. Den Weisen haben sie gänzlich aus ihrem Bewusstsein verdrängt. Es gibt nur noch sie beide. Es ist, als ob ihr Traum in Erfüllung gegangen ist. Romos kann seine Marrenya endlich festhalten und Marrenya kann sich fallen lassen, mit der

Gewissheit, er hält sie. So könnten sie bis in alle Ewigkeit stehen bleiben, doch der Weise holt sie in die Realität zurück. „Ich störe ja ungern, doch ich habe für euch beide noch eine wichtige Information." Die Liebenden wollen sich nur noch ein paar Minuten ungestört genießen. Sie wollen sich spüren und zusammen bleiben. Der Weise erkennt das und lässt ihnen noch die Zeit. Vorsichtig löst Romos sich aus der Umarmung und nimmt das Gesicht von Marrenya in seine Hände, um seine Geliebte anzusehen. „Wie schön du bist! Ich habe mich so nach dir gesehnt, dich zu halten und dich zu berühren." Marrenya läuft eine Träne des Glückes über ihre Wange. Vorsichtig tupft Romos diese mit seinem Finger ab und streicht sie sich auf die Lippen. Das ist das Salz des Lebens und der Liebe. Sie nimmt ihre Arme von seinen Schultern und streicht ihm durch seine Haare. Sie stellt sich auf die Zehenspitzen, damit ihre Lippen seinen einen Kuss geben können. Als sie sich wieder von ihm löst, sagt sie: „Ich habe mich ebenfalls nach dir gesehnt und als ich erfahren habe, dass ich dich als Mensch vergessen werde, wollte ich kein Mensch mehr werden."

Das ist das Stichwort bei dem sich der Weise wieder in die Unterhaltung einschaltet. „So meine Lieben, jetzt muss ich euch aber wirklich etwas Wichtiges sagen. Das, was ihr hier erlebt, findet auf einer anderen Ebene als der Traumebene statt. Ihr habt eure Herzen verbunden und seid in der reinen Liebe eurer Herzen. In dieser Liebe seid ihr mit allen Wesen verbunden. Ihr könnt jedoch selbst entscheiden, wen ihr in euer Herz mitnehmt und wer draußen bleibt. Seht euch um, der Raum ist grenzenlos." Romos und Marrenya erkennen, dass sie den Ort gewechselt haben. Der Weise spricht weiter. „Wenn ihr in eurer Welt wieder erwacht, werdet ihr keine Erinnerung mehr in eurem Bewusstsein davon haben." Die Liebenden nehmen sich ganz fest an den Händen und drücken sich aneinander, um sich zu vergewissern, dass der Andere noch da ist. „Ich sagte, wenn ihr aufwacht. Eines solltet ihr jedoch wissen. Ihr werdet euch in verschiedenen Leben begegnen, doch in sehr wenigen werdet ihr euch erkennen. Erst, wenn ihr aus eurem Herzen die Liebe lebt, erkennt ihr euch und ihr werdet in der Liebe zusammen sein. Es liegt an euch, wie schnell ihr in eure Herzen kommt. Ihr habt die reine Liebe in euch, die auf allen Ebenen Bestand hat. Doch ob und wann ihr zusammenfindet, liegt ganz alleine an euch und eurem freien Willen. Ob ihr euch und eurem Herzen vertraut oder dem Außen, welches versuchen wird, euch von der Liebe abzuhalten. Was ihr auch erlebt, ihr seid immer verbunden in der kosmischen Liebe." Marrenya und Romos schauen sich tief in die Augen und sie spüren beide diese tiefe Liebe in ihrem Inneren, in ihren Herzen, die um sie herum zu spüren ist. Der Weise dreht mit seinem Horn die Luft zu einem Wirbel. Sie fühlen, dass die Zeit des Abschiedes näher rückt. „Ihr habt diese Liebe immer in euren Herzen. Öffnet euch ihr und lebt sie, mit allem was sie euch bringt. So wird sie immer ein Bestandteil eures Lebens sein. Diese Liebe ist es, die euch erkennen lässt, wer ihr seid." Romos drückt seine Marrenya noch einmal fest an sein Herz, dann löst er die Umarmung. Marrenya steht wie ein kleines Kind da und fühlt sich ein wenig überfordert und hilflos. So lange hatte sie auf diesen Augenblick gewartet und jetzt ist er auch schon wieder vorbei. Romos dreht sich um und geht. Er dreht sich noch einmal zu Marrenya um und lächelt sie liebevoll an, bevor er ganz verschwindet. Marrenya steht jetzt mit dem Weisen wieder alleine auf der Lichtung. „Was meinst du?", fragt sie ihn. „Werde ich ihn in diesem Leben noch einmal sehen?" „Was sagt dein Herz?" Marrenya lächelt und weiß, sie sieht ihn noch in diesem Leben, hier auf dieser Ebene. Um sie herum flimmert alles und verschwimmt in sich. Es wird dunkel. Sie ist auf dem Weg zur alten Linde, wo sie schläft.

17 Loslassen und Vergeben

Marrenya hat den Mittagstisch verlassen, um zur Linde zu gehen. Somit wechseln Friederjus, Bebirjus und Orchidea vom Speisesaal in das Arbeitszimmer. Bebirjus erzählt ohne Punkt und Komma, wie es ihm im Land der Lieblosen ergangen ist. Friederjus hört sich das eine Zeitlang an, bis er ihn unterbricht. „Jetzt werden wir aber mit dem Unterricht weiter machen." Dadurch ist Bebirjus Redefluss beendet. „Damit ihr unbeschadet an euer Ziel kommt, lernt ihr, wie ihr euch, vor den Augen der Lieblosen entzieht." Friederjus erklärt die Visualisierung und wie man diese aufrechterhält. Orchidea lernt schnell. Sie macht es schon spielerisch, während Bebirjus nur hilflos herumsteht und sich selbst blockiert. Der Vormittag, die Erinnerungen an seine Reise und das, was geschehen ist, hindern ihn daran, in die Konzentration zu kommen. Friederjus bemerkt, was mit Bebirjus los ist. Er schickt Orchidea in den Garten. Sie möge dort weiter üben. Er müsse mit Bebirjus noch etwas besprechen. Orchidea hat gespürt, dass sich Bebirjus schwer tut und geht, ohne zu hinterfragen, in den Garten.

„Was ist mit dir los Bebirjus? Seit du die Karten vom Land der Lieblosen kennst und du deine Reise in Gedanken und Erinnerung noch einmal erlebt hast, bedrückt dich doch etwas." Bebirjus schaut ihn verwirrt an. „Was meint ihr?" Friederjus erkennt, dass es sich um unterdrückte Gefühle handelt, die in ihm noch schlummern und ihn behindern, in den Fluss der Visualisierung zu kommen. „Sag mal", beginnt Friederjus, „weißt du noch, warum du in das Land der Lieblosen gereist bist?" Bebirjus Blick ist noch immer verwirrt. „Kannst du dich an irgendetwas erinnern?" Bebirjus beginnt zu erzählen. „Ja. Das Einhorn sollte mich zu euch, König Friederjus, bringen. Dann ist da dieser Kobold Romos. Das Einhorn stürzt und versinkt. Der Kobold verändert sich." Bebirjus wird einiges bewusst. „Ich möchte zwar helfen, doch ich habe Probleme dem Kobold Liebe zu gönnen, denn er ist für mein Unglück im Land der Lieblosen verantwortlich gewesen. Klar, er hat mir geholfen, doch das war sein schlechtes Gewissen, weil er mir Unrecht getan hat." Bebirjus erzählt und erzählt. Dabei kommt die ganze Wut hoch und die Eifersucht auf Romos. Friederjus lässt ihm seinen Gefühlsausbruch. Denn nur so können ihm seine Gefühle bewusst werden und er kann erkennen, was ihn blockiert.

Bebirjus beruhigt sich wieder und endet mit den Worten: „So, jetzt wisst ihr alles." Friederjus schaut ihn an. Bebirjus wird es schon ganz unwohl in seiner Haut und er schaut hilflos in der Gegend herum. Friederjus beginnt nach einiger Zeit des Schweigens zu reden. „Wo bist du jetzt, und vor allem, was hast du?" Ganz selbstverständlich antwortet Bebirjus. „Na hier bei euch, im Reich der Nordküste, und bei Orchidea." Friederjus blickt ihn an und schweigt. Verständnislos über dessen Verhalten fragt Bebirjus nach. „Was wollt ihr mir damit sagen?" Friederjus wiederholt seine Worte. "Du bist hier im Reich der Nordküste und hast Orchidea." Bebirjus weiß das, doch was will er ihm damit sagen? Friederjus bemerkt, dass Bebirjus Hilfe braucht. Er nimmt ihn an die Hand und führt ihn zum Fenster. „Schau dich um. Alles, was du siehst, kannst du nur sehen, weil dir Romos geholfen hat. Denn alles, was geschehen ist, musste so geschehen. Mir ist bewusst, dass Marrenya als Einhorn Gefühle in dir geweckt hat. Doch diese Gefühle bereiteten dich auf Orchidea vor. Mehr ist da nie gewesen. Alles, was in deiner Phantasie abgelaufen ist, hast du dir selbst gemacht. Marrenya hat dir nie etwas anderes gesagt. Das ist in dir entsprungen." Bebirjus bekommt ein schlechtes Gewissen. Friederjus spricht weiter. „Auf Marrenya und Romos kommt noch etwas Großes zu, und wir, insbesondere du, kannst den Beiden helfen, dass sie, wie du, an ihr Ziel kommen." Bebirjus schweigt. Er hat seinen Schmerz unterdrückt, um seine Gefühle für das Einhorn zu verdrängen. Dass das Ganze einen größeren Hintergrund hat, hat er verdrängt. Jetzt wird er damit konfrontiert. Zögerlich fragt er Friederjus „Wie kann ich denn helfen?" „Indem du aufhörst, Romos für etwas verantwortlich zu machen, dass nur in dir entstanden ist. Ich sage dir jetzt noch etwas. Das nimmst du dir zu Herzen und denkst mal darüber nach." Eindringlich schaut er Bebirjus an. „Romos hat viel erlitten und erduldet, um dir zu helfen. Er machte sich ein schlechtes Gewissen wegen seiner Gefühle zu Marrenya, wegen seiner Herkunft und der Taten in seinem bisherigen Leben. Und er hat dir vergeben, trotz deines Verhaltens ihm gegenüber. Du willst wissen, wie du helfen kannst? Lass die alten Gefühle los! Sei dankbar und erkenne, was du hast und wo du bist. Finde in deinem Herzen die Liebe zu allen Wesen. So, dass in dir der Wunsch entspringt, dass alle Wesen genauso glücklich werden wie du mit Orchidea. Finde in dir einen Weg, wie du den Wesen, vor allem Romos, helfen kannst, dass er die Liebe genauso fühlt und lebt wie du. Wenn du etwas anderes in dir fühlen willst, wärst du im Land der Lieblosen besser aufgehoben." Friederjus weiß, dass er sehr direkt zu ihm gesprochen hat. Doch mit diesem Schock musste er Bebirjus aufwecken, denn es bleibt keine Zeit, bis er von alleine darauf kommt. Bebirjus fühlt sich miserabel. „Für heute lassen wir das mit dem Unterricht. Denke darüber nach, was ich mit dir besprochen habe und sage mir morgen, wie du es in dir handhaben möchtest. Das Gesagte bleibt unter uns. Kein Wort davon zu Orchidea. Das, was sie lernt, ist für eine große Zukunft. Es kann eure sein." Mit diesen Worten wendet sich Friederjus zur Tür, um mit Orchidea im Garten weiter zu lernen. Bebirjus zieht sich in sein Gemach zurück, um in sich zu gehen. Da ist immer noch diese Eifersucht in ihm. Doch die Worte von Friederjus haben schon viel Wahres. Ohne Romos würde er noch im Land der Lieblosen sein oder gar schon tot. Doch da ist auch immer noch der Gedanke, ohne Romos wäre das Einhorn noch in seiner Gestalt als Einhorn. Dieses Hin und Her macht ihn fast verrückt.

Die Stunden des Nachmittags vergehen. Es klopft an seine Tür. „Darf ich herein kommen?" Es ist Marrenya. Erschrocken, dass sie es ist, sagt er: „Ja, komm rein." Marrenya betritt sein Gemach und setzt sich auf einen der Stühle der kleinen Sitzgruppe vor dem Fenster. Bebirjus setzt sich zu ihr. „Lieber Bebirjus, mir war, als müsse ich zu dir kommen, ich habe aber dafür keine Erklärung, warum. Nachdem ich heute im Wald bei der alten Linde geschlafen habe, weiß ich, alles wird sich zum Guten wenden. Meine Erinnerung schwindet von Tag zu Tag mehr, bald gibt es keine mehr in meinem Bewusstsein. Doch mein Herz sagt mir, dass du mir helfen kannst." Sie schaut ihn fragend an. „Kannst du mir helfen?" Bebirjus spürt, dass er sehr egoistisch in seinem Denken und Fühlen war. Er ist sichtlich über sein Verhalten beschämt. Er steht auf und kniet sich vor ihr hin. „Meine liebe Marrenya, vieles haben wir erlebt und alles war vorherbestimmt. Ich schäme mich, dass ich eine Zeit lang sehr egoistisch gedacht habe. Bitte vergebe mir. Du hast immer selbstlos aus Liebe gehandelt und ich bin bereit, dir mit meinem Leben zur Verfügung zu stehen, damit sich auch dein Plan erfüllt." Er senkt demütig seinen Kopf und bittet sie um Verzeihung. Marrenya beobachtet und hört was Bebirjus sagt und tut. Aber was soll sie davon halten? Intuitiv legt sie ihre Hand auf seinen Kopf, um ihm zu verzeihen. Sie lässt sich nur von dem, was in ihr ist, leiten, auch wenn sie in sich keinen Reim darauf machen kann. Doch sie spürt, dass es richtig ist. In dem Augenblick, in dem Marrenya Bebirjus Kopf berührt, fühlt er, dass sich alle Eifersucht in ihm auflöst. Dankend blickt er sie an und reicht ihr seine Hand und steht auf. „Meine Königin der Liebe, darf ich sie zum Abendmahl geleiten?" Marrenya lacht. „Ja gerne, ich bitte um ihre Gesellschaft."

Sie erreichen gemeinsam mit Friederjus und Orchidea den Speisesaal. An Bebirjus Gesicht kann Friederjus erkennen, dass er seine Blockaden aufgelöst hat. Marrenyas Ausstrahlung verriet ihm, dass ihr Nachmittag im Wald ebenfalls erfolgreich war. Er nickt beiden freudvoll zu. Nach dem Essen meint er zu Bebirjus: „Morgen fangen wir mit der Visualisierung an, denn jetzt bist du für deine Aufgabe bereit." Orchidea nimmt die Hand von Bebirjus in die ihrige. „Vater, kann ich Bebirjus, nach dem Essen, im Garten das zeigen, was ich heute gelernt habe?" „Ja, wenn du möchtest." Marrenya sieht sich das liebende Paar an und dreht sich Friederjus zu. „Was meinst du, kann ich euch morgen ein wenig zu sehen?" „Sehr gerne. Wenn du nach deiner Unterrichtsstunde noch die Lust verspürst, kannst du dich gerne zu uns gesellen", erwidert Friederjus.

Marrenya nutzt die Zeit, ihm noch zu erzählen was bei der Linde passiert ist. „Heute ist etwas Seltsames geschehen." Sie schaut in sich. „Ich bin bei der alten Linde eingeschlafen und es ist im Traum etwas geschehen, das mich zuversichtlich aufwachen lies. Was es war, oder ist, darüber fehlt mir jegliche Erinnerung. Ich fühle mich so gestärkt. Es fühlt sich richtig an, alles zu vergessen." Sie lächelt Friederjus an. In diesem Lächeln erkennt er ihre menschliche Verletzbarkeit. Sie ist schon sehr weit im Vergessen, sie weiß nur noch, dass sie vergessen wird, doch was, daran fehlt ihr bereits die Erinnerung. „Was hast du mit Bebirjus gemacht?", will Friederjus noch von ihr wissen. „Gut, dass du mich das fragst. Es war echt komisch. Nach meinem Besuch im Wald hatte ich das Bedürfnis, zu Bebirjus zu gehen und ihn um Hilfe zu bitten. Er bat mich um Verzeihung und hat sich vor mich hingekniet. Ich gab sie ihm und er erstrahlte. Ich weiß, alles wird gut. Doch was gut wird, die Antwort auf diese Frage wird eine Überraschung und darauf freue ich mich." Sie fügt noch hinzu. „Er nannte mich noch meine Königin der Liebe." Mit diesen Worten verabschiedet sie sich von Friederjus. Ein Lächeln, ein Handkuss und sie geht in ihre Gemächer. Tiefe Zufriedenheit ist in ihr. Sie summt ein Lied vor sich hin und betrachtet sich noch im Spiegel, ob sie eine Veränderung an sich erkennen kann. Doch nachdem sie sich genau betrachtet hat, kann sie keine feststellen. So wie sie sich sieht, ist sie doch schon immer. Sie legt sich in ihr Bett. Der Chor der Frösche, der bei der

Abenddämmerung zu singen beginnt, begleitet sie in einen tiefen ruhigen Schlaf.

Romos wacht ausgeruht auf. Er dreht sich in seinem großen Holzbett um und kuschelt sich in seine Bettdecke. „Das mit dem Visualisieren ist eine wunderbare Sache", denkt er sich, als er Gepolter vor seiner Zellentüre hört. „Was ist denn da draußen los? Ich will in Ruhe schlafen?" Es ertönt Jemerichs Stimme. „Granog, so glaube mir doch, mit dem Gefangenen ist alles in Ordnung." Im Geiste dankt er Jemerich für die Warnung. Romos springt auf und legt sich neben seinem visualisierten Bett auf den kalten Steinboden. Als er dort liegt, verschwindet das Bett aus seiner Zelle. Granog schließt das Zellenschloss auf. Romos dreht sich zur Türe und Granog betritt mit einer Kerze die Zelle. „Hier stinkt es. Das ist genau der richtige Ort für einen Verräter." Er sieht, dass Romos die Transformation zum Menschen vollendet hat. „Es stinkt hier wegen deines Verrates. Auch die Menschen stinken." Romos lässt das unbekümmert. Er setzt sich auf. „Was willst du von mir?" „Ich wollte mal nachsehen, ob du schon jämmerlich vor dich hin faulst. Anscheinend geht es dir viel zu gut hier." Granog dreht sich zu Jemerich und schlägt ihn mit der Hand ins Gesicht. „Hast du dem Verräter Essen gebracht?" Jemerich hält sich die Wange und beteuert, dass er kein Essen zu Romos gebracht hat. Außerdem habe er ja keinen Schlüssel für das Verlies. Granog untersucht im Kerzenschein, ob die Wände noch alle in Ordnung sind. Seit einigen Tagen grummelt es unter der Erde und er weiß, die Zwerge haben etwas damit zu tun. Er vermutet, dass sie versuchen könnten, zusätzlich zu den Quellen, auch Romos aus dem Verlies zu befreien. Nachdem er keine Auffälligkeiten gefunden hat, hält er den Schlüssel noch fest in seiner Hand und blickt zu Romos. „Das Menschenfleisch auf deinen Knochen wird dir mit der Zeit noch abfaulen." Er schubst Jemerich aus Wut, dass Romos so gut aussieht und er sich keinen Reim darauf machen kann, vor sich aus der Zelle. Zudem ist er verunsichert keinen Anhaltspunkt für das Wirken der Zwerge in Romos Zelle gefunden hat. Er hätte schwören können, dass sie versuchen ihn zu befreien. Jemerich konnte noch einen kurzen Blick auf Romos werfen und in diesem Blick las Romos, dass es Jemerich leid tat, was da vor sich ging und er hilflos ist. Es ist wieder Ruhe in dem Kellergewölbe eingekehrt.

Jandelion hat alles mitbekommen und gesellt sich zu Romos. „Wir müssen vorsichtig sein. Granog fühlt, dass er die Kontrolle verliert. Und Beroldîn macht kein Geheimnis daraus, dass er an den unterirdischen Quellen arbeitet. Ich werde mit Jemerich auf der Gedankenebene sprechen, dass es keinen Grund gibt für Sorgen und er sich weiterhin ruhig verhalten soll." Romos schaut ihn an. „Es ist schon seltsam, so aus dem Keller zu agieren." Ohne eine Antwort zu erhalten steht Romos auf, konzentriert sich, um einen Tisch und

Stühle zu visualisieren. Im Stil von König Hansgars Einrichtung entsteht eine Essecke in der Zelle. „Das erinnert mich an meinen Freund Hansgar." „Ja, so habe ich es in Alexas Gemächern gesehen. Mir hat es schon immer gefallen, seit ich bei ihr war. Wie geht es nun weiter?" Dass Granog Verdacht schöpft, war zwar zu erwarten, doch dass es so schnell geht, damit konnte niemand rechnen. Sie setzen sich an die Garnitur und bestellen sich im Geist erst einmal ein Frühstück. Romos holt sich alles her, wonach ihm gelüstet. Der Tisch ist fast zu klein für das, was er sich bestellt. Bei Jandelion sieht das Essen etwas leichter aus. Seine Mahlzeit besteht aus Lichtnahrung. Romos sieht das für ihn magere Frühstück an. „Mit dem bisschen hast du doch keine Energie zum Denken." „Mein Freund", beginnt Jandelion, „ich habe im Laufe der Zeit gelernt, dem Körper nur das zu zuführen, was er benötigt. Das ist alles. Mehr beschwert nur den Organismus." Romos schaut seinen Berg Essen vor sich an und lässt eines nach dem anderen wieder verschwinden, bis nur noch ein Becher mit Wasser und ein Teller mit Brot und Fruchtgelee übrig ist. „Dann wollen wir mal beide denken." Jandelion muss lachen. „Ich weiß ja, dass du ein Mensch bist, doch dass auch ein Kobold in dir ist, zeigst du mit deinen Scherzen. Esse das, was du und dein Körper brauchen, um für alles gerüstet zu sein." Das ist das Zeichen für Romos den Tisch wieder mit allen Leckereien zu füllen und er beginnt, mit Genuss zu essen.

„Also, was machen wir?", fragt er mit vollem Mund. Jandelion lässt sich mit der Antwort Zeit, dann beginnt er. „Du übst weiter das Visualisieren und den Rest erledige ich." Das ist Romos zu wenig. „Das Visualisieren kann ich. Ich habe das Gefühl, ich müsste noch etwas anderes lernen und das erscheint mir wichtiger. Sag mir was es ist, was ich noch zu lernen habe." Jandelion ist erstaunt über seinen Schützling. „Wenn du denkst, so weit zu sein, ist deine nächste Aufgabe, in deinem Herzen zu bleiben und dabei in die Liebe und in die Vergebung zu gehen." Romos schaut ihn verdutzt an. „Das mit der Vergebung habe ich vor meiner Festnahme erkannt und in mir gefühlt. Jetzt soll ich nur da sitzen, fühlen und spüren?" Jandelion schaut ernst. „Nimm es ernst. Es ist schwieriger als du momentan denkst." Er steht auf und geht um den Tisch zu Romos, legt ihm die Hand auf die Augen und spricht Worte einer Sprache, die Romos fremd ist. Es hört sich wie jamela jonama jendalaila oder so an. Danach ist das Essen verschwunden und Romos sitzt auf einem Holzschemel, der sehr unbequem ist. „Jetzt begibst du dich in eine aufrechte Haltung und atmest tief ein und aus. So, wie du zu einem gleichmäßigen Atem übergehst, gehst du in die Vergebung und zwar Vergebung für alle, die dir in deinem Leben je begegnet sind. Granog, Alexa, deinen Ziehvater, mir und alle die dir einfallen. Nach jedem einzelnen vergibst du dir und bittest um Vergebung. Sei dankbar, dass du in die Vergebung kommen kannst. Wenn du alle durch hast, dann vergibst du dir noch einmal. Fülle alles in dir, jede einzelne Zelle, mit Liebe und Dankbarkeit auf, wenn du das geschafft hast, bist du für heute fertig." Romos glaubt es kaum, was er von ihm verlangt. Er will widersprechen, doch das kommt zu spät, denn Jandelion löst seine Anwesenheit vorher auf. So alleine auf dem Schemel sitzend kommt er sich doof vor. Er will aufstehen und sich einen bequemen Stuhl visualisieren. Da packt ihn etwas an der Schulter und drückt ihn zurück auf den Schemel und er hört Jandelions Stimme. „Vergebe! Es hat keinen Sinn, etwas anderes zu machen." Bei den Worten beginnt er zu überlegen, wem er alles begegnet ist. Einer nach dem anderen tauchen in seiner Erinnerung auf. Bei manchen fällt es ihm leicht zu vergeben, bei anderen schwerer. Mit der Zeit macht es ihm Spaß, denn je mehr er vergibt und Dankbarkeit für jede einzelne Erfahrung integriert, umso leichter fühlt er sich und das Sitzen auf dem Schemel wird dadurch immer bequemer.

Im Dorf geht es hektisch zu. Granog hat seine Truppen aufstellen lassen, um diese an die Grenzen der Reiche marschieren zu lassen. Und ein Trupp soll herausfinden, was Beroldîn treibt, da es bis in sein Reich zu spüren ist. Gejaule und Gegröle ist überall zu hören. Jemerich macht sich auf den Weg zu Granog, denn der hat nach ihm rufen lassen. Auf dem Weg dorthin hört Jemerich einen seltsamen Ton in seinem Kopf. Immer wieder bleibt er stehen und schüttelt ihn, als ob er diesen Ton so aus seinem Kopf bringen könnte. „Was machst

du da?", ertönt es in seinen Gedanken. „Ich schüttle den Ton weg."
Verdutzt bleibt er stehen und schaut sich um. „Wer hat mit mir
geredet?", fragt er die Abtrünnigen, die mit ihm durch das Dorf
laufen. Die schütteln den Kopf, denn keiner von ihnen hat was zu ihm
gesagt. Jemerich geht weiter. Die Anderen schauen ihn schon
komisch an. Er hört hier und dort von den anderen „Was hat der
denn?" Da ist sie wieder die Stimme. „Suche dir einen ruhigen Platz,
damit ich in Ruhe mit dir reden kann." Jemerich tut, was ihm die
Stimme in seinem Kopf sagt. Vor Granogs Hütte biegt er in eine
kleine Gasse ab, weg von dem Treiben der anderen. Dann hält er sich
den Kopf. „Was ist das in meinem Kopf?" Nebel steigt vor ihm aus
dem Boden und es erscheint Jandelion vor ihm. „Ich rede mit dir in
deinem Kopf. Es ist viel zu gefährlich, dass ich gesehen werde.
Deswegen werde ich mich jetzt wieder auflösen und du hörst zu, was
ich dir zu sagen habe." Jetzt hat er verstanden, was Romos meinte
mit, die machen das öfter so. „Höre mir gut zu. Ich weiß, dass dich
Granog zu sich gerufen hat. Er will dich testen, ob du zu ihm hältst
oder ob du auf Romos Seite bist." Jandelion erklärt ihm, dass er
Granog davon überzeugen soll, das Gewölbe mit Schutt
zuzuschütten. Somit kann er ohne Bedenken in die Schlacht ziehen.
Denn dann hätte niemand mehr Zugang zu Romos Verlies. Jemerich
wehrt sich gegen diesen Gedanken. Das wäre das Todesurteil für
Romos. Jandelion beruhigt ihn und erklärt, dass Romos gelernt hat,

die Materie zu überwinden. „Zu deiner Sicherheit, damit du Granog gewachsen bist, werde ich immer bei dir in deinen Gedanken sein und dir helfen, dass du es so sagst, dass Granog davon überzeugt ist." Mit diesem Wissen macht sich Jemerich wieder auf den Weg zu Granog, um ihn von diesem Plan zu überzeugen.

„Komm rein", ertönt Granogs Stimme, nachdem er an dessen Tür geklopft hat. Vorsichtig öffnet Jemerich die Tür. „Wo hast du gesteckt? Na egal, jetzt bist du ja da." Jemerich stellt sich auf Anweisung von Jandelion an den Tisch und schaut in die Pläne, die da liegen. „Es sieht fast perfekt aus", meint er zu Granog. So frech war er noch nie, doch er spricht nur das nach, was ihm Jandelion in die Gedanken setzt. Ohne seinen Blick von den Plänen zu nehmen, spricht er weiter. „Was von großem Vorteil wäre, wenn du das Gewölbe verschütten ließest. Dann wäre das eine Sorge weniger für dich. Ich misstraue dem Mensch Romos, der hat mir beim letzten Besuch zu gut ausgesehen. Wer weiß, wer ihm hilft." Granog ist erstaunt über Jemerich. Hat er ihn wirklich die ganzen Jahre über unterschätzt? Jemerich nimmt die Pläne in die Hand und zeigt auf den See. „Da ist es besonders gefährlich. Das ist eine Schwachstelle unseres Landes, die du gut beaufsichtigen musst. Keiner hat das schwimmen je gelernt und das wissen die anderen." Granog nimmt die Pläne aus Jemerichs Hand. „Was erlaubst du dir, mir zu sagen, was ich zu tun hätte! Wer bist du, um mir das zu sagen!" In Jemerich wird alles butterweich, doch die Kraft von Jandelion richtet ihn innerlich wieder auf. Mit kraftvoller Stimme redet Jemerich weiter. „Ich weiß, dass ich mich die ganzen Jahre zurück hielt, doch ich spüre, jetzt ist meine Zeit gekommen. Denn Romos ist weg und er hat mich immer unterdrückt. Die Zeiten sind vorbei, denn ich weiß, was ich will und was für unser Reich gut ist." Er blickt zu Granog. „Du hast uns immer versorgt und beigebracht, dass wir wer sind und das nimmt mir keiner." Granog schaut ihm in die Augen und erkennt eine Kraft in diesen, die er noch nie zu vor in ihnen erblickt hat. „Du hast mich überzeugt. Wie soll ich deiner Meinung nach vorgehen?" Granog testet mit diesen Satz Jemerich, ob er etwas Spezielles vorhat. „An deiner Stelle würde ich jemanden an den See schicken, der sich dieser Schwachstelle bewusst ist. Ich halte mich zurück und würde viel lieber das Gewölbe verschütten, damit der Verräter sicher eingeschlossen ist." Granog wird misstrauisch. Wieso will er hier bleiben? „Ich denke, es ist dein Plan und dann solltest du auch an den See." Granog weiß, dass keiner seiner Männer, seitdem die Nymphen wieder im See sind, gerne hin geht. Zu viele seiner Leute hat er in der Zwischenzeit am und im See verloren und auf Jemerich kann er bei seinem Plan verzichten. Enttäuscht schaut ihn Jemerich an und beginnt zu stottern, „Aber, ich, ich wollte doch." Granog ist sich jetzt sicher, dass er das Richtige macht. Er ruft noch ein paar der schwächlichen Außenseiter zu sich und unterstellt sie Jemerichs

Befehl, an den See zu marschieren und die Anlegestellen zu bewachen. Jemerich verlässt die Hütte von Granog mit gesenkten Schultern, um mit seiner handvoll Leuten die nötigen Vorbereitungen zu treffen. Jetzt ist er wieder auf sich gestellt. Jandelion hat das erreicht, was er wollte. Den Rest kann Jemerich alleine machen. Granog läuft in seiner Hütte auf und ab. „Der Verräter hat doch bestimmt etwas vor, ansonsten würde sein Freund doch lieber das Dorf verlassen als darauf zu bestehen, hier bleiben zu wollen. Ich selbst werde das Gewölbe verschütten, um mir sicher zu sein, dass da niemand mehr heraus kommt." Bei diesem Gedanken fühlt er sich sichtlich wohler.

Romos hat beim Vergeben jegliches Zeitgefühl verloren. Wie in Trance sitzt er schon lange auf seinem Schemel. Jandelion ist wieder in der Zelle und beobachtet ihn. Langsam kommt Romos wieder in die Gegenwart. „Weißt du Jandelion, erst war es schwer für mich, doch mit der Zeit wurde es immer leichter. Was ich beim letzten Mal vergessen hatte war die Dankbarkeit, Vergebung ist das eine, doch Dankbarkeit rundet diese ab. Ich habe nur das Gefühl, ich hätte jemanden ganz Wichtigen vergessen und ich habe keine Ahnung, wer es ist." Jandelion weiß, wen er meint. „Marrenya, sie heißt Marrenya" sagt er zu Romos. „Marrenya? Ich kenne diesen Namen. Der bewegt etwas in mir. Mein Herz beginnt bei diesem Namen heftig zu pochen. Wer ist sie? Ich habe keine Erinnerung an sie. Ich hoffe, ich war in ihrer Gegenwart mehr ein Kobold als ein Liebloser." Jandelion beruhigt ihn: „Du warst sehr nett zu ihr." Das ist geschafft. Er hat sie vergessen. Er ist jetzt auf sich und seine Gefühle gestellt. Keine Abhängigkeiten mehr in seinem Herz. „Wie weit bist du, um die Liebe bis in die kleinste Zelle deines Körpers zu integrieren?", will Jandelion von Romos wissen. „Ich bin gerade mit dem Vergeben fertig geworden. Je mehr ich vergeben habe, desto mehr Liebe spüre ich in mir. Doch als ich mit der Dankbarkeit begonnen habe sind mir Tränen gekommen. Es fühlte sich an, als ob diese aus meinem Herzen kommen." Nachdenklichkeit überzieht sein Gesicht. „Weißt du, mit dem Namen Marrenya ist jetzt die meiste Liebe durch mein Herz geflossen. Ich habe aber keine Erinnerung an sie. Bin jedoch sehr dankbar für diesen Namen, und dass er so viel Gefühl in mir auslöst."

Jandelion lässt es so stehen und meint kurz angebunden. „Das wird schon alles einen Sinn haben. Machen wir, wenn du dann soweit bist, mit der Materie weiter." Jandelion setzt sich auf seinen visualisierten Stuhl und verbindet sich mit den Steindevas, um Romos anschließend beizubringen, wie er die Materie mit seinem Körper durchdringen kann.

18 Dualität der Gefühle

Friederjus, Orchidea und Bebirjus sitzen schon am Frühstück, als sich Marrenya zu ihnen gesellt. Friederjus erkennt sofort, dass sie verstört aussieht. „Was ist mit dir los, meine Liebe? Hast du schlecht geschlafen heute Nacht?" Mit diesen Worten eilt er zu ihr. Marrenya fällt ihm weinend um den Hals. „Ich habe von einer Frau geträumt. Sie macht mir Angst." Friederjus kann sich schon denken, um wen es sich handelt. Er weist Bebirjus und Orchidea ein, am Vormittag das Licht der Liebe zu visualisieren, und solange weiter zu machen, bis sie in jeder Situation das Licht um sich errichten können. Dann führt er Marrenya in sein Arbeitszimmer.

Er setzt sie auf den Stuhl am Fenster gegenüber von sich und fragt sie, was sie denn geträumt hat. „Da war ein finsterer Ort. Ich war noch nie dort. Und dann ist diese Frau auf mich zugekommen. Am Anfang sah sie noch recht hübsch aus. Sie hatte blonde, lange, gewellte Haare, einen schlanken Körper. Ihr Lächeln kam mir zu Beginn irgendwie bekannt vor." Friederjus ist sich jetzt sicher, dass es sich um Alexa handeln muss. Er lässt Marrenya weiter erzählen. „Dann spricht sie zu mir. Je mehr sie sagt, desto düsterer wird ihr Aussehen." Friederjus fragt nach, was sie denn gesagt hat. „Das war ja das Unverständliche, was sie meinte. Sie sagte was von dunklen Gefühlen und dass ich mich damit abfinden muss, dass ich sie in mir habe. Jedes Mal, wenn ich die dunklen Gedanken vergessen würde, kommt sie zu mir, um sie mir wieder bewusst zu machen. Friederjus, wer war das? Was hat das zu bedeuten? Ich habe Angst vor dieser Frau. Stimmt das, was sie sagte? Das mit den dunklen Gefühlen?" Friederjus schaut sie verständnisvoll an, steht auf und stellt sich in die Mitte des Raumes. Er murmelt ein paar Worte, viel zu leise, als dass sie diese verstehen kann. Marrenya beobachtet, was passiert und schaut immer wieder zu Friederjus, was er da macht. Dann erscheint eine weitere Person in dem Zimmer. Eine Frau steht nun neben Friederjus, sie ist klar und deutlich zu sehen. Ihre langen blonden welligen Haare umschmeicheln ihr Gesicht, das älter aussieht als das von Orchidea. Ihr Kleid aus Blütenblättern umschmeichelt eine weiblichere Figur. Friederjus hat ein paar Tränen in seinen Augen. Er dreht sich zu dieser Frau und nimmt sie bei der Hand und verbeugt sich vor ihr. Liebevoll verbeugt sie sich ebenfalls vor ihm. Beide schauen sich tief in die Augen. Die Liebe, die zwischen den Beiden ist, strömt zu Marrenya. Mit einem kaum merklichen Kopfnicken zeigt Friederjus an, dass sie sich jetzt Marrenya zuwenden sollten. Hand in Hand stehen nun beide vor Marrenya.

„Darf ich vorstellen, das ist meine Frau Rosalia, Orchideas Mutter. Sie lebt auf einer anderen Ebene. Vor einigen Jahren hat sie sich entschlossen, von dort aus zu helfen." Er schaut sie liebevoll an. „Wir alle lernen, damit die Transformation stattfinden kann. Sie wird dir alles erklären, was es mit deinem Traum auf sich hat." Rosalia beginnt zu sprechen. „Ich möchte dir die Dualität und den Spiegel erklären. Innen wie außen. Du weißt bestimmt, dass alles zwei Seiten hat. Nehmen wir einmal dunkel und hell, nass und trocken, Gut und Böse. Das Ganze gibt es auch auf der Gefühlsebene, wie Liebe und Hass, Macht und Demut usw. Wichtig ist für dich zu wissen, dass du alles in dir hast. Du bestehst aus beidem, denn das macht dich zu einem Ganzen. Wenn du zweifelst, bist du raus aus der Einheit, aus deinem Herzen. Mit dem Zweifel verurteilst du auch deine dunkle Seite in dir. Somit wirst du ihr damit deine ganze Kraft und Energie geben. Und je mehr du dich dagegen wärst, umso stärker wird sie in dir. Alles ist richtig, was du fühlst. Werde dir dessen bewusst und nehme es als einen Teil deiner selbst an. Liebe dich für alles, was in dir ist. Sei dir gewiss, es werden Menschen in dein Leben treten, die dir helfen, dies in dir anzusehen. Sie werden dir mit ihrem Leben ein Spiegel sein. Je mehr du sie für ihr Verhalten verurteilst, desto mehr verurteilst du dich selbst. Denn die Menschen und Situationen, die dir begegnen, spiegeln dein Inneres wieder. Ebenso spiegelst du den Wesen um dich herum, was in ihnen vorgeht oder was sie in sich verurteilen. Die Frau, die dir begegnet ist, lehnt ihre Liebe in sich ab. Deshalb bist du für sie gefährlich. Solch eine Situation wird dir immer wieder begegnen. Bleib in dir, in deinen positiven Gefühlen, und mache dir jedes Mal bewusst, dass auch die dunklen Gefühle ein Teil von dir sind. Du lebst in der Dualität, aus beiden Seiten."

Marrenya hört aufmerksam zu, als Rosalia ihr das erklärt. Friederjus steht hinter ihr und hat seine Hände schützend auf Rosalias Schultern gelegt. Marrenya beginnt zu verstehen. „Warum hat sie mir dann so eine Angst gemacht, wenn ich doch beides in mir habe?" „Diese Frau weiß um deine Liebe und deinem Vertrauen in dir. Sobald du Angst hast, hast du das Vertrauen verloren, dich von der Liebe abgeschnitten und alle anderen Gefühle nehmen dir die Kraft, die Liebe zu leben. Es wird auch Menschen geben, die dir Vertrauen geben und du ihnen. Und doch werden sie dein Vertrauen missbrauchen, um dir immer zu zeigen, dass du im Vertrauen bleiben sollst. Oder wenn du es verloren hast." Marrenya fragt nach. „Wieso missbrauchen sie mein Vertrauen, wenn sie doch dadurch in die Liebe und in ihr Herz gelangen können?" „Sie haben Angst vor dir, dass du mehr wissen könntest oder deine Liebe zu dir lebst. Das ist der Neid in ihnen. Die mangelnde Selbstliebe, sich so akzeptieren zu können, wie sie sind, mit allem, was in ihnen ist. Deshalb müssen sie versuchen, dich aus deinem Gleichgewicht der Eigenliebe und dem Vertrauen zu bringen. Nimm es als Lernaufgabe, zu dir zu stehen und vergebe dir selbst. Sie sind deine Lehrer, damit du lernst zu dir zu stehen." Rosalia legt ihre Hände auf die ihres Mannes und fügt noch hinzu. „Du kannst in der Liebe und dem Vertrauen Grenzen aufbauen, die keiner überschreiten darf, denn auch du bist ihnen ein Lehrer. Mit deinem Verhalten, dass du beides in dir integrierst und aus deinem Wertgefühl zu dir selbst agierst und reagierst, werden sie erkennen, dass beide Seiten in dir sein dürfen und sie dir deine Kraft geben. Es kommt lediglich auf dein Motiv an, warum du so oder so handelst. Wenn du aus Rache handelst, wie du mir so ich dir, bist du genauso wie sie und musst noch einiges lernen. Deshalb mache dir bewusst, warum du etwas tust." Marrenya fasst zusammen. „Es ist egal, was mir gezeigt wird. Wir spiegeln uns alle unsere Ängste und unsere Stärken. Es gilt nur für mich, dies zu erkennen. Meine Ängste anzunehmen, wie sie sind, und meine Stärken zu leben. Darf ich dich noch etwas fragen?" Rosalia sieht zu Friederjus hoch und sagt, nachdem er ihr zugestimmt hat: „Ja." „Warum lebst du auf einer anderen Ebene als Friederjus und deine Tochter?" „Ich hatte mit meinen Ängsten zu kämpfen, dass ich alles verlieren könnte, was ich in mir und in meinem Leben hatte. Um diese Ängste aufzulösen, habe ich mich entschlossen, anderen bei der Zusammenführung ihrer Gefühle zu helfen. Nur so gelingt es mir, alles in mir zu verbinden. Es wird bald die Zeit kommen, in der ich wieder mit meiner Familie zusammen leben kann und darauf freue ich mich sehr." Sie ergänzt noch. „Diese Frau, wenn sie in deinen Träumen wieder erscheint, frage dich, wovor du Angst hast und seit wann du so aus deinem Gleichgewicht bist, dass sie die Kraft hat bei dir zu erscheinen. Sei beruhigt. Sie ist machtlos in deinen Träumen. Du bist beschützt." Sie verschweigt Marrenya, wer diese Frau ist. Marrenya erkennt, dass hier ihre Lektion beendet ist und lässt die Beiden in ihrer Zweisamkeit.

In Gedanken über das, was sie erfahren hat, macht sie sich auf den Weg zu Bebirjus und Orchidea. Die Beiden üben mit viel Gelächter ihre Lichtkugeln. Mal ist Orchidea im Licht verschwunden, mal Bebirjus und dann sind beide weg und auch wieder da. Es macht Marrenya sichtlich Spaß den beiden zuzusehen. „Wie macht ihr das?", will sie wissen. Orchidea erklärt es ihr. „Das funktioniert mit der Liebe aus dem Herzen. Fülle dein Herz mit all deiner Liebe und lasse sie als Licht überlaufen. Visualisiere dir, wie die Liebe aus deinem Herzchakra eine Kugel um dich formt. Dann sage dir: Vor allen, die mir Böses wollen, schütze mich, dass ich für sie unsichtbar bin. Deine Liebe und das Vertrauen es zu schaffen sind der Schlüssel", meint sie und weg ist sie wieder. Fasziniert fasst Marrenya zusammen. „Das, was ich denke und fühle, werde ich erreichen. Je reiner meine Gedanken sind, je liebevoller die Herzensliebe auf das erwünschte Ziel fokussiert ist, umso intensiver werden meine Ergebnisse sein." Marrenya versucht es auch, doch das muss sie noch lernen. Friederjus beobachtet die drei eine Zeit lang und hört sich Marrenyas Erklärung an. „So ähnlich meine Liebe. Du hast die Wunscherfüllung zusammengefasst. Versuche es mit deiner

Herzensliebe. Lass deine Liebe überfließen. Sieh das Endergebnis vor deinem inneren Auge. Dass du in der Lichtkugel, die in deinem Herzen entspringt, dich unsichtbar für uns machst. Dann gehst du in das Gefühl, wie es sich anfühlt, unsichtbar zu sein." Sie sieht zu Friederjus und sucht Rosalia, ob sie mit ihm gekommen ist. Er schüttelt den Kopf. „Nein, sie musste zurück auf ihre Ebene" kann sie in ihrem Kopf hören.

So beginnt sie wieder, sich mit ihrem Herzen zu verbinden, um dieses Licht um sich herum aufzubauen. Es ist immer noch ein Flimmern von ihr zu sehen. Friederjus tritt zu Marrenya. „Als erstes, schließe deine Augen und spüre in dein Herz. Fühlst du deine Liebe?" Marrenya nickt und Tränen rollen ihr über ihre Wangen. „Fühlst du, wie diese Liebe sich in deinem ganzen Körper ausbreitet und alle Zellen sich füllen?" Er macht eine Pause und lässt ihr Zeit es zu fühlen. „Wenn du alle Zellen aufgefüllt hast, spürst du, dass du noch sehr viel mehr Liebe in dir hast. Lasse diese jetzt über dein Herzchakra nach außen fließen." Alle beobachten Marrenya, wie sie ihre Liebesenergie als goldenes Licht, einem Wasserfall ähnelnd, aus ihrem Herzchakra in ihren Energiekörper fließen lässt. Es gleicht einem unerschöpflichen Strom. Alles an ihr ist golden. Ihr Körper und ihr Energiekörper. Sie erfüllt alles mit ihrer Energie, was in einen Radius von drei Metern um sie herum ist. Dann ist sie für alle unsichtbar. Marrenya öffnet langsam ihre Augen und fragt in ihrer unschuldigen Natur. „Und? Seht ihr mich noch? Hat es geklappt?"

„Perfekt, liebe Marrenya. Behalte dieses Gefühl in dir, das du jetzt fühlst. Und in Zukunft musst du dich nur an dieses erinnern und du kannst deine Liebe fließen lassen, wann immer du willst", antwortet ihr Friederjus, ohne sie mit anderen Äußerungen unsicher zu machen. Sie hat trotz der Transformation einen Teil ihres Einhornherzens behalten. Friederjus fragt sich, ob das der Weise beabsichtigt hat.

Bebirjus und Orchidea sind von Marrenyas Erscheinung überwältigt. Bevor sie anfangen können zu fragen, wie sie das gemacht hat, beginnt Friederjus in ganz ruhigem Ton. „Na, das hast du ja schnell gelernt. Du bist jetzt soweit, dass du lernst, wie du mit Hilfe der Liebe deinen Geist und dann deinen Körper an einen anderen Ort teleportieren kannst." Marrenya hört gespannt zu und meint: „Jetzt wird es interessant. Was ich alles lernen kann! Das mit dem Licht macht sehr viel Spaß." „Kann ich noch ein bisschen weiter üben? Es ist ein so schönes Gefühl." „Ich denke, für heute hast du schon mehr gelernt als ich für dich eingeplant habe. Diese Aufgabe hast du in so kurzer Zeit so perfekt gelernt." „Mit deiner Anweisung war es ganz leicht. Ich bin nur in die Liebe und habe mich mit allem um mich herum verbunden. So wie du es immer sagst." Mit dieser Antwort strahlt ihn Marrenya an. Bebirjus hört, was Friederjus zu Marrenya über das Teleportieren gesagt hat. „Das wäre für uns doch viel leichter für unsere Reise." Friederjus dreht sich zu ihm hin. „Für euch ist es wichtig, durch das Land zu reisen, die Energie dort zu spüren und die Wesen, die euch begleiten, kennen zu lernen. Die Fähigkeit, die ihr erlernt, dient euch dazu, dass ihr unbeschadet an euer Ziel kommt. Ins Dorf von Granog." Friederjus widmet seine Aufmerksamkeit nun Orchidea. „Bitte übe noch etwas mit Bebirjus und geht noch einmal in der Erinnerung die Bilder aus dem Energiewirbel durch. Du kannst ihm auch noch zeigen, wie er durch seine Füße das Land wieder zum Leben erwecken kann" Orchidea hat verstanden. Sie nimmt ihren Bebirjus und geht mit ihm in ihre Gemächer, dass sie mit ihm reden kann, ohne von irgendjemanden gestört zu werden.

„Energiewirbel? Was ist das?", will Marrenya wissen. Friederjus, etwas in Bedrängnis, versucht es ihr zu erklären. „Es ist ein Wirbel, in dem Bilder erscheinen, wie sich eine Situation entwickeln kann. Es liegt jedoch an uns, wie wir mit dem Wissen umgehen. Bebirjus hat da ein wenig Schwierigkeiten, doch Orchidea hilft ihm dabei, es für sich umzusetzen." Mit einem mitfühlenden Gesichtsausdruck sagt er zu Marrenya: „Bebirjus ist einmal so flink im Lernen und dann wieder so langsam. Ich weiß, dass ich hohe Ansprüche an ihn stelle und er sein Bestes gibt, doch die Zeit drängt und er muss noch so viel lernen." Marrenya nimmt seine Hand und drückt sie ihm auf sein Herz. „Was fühlst du da drin?" Verdutzt über das, was sie macht, sagt er: „Ich liebe ihn und meine Tochter und er ist der Richtige für das, was kommt." „Na also. Dann weißt du ja, dass er es schaffen wird und du kannst mir in Ruhe zeigen, was du mit dem Teleportieren gemeint hast." Friederjus ist so froh darüber, dass sie das gemacht hat. So hat sie ihm seine Angst aufgezeigt, um wieder in das Vertrauen zu gehen. „Ich danke dir", sagt er zu ihr und verbeugt sich vor ihr. Peinlich berührt über sein Verhalten hebt sie ihn an. „Das war jetzt aber zu viel, königliche Hoheit. Man könnte uns sehen." Mit einem Lachen auf ihren Lippen fordert sie ihn auf, sie weiter zu unterrichten. „Ich sagte doch, dass es für heute genug ist." Marrenya überhört dieses und redet munter und neugierig weiter. „Wie ist das, mit den Teleportieren, vor allem, was ist das?" „So auf die Schnelle ist das schwer zu erklären. Lass uns ein Stück gehen und ich zeige dir auch, was damit gemeint ist."

Sie gehen in den Garten zur Linde. Während sie so gehen und Friederjus erklärt, ist er immer wieder verschwunden und taucht an einer anderen Stelle wieder auf. „Teleportieren ist das Verstehen der Energieschwingung. Alles ist Energie. Mit unserem Geist können wir verschiedene Formen der Teleportation ausführen. Die eine Methode ist, sich durch die Materie zu bewegen, die andere sich von einem Ort zum anderen zu bewegen. Wichtig ist, zu verstehen, dass die Dinge, die um uns herum sind, eine unterschiedliche Energiedichte haben. Je schwerer die Gegenstände, umso dichter die Energie. Je leichter, desto feiner ist die Energie. Du bist Energie und ich auch. Mit deinem

Geist kannst du die Blockaden des Verstandes auflösen und durch die Energie reisen. Sobald du die Energie und ihre Schwingung verstehst und dir bewusst machst, dass du in deiner Form ein Teil des Ganzen bist und mit der Energie um dich herum mitschwingst, so ist es dir auch möglich, dich in deinem Geist an die Orte zu tragen, an die du möchtest." Und weg ist er. Marrenya sieht sich um, ob sie ihn irgendwo sehen kann, doch er ist verschwunden. Sie geht zur Bank unter der Linde und wartet auf Friederjus, bis er wieder auftaucht, von wo auch immer. Dabei macht sie sich über das Gesprochene Gedanken. „Wenn das mit dem Teleportieren so einfach ist wie Friederjus sagt, wozu dann in das Reich der Lieblosen reisen um es zu erlösen? Oder die Lichtkugel?" Mit mehr Fragen im Kopf sitzt sie da und wartet. Ein Windhauch holt sie aus ihren Fragen, Friederjus steht neben ihr. „Hast du gesehen? So einfach ist das." Marrenya schaut ihn an. Er erkennt in ihren Augen, dass sie jede Menge Fragen hat. „Wo benötigst du noch eine Erklärung?" „Wenn das mit den Teleportieren so einfach ist, warum dann das Ganze mit Granog und den Reisen?" „Die Reise ist für Bebirjus und Orchidea deshalb so wichtig, damit sie die Energie des Landes in sich spüren und aufnehmen. Mit jedem Schritt spüren sie, wie sich das Land anfühlt. Wenn ihre Füße die Erde berühren, können sie mit ihrer Liebe die Energie transformieren und alles wieder zum Regenerieren und Leben auffordern. Orchidea weiß auch um die Kräfte in ihr als Elfe, doch sie will das Land reinigen und benutzt die Kraft der Lichtkugel nur, wenn es unbedingt nötig ist. Es gibt dann auch noch den Feenstaub, um sich unsichtbar zu machen oder die Feenmäntel, die sich der Umgebung anpassen und du dadurch auch ein Teil der Umgebung wirst. Es gilt jedoch zu erkennen, dass wir alles mit unserem Geist erreichen können." Friederjus ist sich im Klaren, dass er Marrenya viel zu viel erzählt hat. Es war ein Ausflug in die Fähigkeiten der Elfen und Feen. Er macht mit seiner Erklärung der Teleportation weiter.

„Im Grunde können und machen wir alles mit unserem Geist. Jede Nacht im Traum machst du es, von einer Ebene zur Nächsten reisen. Doch da ist es unbewusst. Die Kunst ist es, den Geist im Bewusstsein reisen zu lassen, so dass erst der Energiekörper reist, durch Mauern gehen und große Entfernungen überwinden kann. Dadurch erhöhst du deine Schwingung und dein ganzer Körper kann letztendlich mitreisen." Er macht eine Pause. „Um es zu praktizieren, ist das Wissen und der Glaube von großer Bedeutung. Das Wissen und den Glauben, dass wir alle miteinander verbunden sind und alles, um uns und in uns, Energie ist. Unsere Gedanken sind Energie. Auch sie senden Schwingungen aus. Und diese erhalten wir dann in der Form wieder zurück, wie wir sie ausgesandt haben. Das hast du ja schon verstanden und die Wunscherfüllung erklärt." Marrenya hört fasziniert zu. „Bedenke: Entfernungen von Raum und Zeit existieren nur in unseren Verstand, in unseren Gedanken. So wie du das Erwünschte in deinem Innern sehen kannst, bist du auch in der Lage, es mit deinem Geist zu erreichen. Wenn du es mit deinem Geist schaffst, kannst du es auch mit deiner Energie und deinem Körper. Probiere es erst mit etwas Kleinem und lerne, bevor du dich daran machst, den Kosmos zu erforschen." Mit einer Handbewegung fordert Friederjus Marrenya auf, es zu versuchen. In ihrer unbeschwerten Freude geht sie der Aufforderung nach, es auszuprobieren.

Sie stellt sich vor die Linde und versucht, durch sie hindurch zu gehen. Mit einem Rums stößt sie sich den Kopf an dem Stamm. Fragend schaut sie zu Friederjus. „Was habe ich falsch gemacht?" Er lacht. „Zu aller erst fühlst du die Schwingung des Baumes und verbindest dich mit ihm. Frage den Faun, das Baumwesen, ob du dich durch sie hindurch bewegen darfst. Fühle, was du als Antwort bekommst, in welche Schwingung du dich bringen musst. Geh in dich und stelle dir vor, wie du durch den Stamm der Linde gehst. Dann, wenn es sich gut anfühlt, gehst du erst mit dem Geist hindurch. Damit bringst du dich in die Schwingung und gleitest mit deinen Körper hin durch." Das muss Marrenya gleich umsetzen. Sie probiert es in ihrem Geist. Sie stellt sich vor den Stamm der Linde und fragt in Gedanken, ob sie die Erlaubnis dazu bekommt. Keine Antwort. Sie versucht es weiter, doch es bleibt ruhig. Friederjus beobachtet sie. Sie will schon aufgeben, da tritt er zu ihr hin. „Mach deinen Kopf frei. Keine Gedanken und vor allem keine Erwartungen, dass du es jetzt schaffen willst. Sei frei in dir." Marrenyas Atem wird ruhiger, sie wird ruhiger. Die Anspannung, es zu wollen, fällt von ihr ab. Sie stellt sich im Geist den Stamm vor, wie seine Rinde aussieht, jede einzelne Furche, jedes noch so kleinste Detail sieht sie vor ihrem inneren Auge. Im Geist beginnt der Stamm zu verschwimmen und zu flimmern. Er verändert seine Energieform. Sie streckt vorsichtig ihre Hand aus, um den Stamm zu berühren, doch da ist keine Spur von Festigkeit. Sie zieht ihre Hand zurück. Das Flimmern und Verschwimmen hat aufgehört. In ihrem Inneren versteht sie jetzt, um was es geht. Sie beginnt wieder sich den Stamm in ihrem Inneren genau anzusehen, sich wieder jedes noch so kleine Detail vertraut zu machen. Es flimmert wieder. Sie fühlt eine Wärme in sich. Ein Gefühl von Wissen und Liebe durchzieht ihren Körper. Sie streckt mit dem Gefühl der Liebe die Hand noch einmal aus und greift in den Baum. Sie bewegt ihre Finger, doch sie kann keinen Widerstand spüren. Marrenya geht im Geist einen Schritt auf den Stamm zu. Jetzt ist ihr Arm im Stamm. Wärme, eine pulsierende Wärme ist in ihrem Arm zu spüren. Diese Wärme durchzieht ihren ganzen Körper. Sie hat das Bedürfnis sich ganz in den Stamm zu begeben. Im Geist vollzieht sie alles, was in ihr hochkommt. Sie tritt in den Stamm und genießt die Liebe, die sie umgibt. Sie tritt wieder aus dem Stamm und ist erfüllt von dem, was sie gefühlt hat. Sie öffnet ihre Augen, um Friederjus zu sagen was sie gesehen hat. Beim Kopfdrehen in Richtung Friederjus ist er verschwunden. Sie fragt sich, was geschehen ist. Sie stand gerade noch vor dem Baumstamm und wenn sie sich nach rechts dreht müsste Friederjus da stehen. Doch jetzt steht sie hinter dem Baum und niemand steht neben ihr. Vorsichtig dreht sie sich um und geht um den Stamm herum. Friederjus steht noch vor der Linde, wo sie auch gestanden hatte und lächelt sie an. „Das war hervorragend. Du lernst schnell." Marrenya ging das viel zu schnell. Wie hat sie das gemacht? Sie stellte es sich im Geiste vor und hat es gefühlt. Wie konnte sie ihren Körper mitnehmen? Friederjus freut sich über ihren Erfolg und das beim ersten Versuch. „Wie habe ich das gemacht, Friederjus?" „Indem du es in dir gefühlt hast. Du brachtest dich in die richtige Schwingung. Du hast es gefühlt und hast vertraut." Marrenya ist stolz auf sich. Dieses Gefühl der Liebe und Verbundenheit ist immer noch in ihr. „Wenn du so weit bist, würde ich gerne mit dir weiter arbeiten." „Ja, ja. Ich denke ich bin soweit. Was kommt denn jetzt?" Gespannt wartet sie auf das, was Friederjus noch für sie hat. „Deinen Energiekörper hast du nun durch einen für den Verstand als fest geltenden Körper geleitet. Jetzt gehen wir an das Raum - Zeitgefüge. So wie du den Stamm durchschritten hast, kannst du von einem Ort zum einem anderen reisen." Sie stehen noch bei der Bank an der Linde. Friederjus fordert sie auf, es in kurzen Stücken zu probieren. Er meint, sie solle es erst einmal bis zur Weggabelung im Garten versuchen. Friederjus bleibt neben Marrenya stehen, um ihr zuzusehen. Den Baum fand sie viel einfacher. „Ich denke", beruhigt sie Friederjus, „dass du zu viel Energie gebraucht hast. Die Sonne steht auch schon tief. Wir beenden es für heute und machen morgen weiter." Marrenya stimmt dem gerne zu. Jetzt spürt sie ihre Erschöpfung. Doch das Hochgefühl in ihr ist überwältigend.

19 Die Geisteshaltung

Romos hat den Schemel, den er von Jandelion bekommen hat, in einen großen Sessel umvisualisiert. Als erstes testet er ihn auf seine Bequemlichkeit. Jandelion beobachtet die Sicherheit, die Romos beim Visualisieren mittlerweile erreicht hat. „Das ist die beste Voraussetzung für die nächste Übung." Er spricht seine Gedanken aus. Romos sieht ihn an. „Welche Übung? Meinst du das mit dem Durchdringen der Materie?" „Ja, Teleportation und Phasenverschiebung genannt." „Mit der Teleportation kannst du dich dahin visualisieren, wo du sein möchtest, und mit der Phasenverschiebung durchdringst du bewusst Wände, Mauern und was auch immer dir gerade im Weg steht." Wenn er sich mit den Steinwesen verbindet, befindet er sich in der Phasenverschiebung. Des Weiteren sagt er ihm, dass er sich schon einmal mit den Steinwesen verbunden hat. Romos weiß, von was er spricht. Er ist von diesem Erlebnis immer noch beeindruckt. „Und du meinst, ich kann das öfter und bewusster machen?" „Es ist einzig und alleine deine Geisteshaltung, wie du mit der Materie und den Energieschwingungen umgehst." Romos setzt sich aufrecht in den Sessel. In seinem Gesicht steht eine kindliche Neugierde. „Das ist die richtige Einstellung. Die brauchst du, um keine Erwartungen zu hegen. Denn das ist die größte Herausforderung, an der die meisten scheitern. Sie erwarten, dass es klappt oder fehl schlägt und blockieren sich mit diesen Gedanken." Romos versteht kein Wort von dem was Jandelion sagt. Er will nur das mit dem Durchschreiten der Materie erlernen und wie er an verschiedene Orte gelangen kann, ohne nur mit dem Geist zu reisen, sondern mit dem ganzen Körper.

„Schließe deine Augen und stelle dir vor, du wärst in der Zelle nebenan." Romos steht auf und begibt sich zu der Steinmauer. Er schließt die Augen und berührt den Stein, ganz vorsichtig, schon fast zärtlich. In sich fühlt er die Beschaffenheit des Steins. Er konzentriert sich auf die Steinwesen, die den Stein bewohnen und fragt dieses Mal ganz bewusst im Geist, ob er durch sie hindurch darf. Ihm wird warm und die Liebe, die er beim Vergeben, noch mehr bei der Dankbarkeit, so stark in sich gespürt hat, durchzieht seinen Körper. Mit diesem Gefühl wird der Stein unter seiner Handfläche, die er immer noch auf dem Stein liegen hat, weich und durchdringbar. Er fühlt eine Verbundenheit, eine Vertrautheit zu dieser Materie, so dass diese ihn schon eher durch sich hindurchzieht. Alles ereignet sich in ihm wie in einem Traum. Eher schwebend, ohne zu gehen, hat er den Eindruck vorwärts zu kommen, ohne dass er sich dessen bewusst ist. Beeindruckt von dem, was er in sich gespürt hat, will er Jandelion davon berichten. Romos öffnet die Augen, um seine Gefühle mitzuteilen, doch er ist in einer anderen Zelle. Er hat es tatsächlich geschafft, aufgrund seiner Geisteskraft in die Zelle von Jandelion zu gelangen. Er fällt auf seine Knie, um sich bei dem Steinwesen zu bedanken, für das, was sie ihm ermöglicht haben. Jandelion ist jetzt neben ihm und sagt beeindruckt. „Du hast das Wesen verstanden und in dir die Liebe aufgenommen. Dass du dich bei ihr bedankst, ist die höchste Form von Liebe." Tränen füllen die Augen von Romos. Er beginnt zu weinen. Schluchzend beginnt er: „Ich bin so überwältigt von allem, was mir widerfährt. Seit ich zu mir, zu meiner wahren Gestalt gefunden habe, hat sich alles verändert. All diese Gefühle und Begebenheiten, in so kurzer Zeit." Romos blickt zu Jandelion. „Und du bist dir sicher, dass ich das Ganze, was ich erlebe und erlebt habe, kein Traum ist?" „Um deine Frage zu beantworten, begibst du dich wieder in deine Zelle. Das machst du genauso wie eben." Romos sieht ihn an, wie er sichtlich durch den Stein hindurchgeht. Romos verbindet sich in der Liebe und Dankbarkeit mit den Steinwesen und schreitet nun bewusst durch die Steinmauer. Es war kein Widerstand zu spüren, eher eine Wärme wie beim ersten Mal.

In seiner Zelle angekommen, steht er mit wartendem Gesichtsausdruck vor Jandelion, der ihm jetzt eine Antwort schuldet. „Was soll ich dir auf deine Fragen antworten? Alles was ich dir sagen könnte, hast du dir eben selbst beantwortet. Du bist bewusst in deine Zelle gelangt. Das ist Antwort genug auf deine Fragen." Romos steht mit offenem Mund da und hat verstanden, was er meint. Alles ist wahr. „Eine Frage habe ich noch." „Dann stelle sie mir, wenn sie dir hilft, es zu verstehen." „Wie konnte ich all das in der kurzen Zeit schaffen?" Jandelion bemüht sich, ihm eine Erklärung zu geben ohne Marrenya zu erwähnen. „Die Zeit ist reif. Erst, nachdem du die Liebe in dir erkannt hattest, konntest du in deine ursprüngliche Form zurückkehren. Außerdem neigt sich die Herrschaft von Granog dem Ende zu, somit können die Tore in deine Welt wieder geöffnet werden." Romos erkennt, dass er viel bewirken kann, vor allem, wenn er in seine Welt zurück kann. „Vor dem Zurückkehren in deine Welt ist für dich noch einiges zu erlernen. Die Menschen reagieren anders als wir Elementare." Jandelion macht eine Pause. „Jetzt geht es an die Wesensart der Menschen. Sie haben, wie wir, alles in sich, doch sie gehen bei der Geburt durch den Kanal des Vergessens und in der folgenden Erziehung, die sie durch ihre Eltern, Familie, Schule, Freunde und Umwelt erhalten, werden verschiedene Gedankenmuster gesetzt. So wie du es als Manipulation von Granog erlebt hast. Mit diesen versuchen sie dann, ihr Leben zu meistern. Nur der Verstand, mit dem sie sich von der Liebe abschneiden, ist ihr größtes Hindernis, mit dem sie es zu tun haben." Romos visualisiert sich seinen Lieblingssessel, während er den Erklärungen und Erzählungen von Jandelion lauscht. Dieser macht es sich auch bequem, denn es liegt eine noch lange Zeit der Erklärung vor ihnen.

„Die Menschen lernen aufgrund ihrer Erziehung, in ihrem Verhalten auf die Meinungen, Erwartungen und Ansprüche der

Anderen zu achten. Erst versuchen sie, es ihren Eltern recht zu machen, immer auf der Suche nach Liebe, und dann in ihrer Umwelt. Das Urvertrauen in alles geht verloren. Und dies gilt es wieder zu erlangen. Es fällt ihnen schwer, sich selbst zu vertrauen, denn die Meinungen der Anderen über sie nehmen sie sehr ernst. Sie stellen sich oft die Fragen: „Was denken die anderen von mir? Kann ich das machen? Wie werden sie reagieren? Werde ich geliebt und geachtet, wenn ich das so oder so mache?" Sie verraten sich oft selbst, überhören die Stimme ihres Herzens. Da sie die Menschen in den Gruppen, in der sie sich angenommen fühlen, gefallen wollen. Alle haben diese Muster in sich. Und dann gibt es die, die versuchen aus diesem Gefängnis auszubrechen. Diejenigen, die die Täuschung aufheben, werden ausgeschlossen." Jandelion schaut Romos jetzt sehr intensiv an. „Dieses Gruppenmuster hast du ebenso als Kobold kennen gelernt. Wenn ich anders denke, rede und handle werde ich ausgeschlossen. Sie nennen dich einen Verräter. Höre einmal genau hin." Er spricht ganz langsam in Silben, „Aus-ge-schlos-sen. In diesem Wort erkennt man, dass sich die anderen ja dann ein-ge-schlos-sen haben. In einem selbst gewählten Gefängnis. Immer in der Angst, sie könnten sie selbst sein und von der Meinung der Anderen unabhängig. Die Zeit ist reif, dass dieses Muster durchbrochen wird. Du erkennst hier, dass das Reich von Granog dem der Menschen sehr ähnlich ist. Immer mehr Menschen werden zusammen kommen, die sich selbst finden, und aus dieser Abhängigkeit der Meinung anderer ausbrechen. Dazu werden sie ihre Angst überwinden, alleine zu sein. Sich von der Gemeinschaft zu lösen und auf sich und ihr Inneres zu vertrauen. Auch hier beleuchten wir einmal das Wort all-ein. Alle seid ihr eins, verbunden in der kosmischen Liebe. Es ist der Verstand, der die Menschen begrenzt und der es schwer macht, sich zu lösen und los zu lassen. Nach was definiert sich der Mensch dann? Er hat doch gelernt, sich über die Gruppe zu definieren, seine Umwelt und das Außen. Es gilt zu lernen, sich aus sich selbst zu definieren." Romos will dazu etwas sagen, doch Jandelion hebt seine Hand, die Romos auffordert, zuzuhören und zu schweigen.

„Ich werde jetzt auf dich zu sprechen kommen. Denn all das, was ich dir erzählt habe, betrifft dich auch. Du wirst ein Leben haben, das dich in deinem Bewusstsein an das Jetzige erinnert. Was du hier in diesem Leben erlebt hast. Eine Zeitlang wird dir das sehr vertraut sein und du wirst dich in eine Abhängigkeit begeben, die anders als dein Selbst ist. So wie in diesem Leben hier werden dir dann, in deinem Leben als Mensch, Wesen begegnen, die Zweifel in dir auslösen. Der Zweifel ist das Ergebnis dessen, dass du dich entzweit hast. Auch hier steckt es im Wort, Zwei-fel. Schaue dir diese Zweifel, die Entzweiung genau an, ob das, was du lebst, das ist, was dein Herz will oder das, was die Gruppe von dir verlangt. Eine Gruppe kann deine Familie sein, eine Klassengemeinschaft oder Freunde. Erst wenn du den Mut hast, die Angst in dir zu überwinden und dich deiner Liebe in deinem Herzen bewusst zuwendest und dir erlaubst, sie zu leben, wirst du erkennen, wie leicht und schön dein Leben sein wird. Vertraue auf dein mutiges Herz. Es will gelebt werden. Es liegt an dir, ob du dein Leben selbst in die Hand nimmst oder es von anderen steuern lässt, indem du ihnen die Macht über dein Leben gibst." Jandelion faltet seine Hände und legt diese mit dem letzten Satz in seinen Schoss.

Romos wartet, ob er jetzt reden darf und verbindet das Gehörte mit seinem bisherigen Leben. Jandelion nickt Romos kaum merklich zu. Das ist die Aufforderung, dass er jetzt reden kann. „So wie ich es verstanden habe, werden die Menschen genauso reagieren wie Granog. Und wenn einer zu zweifeln beginnt und sich selbst leben will, wird er vor die Wahl gestellt, ausgeschlossen zu werden oder loyal zur Gruppe zu sein. Somit wird er mit der Angst des Alleinseins an die Gruppe gebunden. Kommt die Frage auf, was ist schlimmer? In der Angst zu leben, verstoßen zu werden oder sich selbst von der Liebe seines Herzens zu verstoßen? Warum ist es so schwierig, sich zu leben?" Jandelion stellt eine Gegenfrage. „Warum hast du erst jetzt aus der Liebe deines Herzen gelebt?" Romos beginnt zu verstehen. „Ich lebte in Angst vor dem, was Granog erzählte. Dass ich zu niemanden gehören würde, wenn ich was anderes mache als das, was er sagt. Ich werde verstoßen und sei alleine. Keiner würde dann mehr etwas mit mir zu tun haben wollen." „Siehst du, so einfach ist es, die Macht über ein Wesen zu haben, das man im Glauben und Angst erzieht, dass er von der Meinung anderer abhängig ist und nur durch andere geliebt werden kann. Das ist die Macht, die Granog von der Menschenwelt in die Unsere mitgebracht hat. Und das war einer der Gründe, weswegen ich die Tore verschlossen habe. Wir lebten hier schon immer in unserer Freiheit im Miteinander, aus der Liebe unserer Herzen." Ein sanftes Lächeln überzieht das Gesicht von Jandelion. „All das, was ich dir erzählt habe, ist im Begriff sich aufzulösen. Wie gesagt, es bedarf mutiger Herzen, dass das auch so geschieht. Doch ich glaube, du visualisierst jetzt den Sessel in ein Bett und schläfst erst einmal. Ich werde mich um das weitere Gelingen unserer Befreiung kümmern." Romos vertraut ihm und seinem Wissen. Was Jandelion jetzt macht, wird alles seine Berechtigung haben. Das, was in ihm vorgeht, reicht zum Verarbeiten für die nächste Zeit.

20 Treffen der Könige

Auf der Lichtung des Weisen ist eine große Versammlung der Könige einberufen worden. Neben dem Bach, der durch die Lichtung fließt, ist ein großer runder Holztisch mit acht, aus Baumstämmen gefertigten Stühlen errichtet worden. Jeder der Könige setzt sich auf einen Stuhl, der jeweils in die Himmelsrichtung seines Reiches zeigt. Drei sind noch frei. Einer davon ist für Feenkönig Jandelion bestimmt, die anderen zwei werden aus Respekt für Andeliana, Jandelions Frau, und Rosalia, die Frau von Friederjus, frei gehalten. Nachdem auch Jandelion eingetroffen ist, berichtet einer nach dem anderen, wie weit sie mit ihren Vorbereitungen sind. Der wortkarge Zwergenkönig Beroldîn steht auf, sieht in die Runde. Mit seiner knochigen ledrigen Hand streift er sich durch seinen Zottelbart und sagt mit seiner knurrenden, brummenden Stimme: „Meine Zwerge haben die Grenzen zu meinem Gebirge und in das Reich von Hansgar gesichert. Die Abtrünnigen werden erkennen, dass jetzt Schluss mit lustig ist. Wir meinen es jetzt ernst. Mit dem Befreien der Quellen sind wir auch fast fertig." Er setzt sich wieder hin und sieht seine Aufgabe als erfüllt an. Als nächstes meldet sich Udinenkönigin Waniera. „Die Nymphen vom großen See sind bereit, Bebirjus und Orchidea samt Gefolge sicher über den See zu begleiten." Ihr Blick richtet sich zu Jandelion. „Im See wird unter der Oberfläche fleißig an deinem neuen Zuhause gearbeitet, das am Tag der Öffnung an die Oberfläche tritt." Alle nicken zufrieden Waniera zu.

Als nächstes berichtet Gnomkönig Hansgar von Alexa. „Nachdem Alexa gespürt hat, dass ihre Zaubersprüche und Gesänge keine Kraft mehr haben, kniet sie in ihrer Zelle und wartet auf das, was jetzt auf sie zukommt. Sie hat sich in der Zwischenzeit in eine Art Trance geflüchtet." Friederjus bemerkt: „Alexa ist auf der Traumebene von Marrenya erschienen. Doch meine Frau Rosalia hat Marrenya erklärt, was sie daraus lernen kann." Hansgar fährt nach der Unterbrechung fort. „Die Truppen von Granog haben versucht ins Land einzudringen, doch die Zwerge haben es zu verhindern gewusst. Mit ihrem Kampfgeschrei haben sie die Abtrünnigen ganz schön erschreckt." Er richtet sein Wort an Friederjus. „Wie geht es Bebirjus und Marrenya, was macht ihre Entwicklung?" Somit hat er offiziell das Wort an Friederjus weitergegeben. Dieser nimmt es mit den Worten an: „Ich muss euch allen mitteilen, dass die Entwicklung meiner Schützlinge zu unserer vollsten Zufriedenheit sein kann. Zu deiner Frage Hansgar: Bebirjus entwickelt sich sehr gut und ist wissbegierig, alles schnell zu erlernen. Dabei hatte er einen kleinen Einbruch, den er sehr schnell aufgelöst hat. Dadurch lernte er aus sich selbst zu agieren, ohne Abhängigkeiten von außen. Die Hilfsmittel gebe ich meiner Tochter mit, doch beide sind so gut in ihrer Entwicklung, dass sie mit ihrer Liebe die Lichtkugel um sich herum in allen Situationen aufrechterhalten können." Die Zufriedenheit in den Gesichtern der Anwesenden wird durch einen neugierigen Gesichtsausdruck ersetzt. Friederjus bemerkt das und redet weiter. „Ich sehe, ihr wollt wissen wie es Marrenya ergeht. Ja, sie hat bereits alles vergessen. Sie hat weder eine Erinnerung an ihr Leben als Einhorn noch an Romos. Sie weiß nur um die, die tagtäglich um sie herum sind. Ihr Verstehen um die Energie und ihre Schwingung hat sie spielerisch integriert und auch gleich erfolgreich praktiziert. Und eines muss ich euch noch mitteilen." Er macht es spannend, alle am Tisch schauen ihn erwartungsvoll an. „Sie hat zwar vergessen, dass sie ein Einhorn war, doch ein Teil ihres Herzens ist noch das eines Einhorns. Bei dem Erlernen der Lichtkugel mit der Herzensliebe stand sie vollkommen in Gold gehüllt vor uns." Mit dieser Neuigkeit hat er alle ins Erstaunen versetzt. Das letzte Wort in der Aufzählung erhält nun Jandelion. „Um das Ganze mit Neuigkeiten zu vollenden. Romos ist, seit er ganz in seinem Herzen ist, wieder ein Mensch. Aus dem Kobold wurde ein großer, gut aussehender und sehr gelehriger Mann. Er versteht schnell und setzt alles Gehörte und Gelernte auch gleich um. Die Energie und Schwingung der Steine liegen Romos am meisten und das ist gut so. Über Jemerich habe ich in menschlicher Manier Granog manipuliert, damit dieser das Gewölbe zuschütten lässt und Jemerich am See Bebirjus und Orchidea abholen kann. Granog hat sich in seiner Traumwelt abgeschottet. Er hat eine unüberwindbare Mauer um sein Herz gebaut. Die Manipulation war der einzige Weg, ihn zu erreichen. Granogs Misstrauen wurde zu groß. Ebenso hat er sich Romos wegen den auffälligen Arbeiten von Beroldîn heftig zur Brust genommen." Er schaut Beroldîn musternd an. Nach diesen Worten von Jandelion erscheint der Weise auf der Lichtung.

Alle Anwesenden stehen auf und verneigen sich vor ihm. Der Weise hält keine große Ansprache. Er spricht gleich Jandelion an. „Mach dir wegen der Manipulation keine Gedanken mehr. Bis Jemerich in seine Stärke gekommen wäre, hätten wir zu viel Zeit verloren bzw. Granog hätte es zu verhindern gewusst." Er dreht sich der Gesellschaft zu. „Ungewöhnlich ist die Energie von Marrenya. Ich hatte sie auch bei mir und sie hat von ihren Schwestern und Feminaya Unterricht und Hilfe erhalten. Doch ich muss zugeben, mir ist dieser Punkt verborgen geblieben. Es hat sich wohl ereignet, als sie den Zugang und die Liebe in ihrem Herzen geöffnet hat. Damit hat keiner gerechnet. Doch sind wir uns in einem sicher. Auch das hat einen guten Grund, warum es geschehen ist. Situationen verlangen ungewöhnliche Maßnahmen. Auch wenn wir noch keinen Einblick in das Ganze haben, so werden auch wir im Vertrauen bleiben." Der Weise geht weiter der Tagesordnung nach. „Wie ich höre läuft alles besser als wir es uns hätten wünschen können. Dann kannst du, Friederjus, Bebirjus und Orchidea auf den Weg über den See schicken." Sein Wort richtet sich an Jandelion. „Und du schickst Jemerich los, damit er die Beiden in seine Obhut nehmen kann. Romos und Marrenya haben so viel gelernt, dass ich die Beiden bis zu dem Tag, an dem sie die Tore wieder öffnen, in einen tiefen Schlaf lege. Bei allem, was ich sehe und gehört habe, haben sie alles gelernt, was wichtig für sie ist. Mehr würde nur mehr Fragen hervorrufen und das würde nur Neugierde in ihnen hervorbringen." Der Weise beendet seine Rede, doch als er Jandelion anblickt, fällt ihm noch etwas ein. „Die Rose trägt Romos bei sich?" „Ja, unter seinem Hemd, ganz nah am Herzen." Er richtet das Wort an Friederjus. „Und Marrenya hat die Rose von Bebirjus zurück bekommen?" „Ja, an dem Tag seines Ankommens." „Das ist gut so." Beruhigt, dass es so läuft, wie es im kosmischen Plan steht, spricht er nun zu allen. „Meine Einhörner wissen auch, was sie zu tun haben. Das war unsere letzte Versammlung in dieser Zeit. Ich freue mich auf das neue Zeitalter in Freiheit und im Miteinander der Liebe." Der Zwergenkönig meldet sich zu Wort. „Wann erfahren wir, wenn es soweit ist, dass wir an unseren Plätzen erscheinen müssen?" Er spricht die Gedanken der anderen aus. Der Weise sieht ihn an. „Mit dir wollte ich auch noch reden. Von heimlich, still und leise hast du noch nie was gehört oder? Deine Aktionen hätten unser Unternehmen in Gefahr bringen können! Was hast du dir dabei gedacht?" Beroldîn wird rot in dem bisschen Gesicht, das frei von seinem Bart ist, und steht auf. Denn im

Sitzen wirkt er klein im Gegensatz zu den anderen. „Ich dachte mir, zeig ihnen, dass sie sich auf etwas gefasst machen müssen, dass sie jetzt vermehrt mit unserem Eingreifen rechnen können und es einen ebenbürtigen oder besser gesagt, dass sie es mit einem stärkeren Gegner zu tun haben, als sie es bisher hatten, da wir uns ja raushalten mussten. Eine Anmerkung habe ich noch. Die Quellen sind fast befreit und den Druck, der sich jetzt in ihnen aufbaut, können wir nur kurze Zeit halten." Er setzt sich wieder und fühlt, dass er richtig gehandelt hat. Der Weise nickt ihm zu und beantwortet die Frage von Beroldîn, die dieser gestellt hatte, bevor er ihn zur Rede stellte. „Ihr werdet das Zeichen am Himmel sehen. Sobald ihr es wahrnehmt, macht ihr euch auf den Weg. Es darf keine Zeit verschwendet werden. Wenn ihr es seht, müsst ihr schnell reagieren. Marrenya und Romos werde ich kurz danach aus dem Schlaf wecken. Und Beroldîn, vertraue, dass die Quellen so lange halten bis auch sie ihr Zeichen bekommen." Dann verschwindet der Weise genauso wie er erschienen ist. „Heißt das jetzt, ich kann alle meine Zwerge an den Grenzen postieren?" fragt er in die Runde. „Ich denke schon. So hat es sich angehört." Antwortet ihm Friederjus. Die Könige verabschieden sich voneinander und jeder teleportiert sich in sein Reich zurück.

21 Alle sind bereit

Granog hat in der Zwischenzeit alles an Geröll und Steine im Dorf zusammen suchen lassen, um den Eingang zum Gewölbe zuzuschütten. Persönlich hat er das Szenario beaufsichtigt, um auch sicher zu sein, dass dort niemand mehr heraus kommt. Jemerich ist mit seinem Trupp noch am Üben, wie er sich und seine Männer verteidigen kann. Granog wundert sich immer noch, wie er sich dazu überreden hat lassen, Jemerich das Kommando zu geben. „So wie die sich anstellen ist alles verloren", sagt er beim Beobachten der Truppe zu einem seiner Hauptmänner, die sich gerade auf den Weg zu Hansgars Grenze machen wollen. „Na ja, so verlieren wir wenigstens am See die größten Idioten vom Reich und keinem gehen sie weiter auf die Nerven. Auf diese jämmerlichen Gestalten können wir gerne verzichten. Die richten keinen Schaden an und kosten uns dann kein Futter mehr." Lachend verabschiedet sich der Hauptmann von Granog und macht sich mit seinen Leuten auf den Weg. Granog schaut ihnen nach und richtet sein Wort an Jemerich. „Mit solchen Truppen werden wir gewinnen." Er schaut ihn fast schon verächtlich an bei den Worten „Schau zu, dass du deine Leute auf Vordermann bringst und mache dich dann auf den Weg zum See." Jemerich nickt nur und richtet seine Aufmerksamkeit seiner Truppe zu. Er weiß, er muss die Abreise so lange verzögern bis er die Aufforderung von

Jandelion bekommt und dass sich der Trupp so ungeschickt anstellt kommt ihm gerade recht. In der Nacht erscheint ihm im Traum König Jandelion. Er steht da in seiner Nebelgestalt und spricht zu ihm. „Mach dich morgen früh noch vor Sonnenaufgang mit deinen Männern auf den Weg. Sei dir gewiss, du wirst alles erhalten was du brauchst. Bebirjus und Orchidea wissen, dass du sie abholst, um sie zu begleiten. Mache dir keine Gedanken über Granog. Er ist froh, wenn du mit deinen Leuten aus dem Dorf bist. Schlaf jetzt weiter und vertraue dem, was ist und was kommt." Jemerich wacht vor Sonnenaufgang auf. Erst will er sich noch einmal umdrehen, doch dann kommt ihm der Traum ins Bewusstsein. Schnell steht er auf, zieht sich seine Hose an und geht leise seine Leute wecken. Einer nach dem anderen erscheint vor Jemerichs Zelt. Als alle eingetroffen sind, packen sie ihre Sachen und marschieren leise aus dem Dorf in Richtung See. Granog wacht erst zur Mittagsstunde auf. „Es ist so ruhig im Dorf", denkt er sich. „Es ist kein Gepolter oder Geschreie zuhören. Was macht denn Jemerich jetzt schon wieder?" Genervt steht er auf, richtet sein Gewand und stellt sich in die offene Tür und streckt seinen Bauch in Richtung Dorfplatz. Was? Keiner zu sehen? Alle weg? Hat sich der Idiot etwa schon auf den Weg gemacht? Einer der Trolle, die bei ihm im Dorf geblieben sind, kommt zu ihm und berichtet. „Jemerich ist noch vor Sonnenaufgang mit seinem Trupp losgegangen. Die Trottel haben die Hälfte vergessen. Sei froh, dass wir die los sind." Er macht sich wieder an die Arbeit. Granog wird misstrauisch und geht zu dem Schutthügel, den er über dem Eingang zum Gewölbe errichten ließ. Er stupst mit den Füßen die Steine an und prüft, ob sie auch wirklich fest liegen und keiner an ihnen etwas verändert hat. So wie es sich für Granog anfühlt, ist noch alles so wie er es gestern verlassen hat. Beruhigt macht er sich auf den Weg zurück zu seiner Hütte. Komisch kommt es ihm schon vor, dass sich Jemerich so einfach, ohne etwas zu sagen, auf den Weg gemacht hat. Doch er verschwendet keine weiteren Gedanken an ihn. Geschrei holt ihn aus seiner Ruhe. Er stürmt zum Dorfplatz.

Gnomkönig Hansgar wird in seinem Reich von Bebirjus Eltern erwartet. Sie wollen wissen, wie es ihrem Jüngsten geht. Hansgar beruhigt die Beiden. „Bebirjus geht es hervorragend. Er hat eine Braut, die ihr bald kennen lernen werdet. Und ihr werdet noch recht stolz auf euren Sprössling sein." Das ist alles, was Hansgar den besorgten Eltern mitteilt. Es reicht ihnen zu hören, dass es ihrem Jüngsten gut geht. Alles andere liegt in ihrem Vertrauen. Auf ein Wiedersehen freuen sie sich sehr. Ihr geliebtes Kind wieder zu sehen, dass jetzt zu einem Mann herangereift ist. Hansgar lässt die Bewohner seines Dorfes zusammenrufen und erklärt ihnen, dass es bald soweit ist und sich alles zum Guten wenden wird. Doch bevor es losgeht, müssen sie noch einiges erledigen. Die Grenzen zum Land der Lieblosen werden mit Hilfe der Zwerge weiterhin verstärkt.

Ebenso lässt Hansgar den Gärtner rufen, der für die Rosen um Alexas Gefängnis zuständig ist. Ein alter gebeugter Gnom, der sich schon seit Anbeginn der Zeit um den Garten kümmert, erscheint mit einem Lächeln im Gesicht. „Ihr habt nach mir gerufen?" „Ja, mein Freund. Ich hoffe, ihr habt mir Gutes zu berichten." Der alte Gnom nickt zufrieden. „Ja, das habe ich. Alle Rosen, die uns das Einhorn Marrenya zum Schutz und für die Gefangennahme von Alexa hier gelassen hat, haben Wurzeln bekommen, und sind um das ganze Gefängnis herum gewachsen, bis übers Dach hinaus. Ausnahmslos alle stehen kurz vor der Blühte. So viele Knospen habe ich noch nie gesehen. Es scheint, als ob alle zur gleichen Zeit erblühen werden." Das erfreut Hansgars Herz. „Pflege sie weiter mit deiner Herzensliebe, denn all das hat eine große Bedeutung." Der alte Gärtner macht sich auf den Weg zu Alexas Gefängnis. Er setzt sich vor den riesigen Rosenbusch und singt ein altes Lied, sodass die Rosen zu vibrieren beginnen. Über Nacht haben sich alle Knospen zur voller Blüte entfaltet. Diese beginnen den Duft der Liebe zu versprühen, der so lieblich ist und in die Herzen der Wesen dringt, die ihn einatmen. Jeder im Reich Hansgars, der den Duft in sich aufnimmt, grüßt ihn und schickt ihn weiter. Der Duft zieht durch das ganze Land bis weit über dessen Grenzen hinaus. Granogs Truppen nehmen diesen Duft ebenfalls wahr. Diejenigen, die sich zu spät die Nase zugehalten haben, lassen sich von diesem Duft in ihren Herzen berühren. In ihnen geht eine Befreiung vor. Sie stehen da und wollen mehr von diesem lieblichen Geruch in sich aufnehmen. Sie halten ihre dicken Knubbelnasen in die Luft und riechen und schnüffeln so viel sie nur können. So wie sie sich dem Geruch ganz hingeben, verändern sie ihr Aussehen und erhalten ihre ursprüngliche Form zurück. Aus den hässlichen Abtrünnigen werden wieder die schönen großgewachsenen Feenmänner. So geschieht es mit allen, den Trollen und den abtrünnigen Elfenmännern. Auf beiden Seiten der Grenze ist zu beobachten, was da geschieht. Die, die wieder ganz in ihrem Herzen sind, wechseln die Fronten und werden von den Bewohnern im Reich des Südens herzlich aufgenommen. Die Zwerge schauen zwar noch ein wenig misstrauisch, geben dann doch ihrem Herzen nach und lassen sie auch in ihr Reich, die Berge. Alle anderen, die sich die Nasen zuhielten oder schon ihre Herzen zu sehr vermauert haben, senden Boten zu Granog, noch bevor der Duft der Rosen bei ihm ankommen kann, um von diesem Vorfall zu berichten. Ebenso werden Boten zu Hansgar geschickt, um ihm von der Wandlung der Abtrünnigen zu berichten. Als Hansgar davon erfährt, fordert er sein Volk auf sich bereit zu halten, denn es wird sehr bald Zeit, aufzubrechen und das Land der Lieblosen zu befreien.

Als Granog das Geschrei und Getöse auf seinem Dorfplatz hört, eilt er hin, um zu erfahren, was los ist. Der Hauptmann, mit dem er über Jemerich gesprochen hat, ist ganz außer Atem. Granog ist erstaunt, warum er schon wieder im Dorf ist. „Du sollst doch an der Grenze zu Hansgars Reich sein und diese bewachen", schreit er ihn an. Der Hauptmann atmet erst einmal tief durch, damit er überhaupt ein Wort heraus bekommt. Das Erste was er sagt: „Haltet euch die Nasen zu." Granog ist verwirrt. „Was soll das denn jetzt? Stinken wir dir etwa?" Der Hauptmann schon ruhiger in seinem Atmen. „Nein, nein, es ist dieser Duft, der von Hansgars Reich über die Grenze in unser Reich gelangt." Er holt tief Luft. „Alle, die sich zu spät die Nase zu hielten, haben sich in ihre ursprüngliche Form zurückverwandelt und haben die Fronten gewechselt. Ich habe die, die noch an der Grenze sind, aufgefordert sich Tücher oder Zwicken an der Nase zu befestigen, damit sie der Verwandlung entgehen." Er zieht sich sein Halstuch über die Nase und bricht vor Anstrengung zusammen. Granog ist verärgert über diese Nachricht und lässt ihn so liegen, wie er gefallen ist. Er ruft alle, die sich noch im Dorf befinden, zu sich in seine Hütte. Aufgeregt über den Zustand läuft er hin und her. Er weiß, dass es das Ende seiner Herrschaft bedeuten kann. Mit aller Willenskraft versucht er sich zu konzentrieren, um noch etwas unternehmen zu können. Alle, die in seiner Hütte stehen, beginnen sich zu fürchten, denn so hilflos haben sie Granog noch nie gesehen. „Ein letzter Versuch wäre es, in die umliegenden Länder einzufallen", beginnt er vor sich hin zu brabbeln. Der Hauptmann, der an der Grenze war, hat wieder sein Bewusstsein erlangt und ist ebenfalls in die Hütte von Granog gekommen. „Das wäre kein guter Gedanke", unterbricht er Granog. „Bedenkt, wir sind auf alle Grenzen aufgeteilt und das schwächt uns. Noch dazu haben wir einige durch diesen Duft verloren." Granog erkennt das Ausmaß der Lage und fasst einen Beschluss. „Die, die an den Grenzen sind, sollen standhaft bleiben und wir werden hier bleiben und unser Dorf beschützen, denn das ist das Ziel der anderen." Erstaunt blickt er in die Runde, um zu sehen, wie die Reaktionen sind. Einer nach dem anderen stimmt dem Vorschlag Granogs zu. Er verlangt noch, dass sie einen Wall um das Dorf bauen, der sie vor der Liebe und dem Duft schützen soll.

Friederjus, zurück in seinem Schloss, erfährt von Orchidea, dass sich Marrenya schon vor Stunden zum Schlafen gelegt hat. Er meint zu ihr: „Das ist gut so. Alles ist in Vorbereitung." Er fordert sie auf, dass sie mit Bebirjus in einer Stunde im Speisesaal erscheint. Er hat ihnen etwas Wichtiges mitzuteilen. Pünktlich erscheinen Orchidea und Bebirjus bei Friederjus im Speisesaal. Er sitzt schon an der großen Tafel und es stehen drei Blütenkelche vor ihm auf dem Tisch. Aus der hinteren Ecke des Raums strömt der Duft eines Rosenstraußes in den Raum. Orchidea flüstert zu Bebirjus: „Heute wird er feierlich mit uns reden. Das macht er nur, wenn etwas Großes ansteht." Bebirjus nimmt Orchideas Hand. Gemeinsam schreiten sie so auf Friederjus zu. „Schön, dass ihr pünktlich seid. Ich habe euch heute mitzuteilen, dass es bald soweit ist." Er steht auf und die drei stehen vor dem Tisch. Er spricht weiter. „Ihr habt beide in den letzten Wochen viel gelernt. Ich bin stolz auf euch." Er drückt Bebirjus die Hand und nimmt dann seine Tochter in den Arm und flüstert ihr ins Ohr. „Pass gut auf ihn auf. Er wird noch oft deine Hilfe brauchen, doch er lernt schnell." Friederjus setzt sich und bittet beide, dies ebenfalls zu tun. Wie soll er nur beginnen? Langsam hebt er seine Hände gen Himmel und segnet sie. „Das ist der Beginn einer neuen Zeit. Bald ist ein Zeichen am Himmel zu sehen und dann werdet ihr euch auf den Weg machen. Morgen beginnt ihr mit dem Packen, damit alles fertig ist, wenn der Augenblick zur Abreise gekommen ist. Bleibt in euch und in eurem Bewusstsein und habt Vertrauen, in allem, was euch begegnet." Friederjus wendet sich Bebirjus zu. „Vor allem du, Bebirjus. Was dir damals im Land der Lieblosen widerfahren ist, gehört der Vergangenheit an. Es hat dich zu dem gemacht, der du jetzt bist. Diese Erfahrungen haben dich reifen und wachsen lassen. Siehe es immer mit dem Blick der Dankbarkeit an. Nun zu dir, meine Tochter." Er wendet sich Orchidea zu. „Du bist von königlichem Blut und hast eine Erziehung bekommen, die dich zu einer Königin macht." Er nimmt die Hände der Beiden in die Seine. „Deine, eher gesagt, eure Zukunft ist bestimmend für unsere Welt." Er macht eine Pause, damit seine Worte Zeit haben, verstanden zu werden. „Ihr werdet auf eurem Weg einige Sachen von mir erhalten, die ihr nur im äußersten Notfall benutzen dürft. Ansonsten vertraut ihr auf eure Kraft und die Liebe, die in euch steckt." Orchidea weiß, wovon ihr Vater spricht. „Meinst du die Tarnmäntel?" „Ja, meine Tochter, die meine ich." Bebirjus schaut verdutzt, wovon die Beiden da reden. „Ich denke, ich werde Bebirjus einiges erklären müssen." meint Friederjus. „Wie du weißt, haben wir alle unsere Fähigkeiten, und dazu gehören auch Utensilien wie ein Tarnmantel. Doch wir vertrauen zuerst auf unsere innere Kraft und Weisheit. Wenn diese jedoch zu wenig ist und wir in alte Muster der Angst zurückfallen, greifen wir zu den Hilfsmitteln. Das war der Grund, warum du erst jetzt von diesen Dingen erfährst. Du hast in den vergangenen Tagen so viel gelernt und gespürt, zu was du fähig bist. Das war mein Ziel: dass du dies in dir spürst, deine eigene Kraft und Liebe, um mit ihr zu arbeiten." Friederjus steht auf. Um seine Achtung vor Bebirjus zu zeigen, verbeugt er sich vor ihm. „Ich war beim Treffen der Könige und ich soll dich von Hansgar schön grüßen. Über deine Fortschritte und deine Entwicklung ist er sehr erfreut." Bebirjus steigen Tränen in die Augen. Auch er verbeugt sich vor Friederjus und bedankt sich für die Geduld mit ihm und dass er immer an ihn geglaubt hat.

Orchidea steht mittlerweile neben den beiden Männern, die immer in Liebe in ihrem Herzen sein werden und verbeugt sich vor beiden. „Ich möchte zu dem Ganzen auch etwas sagen." Friederjus und Bebirjus richten sich beide zu ihr hin. „Ich habe solch ein Glück, dass ich in meinem Leben so viel Liebe um mich und in mir habe. Ich denke oft an meine Mutter Rosalia und wie es ihr ergangen ist. Dass ich außer Liebe noch Dankbarkeit, Vertrauen und Freude zu einem glücklichen Leben brauche. Aus ihrem Leben konnte ich sehr viel lernen und für meine zukünftige Aufgabe ist sie immer bei mir. Mit ihren Erfahrungen und ihrer Liebe werde ich alles schaffen." Sie nimmt ihren Vater in ihre Arme: „Papa, ich danke dir dafür, dass du mein Papa bist. Ich liebe dich." Sie löst sich aus dessen Armen und nimmt die Hand von Bebirjus mit den Worten. „Wir gehen zu Bett und morgen machen wir alles fertig für unsere Abreise." Die beiden Männer fügen sich lächelnd bei so viel weiblicher Bestimmtheit. Friederjus ist nun alleine im Speisesaal und setzt sich wieder an den Tisch. Ihm fällt auf, dass die Becher mit Wein unberührt zurück blieben. Er nimmt die drei Becher und stellt sie in einer Reihe vor sich auf und ist in Gedanken versunken. „Für jeden war ein Becher gedacht. Alle haben sie die gleiche Größe. In allen drei ist gleich viel drin. Genau wie wir, wir sind gleich in unserem Wesen. Alle angefüllt mit dem gleichen Wissen." Er klopft mit der Hand noch mal auf den Tisch, so als ob er sich von diesem verabschiedet und geht auch zu Bett.

Früh am Morgen geht das große Packen los. Alles wird zum See gebracht und auf den Booten verstaut. Die Nymphen beobachten mit neugierigen Blicken das Geschehen, immer darauf achtend, was am Himmel geschieht. Damit es keine Zeitverzögerung gibt, werden am

Ufer Zelte aufgebaut, in denen Bebirjus, Orchidea und das Gefolge übernachten werden, um Aufbrechen können, sobald das Zeichen zu sehen ist. Waniera fordert die Nymphen des Sees auf, das neue Zuhause von Jandelion so schnell wie möglich fertig zu stellen, denn die Zeit ist nah und drängt zur Eile. Sie überbringt auch die freudige Nachricht, dass die Quellen bald wieder die Flüsse speisen.

Die Zwerge leben zwar viel lieber in ihren Höhlen und vermeiden es an der Oberfläche zu sein, doch die Zeit, in der sie leben, verändert auch ihre Überzeugungen. Normal eher stur und dickköpfig, sind sie jetzt neugierig und stehen an der Oberfläche, immer den Himmel im Blick. Keiner will den Augenblick verpassen, an dem das Zeichen zu sehen ist. Die Männer, schon eher an das Tageslicht gewöhnt, bestärken Frauen und Kinder auf das zu vertrauen, was ist, denn es geht hier auch um ihr Reich.

Jemerich ist mit seinem Trupp schon fast am See angekommen. Da überkommt ihn ein seltsames Gefühl. Er hält zur Pause an. Sie versammeln sich im Kreis um das Feuer, das sie gemacht haben. Schweigend sitzen sie alle da und schauen Jemerich erwartungsvoll an. In ihm kommt das Gefühl auf, er müsse ihnen sagen, was sie wirklich am See machen. Er steht auf und beginnt vorsichtig. „Ich werde euch jetzt etwas sagen und es liegt an jedem von euch, was ihr damit tun werdet. So, das ist schon mal raus." Erleichtert darüber, dass er einen Anfang gefunden hat, spricht er sicherer weiter. „Wie soll ich es euch erklären? Wir werden etwas anderes am See machen als Granog von uns verlangt." Er wartet die Reaktionen ab, bevor er weiter sprechen will. Einer der abtrünnigen Kobolde aus seinem Trupp, der die ganze Zeit schon so aufdringlich nahe bei ihm war, ergreift das Wort. „Meinst du damit, dass wir Romos helfen werden?" Jemerich wird blass vor Aufregung. Woher wissen sie das? Um ihn herum brechen alle in schallendes Gelächter aus. Jemerich bringt ein verdutztes „Wie jetzt?" heraus. Dann lässt er sich von dem Sprecher, sein Name ist Brinold, alles erklären. „Wir wissen, dass es schlauere als uns gibt, und uns viele für dumm halten. Wir haben dich beobachtet, seit Romos eingesperrt wurde. Du hast dich verändert und da wurden wir neugierig, was mit dir los ist. Da uns im Dorf ja eh keiner für voll genommen hat, hatten wir Narrenfreiheit. In Schichten haben wir uns abgewechselt und dich verfolgt. Selbst als du alleine im Gewölbe warst, hat Myrros," er zeigt auf den Abtrünnigen neben ihn, „dich beschattet. Das, was er uns anschließend erzählte, machte uns nachdenklich. Die Zeit, die wir dich beobachteten, machte richtig Spaß. Und als dann noch diese Nebelgestalt in der Gasse erschien, haben wir einstimmig beschlossen, dir zur Seite zu stehen. Egal was du vorhast, wir sind dabei. Als dann Granog deine Truppe zusammen suchte, wussten wir, wir werden nur genommen, wenn wir uns richtig tollpatschig benehmen. Und so ist es dann auch gekommen. Die haben uns verachtet, und das war es, was wir beabsichtigten. Jetzt sind wir weit genug vom Dorf und du kannst Vertrauen zu uns haben und uns erzählen, was uns am See erwartet." Jemerich fehlen die Worte. Auch er hat seine Kumpels und Leute unterschätzt.

Aus dem Feuer, in der Mitte des Kreises, steigt ungewöhnlich viel Rauch auf. Diese Rauchsäule bekommt alle Aufmerksamkeit, die sie verdient hat. Jandelion, der Feenkönig, erscheint im Rauch. Hustend und um sich wedelnd steigt er aus der Rauchsäule. „Ich mag dramatische Auftritte, doch diesmal bin ich zu weit gegangen. Nebel ist besser. Der Gedanke war zwar gut, doch der Rauch beißt ganz schön in den Lungen." Stumm sitzen alle da und beobachten das Geschehen. „Was schaut ihr denn so? Ihr habt mich doch erwartet. Einer muss euch doch sagen, wie es weiter geht. So, jetzt holt mal alle tief Luft und beginnt wieder zu atmen, damit ich euch erzählen kann, worauf ihr zu achten habt." Ein tiefes Einatmen ist von allen zu hören. Jandelion wollte schon sagen „und jetzt wieder ausatmen", doch darauf sind sie selbst gekommen. „So, atmen jetzt alle wieder? Dann hört gut zu, was ich euch jetzt sagen werde. Der Zeitpunkt der neuen Zeit ist ganz nah. Ihr werdet ein Zeichen am Himmel sehen und dann müsst ihr bald darauf am See sein. In Booten werden Elfen über den See gebracht. Eure Aufgabe besteht darin, sie unbeschadet in das Dorf zu bringen. Jemerich hat von Romos erfahren, wo die Boote am Ufer anlegen. Dort werdet ihr sie in Empfang nehmen.

Eines will ich euch noch sagen." Seine Stimme bekommt einen lieblichen Klang. „Ihr alle habt euren Zugang in eure Herzen gefunden und es werden Dinge geschehen, die euch in eure Urform zurück bringen werden. Lasst es einfach geschehen." Jandelion streicht sich noch einmal über sein Gewand und beginnt sich im Kreis zudrehen. Je schneller er wird, desto undeutlicher wird er für alle, bis er ganz verschwunden ist.

Staunend über das Gesehene schauen sie zu Jemerich. Brinold fragt: „Du weißt, wer das war, oder? Kannst du uns aufklären, damit wir wissen, mit wem wir es das nächste Mal zu tun haben?" Jemerich sagt nur zwei Worte. „Feenkönig Jandelion." Wildes Geplapper erfüllt die Luft. Um sich für weitere Worte Gehör zu verschaffen muss Jemerich „Ruhe!" schreien. Langsam verstummt das wilde Durcheinander. „Um euch noch etwas zu erklären. In dem Verlies ist Jandelion seit der Übernahme gefangen. Unser Dorf ist auf der Ruine seines Schlosses aufgebaut. Und das Seltsamste, was ich gesehen habe, ist..." Er macht es ganz spannend, damit er die ganze ungeteilte Aufmerksamkeit hat, „dass der Kobold Romos ein Mensch ist." Ein Raunen geht durch die Runde. Brinold und Myrros schauen sich an und rufen in die raunende Menge: „Worauf warten wir noch? Lasst uns zum See gehen und schauen, wen wir begleiten sollen." Das Feuer wird ausgetreten und die Sachen zusammen gepackt. Alles gut auf den Rücken verstaut, geht es mit Elan weiter. Sie wollen, noch bevor ein Zeichen am Himmel zu sehen ist, am See ankommen.

König Jandelion ist zurück im Gewölbe von Romos Zelle. Er beobachtet ihn beim Schlafen. Es ist ein unruhiger Schlaf. Romos dreht sich von einer Seite auf die andere. Seine Hände greifen wild um sich. Doch jedes Mal, wenn er die Rose, die unter seinem Hemd ist, berührt, wird er ruhiger und bekommt ein Lächeln in seinem Gesicht. Jandelion setzt sich und wartet, bis der Weise Romos aufwecken wird. Dann ist es soweit.

22 Das Zeichen

Der Duft der Rosen verbreitet sich im ganzen Land bis in die obersten Luftschichten der Atmosphäre. Dadurch verändert sich die Farbe des Himmels. Er zeigt sich in den schönsten und zartesten Farben. Jeder im Land, der den Geruch wahrnimmt, sieht die Veränderung und erkennt das Zeichen. Bebirjus, Orchidea und das ganze Volk der Nordküste machen sich auf den Weg über den See. Die Nymphen ziehen ihre Boote über das Wasser, als wären sie von solch einer Leichtigkeit, dass es ihnen kaum Mühe bereitet.

Jemerich und seine Leute, am See angelangt, sehen vom Ufer aus nur eine große Welle auf sie zukommen. Die Geschichten, die sie seit der Erlösung vom See gehört haben, lassen sie bei diesem Anblick erschrecken. Einige wollen in den Wald rennen. Nur weg von diesem Ort! Wer weiß, was die Nymphen mit ihnen machen werden? Doch Jemerich weiß, sie müssen vertrauen. Er hält sie zurück und beruhigt sie. „Hey, Leute, das ist es doch. Riecht ihr das? Und seht euch den Himmel an. Das ist das Zeichen, von dem Jandelion gesprochen hat. Nehmt es in euch auf und lasst die Angst los, das gehört eben zur Veränderung." So ängstlich wie sie waren, so mutig kehren sie an das Ufer zurück. Sie strecken ihre Nasen in den Wind, schließen ihre Augen und genießen den himmlischen Duft. In ihnen bewegt sich etwas. Brinold spürt es als erster und beginnt zu lachen. „Hey, das ist phantastisch! Spürt ihr das auch? Es ist so warm und es verbreitet sich im ganzen Körper." Jemerich ist froh, dass Brinold dabei ist, denn in ihm hat er eine große Hilfe bekommen. Sie verändern alle ihr Aussehen. Die kantigen und harten Züge in ihrem Aussehen werden weicher. Sie geben sich der Veränderung ihres Körpers hin. Dass die Welle, auf denen die Boote von Bebirjus reiten, immer näher kommt, entgeht ihnen dabei. Jemerich fühlt mit seinen Händen den Körper ab, ob er sich wie Romos auch zu einem Menschen verwandelt hat. Er spürt unter seinen Händen die Formen eines Kobolds. Seine Hände, sein Körper. Es sind keine Warzen und Unebenheiten zu spüren. In seinen Geist kehren Humor und Freude zurück. Die Verbissenheit, Unsicherheit und Hassgefühle haben sich aufgelöst. Er öffnet seine Augen und schaut in die von Brinold. Er hat sich ebenfalls genau wie die Anderen zurückverwandelt. „Ich denke, jetzt wird es Zeit, dass wir leben so wie wir sind", sagt dieser zu Jemerich. Doch er bekommt eine andere Antwort als erwartet. „Erst müssen wir unseren Auftrag erfüllen und die, die da kommen", er zeigt auf die Welle, auf deren Krone die Boote schon zu erkennen sind, „ins Dorf bringen." Nacheinander öffnen sie ihre Augen und bestaunen sich, wie sie jetzt aussehen. „Boah, wie siehst denn du jetzt aus?" oder „Hey, jetzt gefällst du mir ja" ist überall zu hören. Die Welle mit den Booten kommt immer näher an das Ufer. Dabei wird die Welle immer kleiner bis sie ganz verschwunden ist. Die Boote werden von einigen

Nymphen an das Ufer gezogen, bis sie mit einem leichten Rums anlegen. Jemerich und die anderen Kobolde stehen da und schauen zu, was geschieht. Vom größten Boot, das als erstes am Ufer anlegt, geht ein Elf von Bord. Hinter ihm auf den Booten steht das ganze Elfenvolk von Friederjus.

Es ist Bebirjus, der von Bord geht. Mutig geht er auf die Kobolde zu. Er hat erwartet, dass sie alle so aussehen wie Romos damals, als er ihn kennen gelernt hat. Doch ein ganz anderes Bild zeigt sich ihm. „Wer von euch ist der Anführer?", fragt er in die Menge. Jemerich tritt nach vorne. „Ich bin es. Ich heiße Jemerich." Bebirjus tritt auf ihn zu und sieht ihn musternd an. Dann gibt er ihm die Hand. „Ich freue mich, dich, Jemerich, kennen zu lernen. Ich bin Bebirjus und du musst Romos kennen. Wie geht es ihm? Was macht er? Kann ich ihn sehen?" Jemerich hat keinen Plan, wie er sich verhalten soll. Er sieht über Bebirjus Schulter zu den Booten. „Ich denke, ihr solltet erst einmal alle von Bord gehen. Auf dem Weg zum Dorf werde ich euch einiges erklären." Bebirjus dreht sich um und lachend ruft er zu Orchidea und dem Gefolge. „Kommt her, es ist unsere Eskorte." Die Truppe von Jemerich hilft jedem Einzelnen von Bord zukommen. Nachdem alle am Ufer stehen, verabschieden sie sich von den Nymphen, die sie begleitet haben. Weit draußen auf dem See blubbert es und ein Getöse stellt sich ein. Nachdem sie ihre Aufmerksamkeit vom See auf das Land gerichtet haben, stellt Bebirjus Jemerich

Orchidea vor. „Darf ich dir vorstellen, das ist Orchidea, die Tochter König Friederjus, meine Braut." Jemerich und seine Kobolde verbeugen sich vor ihr. „Bitte, lasst das doch, meine Freunde. Kommt hoch, keiner braucht sich zu verbeugen." Mit einer Handbewegung deutet sie an, dass sie sich erheben sollen.

Bebirjus sieht den Wald und Erinnerungen kommen in ihm hoch. Doch die mit dem Duft der Rosen erfüllte Luft lässt den Wald zum neuen Leben erwachen. Freudig bemerkt er diese Veränderung. „Schaut nur, alles bekommt ein neues Leben! So wie ihr euer Aussehen zurückbekommen habt, geschieht es auch mit der Natur. Seht die Bäume! Sie bekommen Knospen, es wachsen wieder Blätter an ihnen." Er zeigt in den Wald. Das freudige Jubeln wird von einem Vogelgezwitscher übertönt. Es wird still am Ufer, denn dieses Lied der Vögel wollen alle hören. In dieser Stille bemerkt Jemerich leise: „Bebirjus. Ich störe nur ungern das Lauschen des Liedes, doch wir sollten uns auf den Weg machen. Wir haben noch einen langen Weg vor uns. Und ich habe kein Vertrauen in das, was auf dem See los ist." „Ja du hast Recht", entgegnet ihm Bebirjus. „Die Nymphen scheinen ihre Aufgabe noch fertig stellen zu müssen."

Sie sammeln sich zum Aufbruch. Die Kobolde und die mitreisenden Elfen nähern sich vorsichtig an, indem sie sich gegenseitig vorstellen, wer sie sind und wie sie heißen. Jemerich übergibt die Verantwortung für die Truhen, die die Reisenden mit sich führen, Brinold und Myrros. Während sie sich auf den Weg machen, fragt Bebirjus weiter. „Wie ist es mit den anderen Bewohnern des Landes? Haben die sich alle so verändert wie ihr? Oder müssen wir uns in Acht nehmen?" „Ich habe ehrlich gesagt keine Antwort darauf", meint Jemerich. „Ich hatte die Aufforderung bekommen, vor Sonnenaufgang das Dorf zu verlassen. Als wir schon am See waren, ist dieser Duft zu uns gekommen. Daraufhin haben wir uns alle verändert. Wir müssen jetzt selbst aufpassen. Das einzige, was ich dir sagen kann, ist, dass uns auf dem Weg zum See keine einzige Seele begegnet ist. Granog hat sie alle an die Grenzen der Reiche Hansgars und Beroldîns geschickt." „Wollen wir ins Vertrauen gehen, dass der Duft alle erreicht." Bebirjus blickt zu Orchidea, die dieses Gespräch mitangehört hat. Sie spricht: „Du kennst die Bilder von meinem Vater. Vertraue, dass sich alle auf den Weg machen." Bei diesen Worten nimmt sie seine Hand und hält sie ganz fest. „Spüre in Muttererde und fühle die Veränderung in ihr. Auch sie ist jetzt eine andere. Zurück aus dem Schlaf des Ungeliebtseins und des Hasses der Lieblosen. Sie verändert sich, wie du dich verändert hast. So ist deine Erinnerung an das Land hier eine ganz andere. Mit dem, was jetzt geschieht, kannst du keine Verbindung in deinen Erinnerungen herstellen. Fühle das neue Land, die neue Energie!" Bebirjus schließt die Augen und nimmt einen ganz tiefen Atemzug und bedankt sich mit seiner Liebe bei Mutter Erde für diese wundervolle Veränderung.

Die Bedenken, durch das Land zu reisen, die Bebirjus hatte, haben sich in Luft aufgelöst. Die Kobolde kommen langsam, aber sicher in Koboldmanier und machen ihre Späße mit den Reisenden. Es macht allen sichtlich Spaß mit den Kobolden zu reisen. Hier und da kommt zartes Grün aus der Erde. Mutter Erde erwacht aus ihrem Schlaf und alles beginnt wieder zu wachsen.

Bebirjus erfährt von Jemerich, wie sich Romos entwickelt hat, dass er ein Mensch ist. Jetzt versteht dieser auch die Verbindung von Romos und Marrenya, da sie ebenfalls die Verwandlung in einen Mensch vollzogen hat. Orchidea spürt, was in ihm vorgeht. Sie nimmt ihn zur Seite und sie lösen sich von dem Haupttrupp ab. „Du hast es gewusst?", fragt er Orchidea. „Ja, ich wusste es, seit sie bei uns angekommen ist." „Warum hast du mir kein Wort davon gesagt?", will er wissen. „Ach, weißt du, es war wichtig, dass du mit deinen Gefühlen selbst fertig wirst. Was hätte es dir gebracht, wenn du es gewusst hättest und deine tiefen Gefühle dadurch verdrängt hättest? So hast du alles in dir aufgelöst und bist frei in dir." Sie schaut ihn lächelnd an und gibt Bebirjus einen Kuss. „Hey ihr zwei, wir gehen wegen euch zum Dorf", tönt Jemerichs Stimme. „Also seht mal zu, dass ihr wieder her kommt. Wenn ihr schon plaudern müsst, dann bitte darüber, wie wir vorgehen, wenn das Dorf in unserer Nähe ist." Bebirjus und Orchidea nehmen sich bei den Händen und springen zu Jemerich. Orchidea flüstert ihm mit ihrem gewinnenden

Lächeln zu. „Darüber reden wir morgen bevor wir das Dorf erreichen." Sie kommen gut voran. Bebirjus denkt zurück an Romos, wie sie diesen Weg das erste Mal gelaufen sind. Doch jetzt weiß er, wie fürsorglich Romos zu ihm war und wie gemein er sich ihm gegenüber verhalten hat. Bebirjus wendet sich wieder an Orchidea. „Wie dumm ich doch war. Ich habe Romos für sein Leben verurteilt und doch hat er mir mit seiner Liebe, die unbewusst in ihm war, geholfen. Ich war blind vor Eifersucht." „Mache dir doch keine Gedanken. Du hast ja alles erkannt. Alles ist richtig, wie es war und wie es ist." Jemerich hat dies gehört und macht sich seine Gedanken und fragt schließlich nach. „Ich habe euer Gespräch mit angehört und mir ist eines aufgefallen. Ihr habt auch die Angstgefühle?" Die anderen Kobolde schweigen bei dieser Frage, um die Antwort, die Orchidea gibt, zu verstehen. „Wir haben dieselben Gefühle wie ihr. Liebe, Dankbarkeit, Angst, Eifersucht. Wir gehen nur anders damit um. Mein Vater sagte mir immer – Nimm wahr, was in dir ist und integriere es. Alles ist ein Teil von dir. Egal wie du dich verhältst und was du in dein Leben ziehst, die Konsequenz daraus hast du zu tragen. Du entscheidest, was du fühlen willst. – Und so handhaben wir es. Wollen wir Liebe und Glück empfinden, dann geben wir Liebe und Freude. Wenn ich enttäuscht bin, schaue ich, was und wo ich etwas erwartet habe und kann es dann annehmen und beim nächsten Mal korrigieren." Schweigsam gehen sie weiter, denn das müssen die

Kobolde erst verarbeiten. Es beginnt zu dämmern. „Wir werden bei den Felsformationen unser Nachtlager aufschlagen. Und morgen erreichen wir dann das Dorf", informiert Jemerich die anderen und fühlt sich richtig gut dabei.

An der Felsformation angekommen, erkennt Bebirjus den Felsen mit dem inneren Schlot, durch den ihn Romos gerettet hat. Nachdem sie Feuer gemacht haben erzählt jeder eine Geschichte. Jetzt ist Bebirjus dran. Ohne sich zu schämen erzählt er, wie er die Hälfte des Weges in der Höhle ging und hier an diesem Schlot durch Romos gerettet wurde. Er ist so in sich gewachsen, dass er dies mit so viel Humor erzählt kann, dass alle lachen müssen. Das ist auch das Stichwort für Jemerich, der das Ganze beendet. „So schön das auch ist, Bebirjus zuzuhören, sollten wir jetzt schlafen. Morgen erreichen wir das Dorf. Das ist ein großer Tag für uns alle." Bebirjus freut sich hier zu sein. Alles ist so anders. Das letzte Mal, als er in diesem Land auf der Erde lag um zu schlafen, hat diese sich tot angefühlt. Doch jetzt ist Mutter Erde unter ihnen kraftvoll. Die Liebe, die sie verströmt, durchdringt alle Zellen ihrer Körper.

Hansgar beginnt seine Rede. „Mein liebes Volk! Ich bin euch so dankbar für eure Liebe und eure Treue. Ihr habt es schon bemerkt. Der Duft der Rosen verbreitet sich über das ganze Land und hat uns das Zeichen am Himmel gegeben. Es ist an der Zeit, dass wir uns auf den Weg zu Granog machen, denn seine Herrschaft ist nun zu Ende."

Er sieht bei diesen Worten in die leuchtenden Augen seines Volkes. „Wir werden ein paar Sachen für den Weg zusammenpacken. Wenn die Essensglocke von Quasiemir ertönt, treffen wir uns im Schlossgarten und gemeinsam werden wir dann los marschieren." Ein Händeklatschen beendet seine Worte. Die Menge löst sich auf und jeder geht in sein Heim, um die nötigsten Sachen zusammen zu packen. Bebirjus Eltern freuen sich schon sehr darauf, ihren Sohn wieder zusehen. Hansgar geht noch einmal zu den Rosen und bedankt sich für ihre Hilfe. Der alte Gärtner gesellt sich zu ihm hin. „Es ist eine wundervolle Pracht, die diese Rosen mit sich bringen. Ich bin schon mein ganzes Leben Gärtner, doch so etwas habe ich noch nie erlebt." Hansgar dreht sich zu ihm hin. „Ja mein Freund, es ist das Wunder der Liebe. Nur sie ist zu solch einer Schönheit fähig." „Ihr werdet verstehen, wenn ich hier bleiben möchte. Meine Knochen sind schon alt und ich würde viel lieber die Rosen pflegen." Hansgar stimmt zu. „Ja gewiss, das könnt ihr, denn eure Hilfe wird hier gebraucht. Ich freue mich, wenn wir uns das nächste Mal sehen. Denn dann werden wir in der neuen Zeit leben. Ich wünsche dir viel Erfolg mit allem, was du machst." Der Alte verbeugt sich, so gut er noch kann, und widmet sich mit seiner ganzen Liebe den Rosen. Hansgar ist ein König, der sehr stolz auf sein Volk ist. Dieses Miteinander und die Gemeinschaft lassen das große Ereignis gelingen. Die Glocke läutet und nach und nach trudeln alle ein. Niemand weiß, was jetzt auf sie zukommt. Es wird besprochen, wie sie sich an der Grenze entlang aufteilen, damit sie wie eine geschlossene Reihe erscheinen. Es geht gut und zügig voran. Auf der Hälfte der Strecke suchen sie sich ein Nachtlager, um ausgeruht den kommenden Tag zu begrüßen.

Jandelion wird beim Beobachten von Romos unruhig. Der Weise sagte doch, dass er einen traumlosen Schlaf haben wird. Doch das kommt ihm bei Romos anders vor. In seinen Gedanken ruft er den Weisen. Er möchte sich Romos Verhalten doch selbst ansehen. Der Weise erscheint in der Zelle von Romos und gesellt sich zu Jandelion. „Warum hast du Bedenken?" Jandelion schüttelt leicht den Kopf. „Wenn ich ihn mir so ansehe habe ich das Gefühl, dass es ein traumvoller Schlaf ist. So wie er sich hin und her wälzt." „Romos arbeitet im Schlaf sehr stark. Er hat mit seinem Wert noch ein wenig zu kämpfen und das ist es, was du siehst. Er spürt die Liebe von Marrenya in seinem Herzen, die ihm in keinster Weise bewusst ist. Und er fühlt sich ihrer unwürdig. Das versucht er im Schlaf aufzuarbeiten. Ob es ihm gelingt, wird die Zeit zeigen. Es liegt an ihm und wie er das Erlernte umsetzt." Erschrocken blickt Jandelion zu dem Weisen. „Willst du damit sagen, dass keiner weiß, ob die Beiden je zusammen kommen?" „Ich würde es anders formulieren. Es liegt an ihm, wie weit er sich in sein Herz traut und sich für seine Gefühle öffnet. Egal, was ihm im Leben widerfährt. Hört er auf sein Herz oder auf das, was ihm das Außen erzählt? Er ist stark, sehr stark, und ich weiß, er wird es schaffen. Es ist zwar schwer für ihn und er wird einige Hürden überwinden müssen, doch er schafft es. Wann allerdings liegt in seiner Hand." Beide schauen sie Romos an, wie er nach der Rose greift und ruhiger wird. „Sieh! In seinem Schlaf weiß er, wie er sich beruhigt. Die Rose der Liebe ist es, die ihn in sein Herz bringt. Jetzt werde ich mich auf den Weg machen. Ich lasse ihn noch ein paar Stunden schlafen, bevor ich ihn wecke, denn die große Wanderung zu Granog hat schon begonnen." Der Weise verabschiedet sich und Jandelion sendet viel Liebe in den Schlaf zu Romos, damit er sein Glück im Leben eines Menschen findet. Dann beginnt auch er mit den Vorbereitungen für den großen Tag. Er legt den Tarnmantel für Romos zurecht und einen Schutzstein, den er mit besonderer Liebe für ihn ausgesucht hat. Denn diese Verbundenheit zu den Steinen soll ihn in seinem ganzen Wirken als Mensch begleiten.

Friederjus hat sich von seiner Tochter und Bebirjus verabschiedet. Er segnet alle, als sie sich auf den Weg über den See machen. Es ist ruhig im Land. Kein Lachen, kein Singen seiner Elfen. Nun sind nur noch er und die schlafende Marrenya im Reich geblieben. Betend geht er zurück ins Schloss. In der Stille fällt ihm auf, wie verbunden alle miteinander sind. Es herrscht auch eine ungewöhnliche Stille im Schloss. Er geht durch die Räume und fühlt sich in diese ein. Wodurch die Ruhe in ihn gelangt und erfüllt. Mit dieser macht er sich auf den Weg in Marrenyas Gemächer. Sie schläft so friedlich. Ein leichtes Lächeln der Zufriedenheit ist auf ihrem Gesicht. Mit so viel Liebe steht Friederjus neben ihrem Bett und verabschiedet sich in Gedanken von ihr. So viele Jahre war sie als Einhorn eine gute Freundin gewesen. Dann die vergangenen Wochen, als sie Mensch wurde und ihr altes Leben vergessen musste. Wie tapfer und voll Liebe sie ihre Aufgabe doch angenommen hat. Alles erlebt er noch einmal in seiner Erinnerung. Tränen des Glücks treten in seine Augen. Er spricht vor sich hin. „Ja, es ist eine gute Zeit und ich bin dankbar, dass ich sie, so wie sie ist, miterleben darf." Er holt sich einen Stuhl von der Sitzgruppe am Fenster, stellt ihn neben ihr Bett und wartet, bis sie vom Weisen aufgeweckt wird.

Die Zwerge sind mittlerweile auch alle aus ihren Höhlen gekommen und haben sich entlang der Grenze aufgestellt, Frauen wie Männer. Selbst die Kinder halten sich bei den Händen, denn dieses große Erlebnis wollen sie alle miterleben. Für sie beginnt nun das große Warten. Sie warten am Fuße der Bergkette, die Grenze zu ihrem Zuhause.

Granog gerät in Panik und versucht einen Schutzwall um das Dorf zu errichten. Er lässt einreißen, was da ist, um damit zu bauen. Auch wenn es nur Gestein ist, das sie anhäufen, wird dies das Volk der anderen Länder aufhalten. Für ihn steht fest, er gibt seine Herrschaft auf keinen Fall kampflos auf. Mit Mundschutz und Tüchern über das

Gesicht gezogen wollen sie vermeiden, den Duft der Rose einzuatmen. Dabei werden die schwerfälligen Abtrünnigen schnell müde. Granog treibt sie wie ein Irrer an. „Los, ihr faulen Säcke! Macht euch an die Arbeit! Das, was ihr am Himmel seht, ist ihr Zeichen für den Aufbruch. Sie sind schon auf dem Weg zu uns." In Gedanken spricht er zu den anderen. „Ihr glaubt wohl, ich hab keine Ahnung, was ihr vorhabt. Doch ihr unterschätzt mich. Ich werde es euch schwer machen, da könnt ihr noch so viele Tricks auffahren. Ich bleibe." Die Arbeit seiner Männer geht ihm zu langsam von der Hand, so dass er mit anfasst. Das erstaunt seine Männer. Granog macht sich sonst nie die Hände schmutzig. Zu dem Schutzwall lässt er noch sein Haus zu einem Gefängnis umbauen. In das werden diejenigen gebracht, die sich bei den Arbeiten den Mundschutz abnehmen und sich durch den Duft verändern. Durch das Einsperren will Granog verhindern, dass sie in die anderen Reiche überlaufen können. Es ist sein letzter Versuch, seine Macht und Dominanz auszuleben. Durch das provisorische Tor strömen zeitweise viele seiner Männer, die an der Grenze stehen sollten. Mit Schlägen auf den Rücken begrüßt er sie. „Was soll das? Warum verlasst ihr eure Posten?" Wild vor Verzweiflung prügelt er jeden, der in seine Nähe kommt. Nachdem er sich beruhigt hat, fragt er, was denn an den Grenzen los sei. So erfährt er, dass die Zwerge geschlossen an der Grenze stehen. Alle sind aus ihren Höhlen gekommen. Frauen,

Kinder, alle, die in den Höhlen wohnen, stehen geschlossen da und warten. Einer meint: „Das ist ein schauriges Bild. Sie stehen nur da. Jeder Versuch, auf sie zuzugehen, wird wie von einer unsichtbaren Mauer gestoppt. Das ist unheimlich und unnatürlich." Ihm wird vor Aufregung schlecht und er muss sich in sein Tuch übergeben. Angewidert verbietet Granog ihm das Tuch von seinem Mund und Nase zu nehmen. Die Gefahr, dass der Duft in ihn eindringt, ist viel zu groß. Von allen Anwesenden sind wegen des Mundschutzes nur die Augen zu sehen. Granog dreht fast durch, als er bei seinem Verbot die mitleidigen Augen der Kameraden sieht. Die auch froh darüber sind, in einer besseren Verfassung zu sein. Trotz allem bleibt er standhaft. Es bricht die Nacht heran. So gut es ging, errichtet mit dem, was sie haben, steht der Steinwall. Er befiehlt im ganzen Dorf viele Feuer zu machen, damit es hell bleibt. In zwei Schichten hat er seine Leute aufgeteilt. Die eine Hälfte kann schlafen und die anderen müssen aufpassen, dass die Schlafenden die Masken anbehalten. Und nach einigen Stunden wird gewechselt.

Jandelion bekommt im Verlies die Aufregung von oben mit. Er ist zwar mit Romos unter der Erde, doch bei diesem Geschrei versteht selbst ein Tauber jedes einzelne Wort. Er erkennt in dem Verhalten den hilflosen Versuch von Granog, noch zu retten, was zu retten ist. Doch er weiß, dass dies alles keinen Sinn mehr hat. Jandelion überlegt kurz, ob er mal nach oben schauen sollte, was die so treiben, doch er entscheidet sich, bei Romos zu bleiben. Denn seit Ewigkeiten wartet er geduldig auf diesen Zeitpunkt und entscheidet sich, sich der Freude hinzugeben auf eine friedliche Zukunft.

In dieser Nacht werden alle von einem magischen Schlaf überrascht. Auch die, die erst vor Aufregung kaum Schlaf fanden, sind einer nach dem anderen in einen süßen Schlaf gefallen. Selbst die Wachen, die Granog aufstellen ließ, schlafen. Das ganze Land schläft.

23 In Granogs Dorf

Ein tiefes Grollen, das vom See kommt, lässt Bebirjus, seine Begleiter und das Volk der Elfen aus dem tiefen Schlaf erwachen. Erschrocken von diesem Geräusch richten sie sich auf. Das Grollen wird von einer Erschütterung der Erde begleitet, die sich wie eine Welle durch das Land bewegt. Verwirrung macht sich breit. Orchidea ergreift das Wort. „Meine Freunde, das ist das Zeichen, dass wir uns unverzüglich auf den Weg machen sollen. Alles, was wir mitgenommen haben, können wir hier lassen, bis auf die eine Truhe, die Brinold und Myrros tragen." Ohne Nachfragen stehen alle auf und machen sich für den Weitermarsch fertig. Schweigend verlassen sie die Nachtstätte.

Die Erschütterung hat nun auch Hansgar erreicht. Er fordert sein Volk auf, alles liegen zu lassen und weiter zu marschieren. Als alle laufen, sehen sie an der Erdoberfläche, wie sich die Welle der Erschütterung fortbewegt. Sie marschieren schneller.

Mit dem Grollen sind auch Marrenya und Romos aus dem Schlaf erwacht. Marrenya öffnet ihre Augen und lächelt Friederjus an. „Habe ich gut geschlafen." Sie streckt sich und freut sich über die Sonne, die in ihr Schlafgemach scheint. „Es freut mich, dass du hier bist. Ist etwas geschehen, dass du an meinem Bett wachst?" Sie sieht

Friederjus an. „Es ist Zeit. Du wirst dein Erlerntes heute umsetzen können." Marrenya will wissen was er damit meint. „Wie lange habe ich denn geschlafen?" Sie bemerkt die Stille. „Und warum ist es so ruhig?" „Zu deiner ersten Frage: Du hast zwei Tage und Nächte geschlafen. Und zur zweiten Frage: Sie sind alle im Reich der Lieblosen." Marrenya steht auf und sieht in den Garten. „Willst du mir damit sagen, dass die Zeit zum Abschied nehmen gekommen ist?" Sie dreht sich mit Tränen in den Augen zu Friederjus um. Er tritt zu ihr ans Fenster und nimmt sie in den Arm: „Ja, meine Liebe, es ist soweit. Wir werden bald erwartet." „Dann werde ich mich anziehen und mich für den großen Tag fertig machen." Friederjus nickt ihr zu und verlässt das Gemach. Marrenya zieht das wunderschönste Kleid an, das ihr Orchidea gegeben hat, das den Vermerk trägt – „nur für einen besonderen Tag". Beim Ankleiden schaut sie sich noch einmal genau in ihrem Gemach um, als ob sie alles in ihrem Gedächtnis einprägen möchte. Sie nimmt die Rose, die auf ihren Nachtisch steht, und geht zielstrebig in den Speisesaal, denn dort wartet Friederjus auf sie. „Wie geht es nun weiter? Was habe ich zu tun?" Friederjus erklärt, dass er sich auf die höchste Stelle seines Landes teleportiert, genauso wie die anderen Könige. Sie müsse sich in Granogs Dorf teleportieren. Um jedoch unerkannt zu bleiben, überreicht er ihr den Tarnmantel. „Diesen Mantel ziehst du dir über, bevor du beginnst, dich ins Dorf zu teleportieren. Er macht dich unsichtbar. Doch wenn du die Lichtkuppel am Himmel siehst, nimmst du ihn ab. Keine Sorge, der Weise ist auch da und unterstützt dich, falls du in Bedrängnis kommst." Marrenya sieht sich den Mantel genau an. Während sie ihn betrachtet kommen ihr Fragen in den Sinn. „Wie kann denn der Weise sehen, wo ich bin, wenn es doch ein Tarnmantel ist? Und du traust mir zu, dass ich das mit dem Teleportieren hinbekomme?" Friederjus antwortet ihr in ihren Gedanken: „Was sagt denn dein Herz zu deiner Frage?" „Ich schaffe es." „Siehst du, alles ist in Ordnung. Und der Weise sieht dein liebendes Herz. Für ihn gibt es keine Tarnung oder Täuschung." Er dreht sich noch einmal zu ihr. „Eines sei dir noch gesagt. Alle Herrscher des Landes sind tief in deinem Herzen. Solltest du einmal Probleme haben oder Zweifel und Unsicherheit verspüren, so wende dich an uns und wir werden dir mit Rat und Hilfe zur Seite stehen." Marrenya bedankt sich bei ihm und macht sich auf den Weg in den Garten, um ihre Energie zu sammeln für ihre Reise.

Jandelion hört das Grollen und macht sich bereit, als Romos die Augen öffnet. Als erstes greift Romos nach der Rose auf seinem Herzen, dann erst öffnet er seine Augen. Als er Jandelion so dicht an seinem Bett stehen sieht, zuckt er zusammen. „Was machst denn du so nah neben meinem Bett?" Jandelion legt den Zeigefinger auf Romos Lippen: „Höre genau hin. Das ist der Ruf, der dich bald in deine Welt bringen wird." Jandelion nimmt den Finger von Romos

Lippen und lauscht in den Raum. „Das kling ja so wie ein Donner. Du meinst, ein Gewitter bringt mich zurück?", fragt er und lacht wissentlich dabei, dass es kein Donner war. Jandelion will ihn schon zurecht stutzen, bis er das verschmitzte Grinsen in Romos Augen erkennt. „Du hast immer noch einen unverkennbaren Humor. Doch nun zum ernsten Teil der Situation." Er dreht sich um und geht zur Zellentür, die sich wie selbstverständlich öffnen lässt, und holt einen Mantel und ein kleines Päckchen in die Zelle. Romos, mittlerweile aufgestanden, steht da und sieht verblüfft Jandelion zu, was er da macht. „Sag bloß, die Türe war die ganze Zeit offen?" Jetzt erkennt Romos den Schalk in Jandelions Augen, als dieser antwortet: „Ja klar, ist dir das entgangen?" Die Augen werden wieder ernst und Romos hat verstanden, dass Jandelion mit ihm reden will. „Es ist an der Zeit, dass wir uns verabschieden. Ich freue mich, dich kennengelernt zu haben." Dabei reicht er Romos die Hand. „Um dir den Ablauf zu erklären: Verbinde dich mit den Steinwesen, denn wenn ich das Licht durch die Steine sende, werden wir an die Oberfläche gehen. Doch bevor du beginnst, dich zu verbinden, ziehe den Mantel an. Mit ihm bist du für die anderen unsichtbar. Er beschützt dich, bis wir oben angekommen sind. Nimm den Mantel erst ab, wenn du die Lichtkuppel am Himmel siehst. Es ist sehr wichtig, dass du so lange wartest." Romos greift an seine Brust und holt die Rose unter seinem Hemd hervor. „Seit Tagen hatte ich keinen Mut sie heraus zu nehmen und anzusehen, doch jetzt muss ich." Er hält sie in seinen Händen und betrachtet sie von allen Seiten. „Wie schön sie ist. Diese Wärme und Liebe, die von ihr ausgehen." Jandelion muss diese Liebeserklärung unterbrechen, denn er spürt, dass die Welle bald ihren Höhepunkt im Dorf hat. Intuitiv sagt er zu Romos „Visualisiere dir einen Schutzpanzer, der dich vor herabfallenden Steinen schützt, denn es könnte jetzt etwas ungemütlich werden." Romos überlegt noch, was Jandelion damit wohl meint, doch er beobachtet, was Jandelion visualisiert, und er macht es ihm nach. Gerade noch rechtzeitig. Die Kraft der Welle, die sie auf ihrem Weg in das Dorf gewonnen hat, ist so stark, dass beide im Gewölbe das Gefühl haben, dass sie angehoben werden. Der Schutz, den sie sich aufgebaut haben, hat die Gewölbedecke gestützt. „Oh, das war knapp. Was war das?", will er von Jandelion wissen. „Das war dein Gewitter. Scherz. Nein, das war die Druckwelle, die entstand, als mein neues Zuhause aus dem See emporstieg. Die Nymphen haben dafür einen unterirdischen Vulkan aktiviert, der mein Schloss an die Oberfläche brachte. Der Druck entlud sich als Eruption über Mutter Erde. Mit der Welle haben sich alle auf den Weg hier her gemacht, die seit gestern unterwegs sind. Jetzt mache dich bereit, lege den Mantel an und beginne dich zu verbinden."

Die Druckwelle hat ebenso die Quellen ganz geöffnet. Von den Bergen kommt das Wasser und füllt die Flüsse auf der einen Seite des

Landes. Im Landesinneren öffnen sich die Quellen, um die Flüsse, die den See und Hansgars Reich verbinden, wieder zum Leben zu erwecken. Von der Seeseite wird das überschüssige Wasser durch das Anheben des Schlosses in die angrenzenden Flussbetten gedrückt. So kommen die Nymphen vom See zum Dorf von Granog.

Alle Abtrünnigen, die vom Duft der Rose noch unberührt waren, rennen vor Angst mit der Welle in Richtung Dorf. Hinter ihnen das Volk von Hansgar. Dieser hat sich von seinem Volk verabschiedet, da er noch etwas zu erledigen hat. Das ganze Volk marschiert hinter den fliehenden Abtrünnigen her. Bei Bebirjus und seiner Truppe sieht es fast genauso aus. Alle Abtrünnigen, die sich im Land versteckt hatten, wurden von dem Grollen und der darauffolgenden Welle aufgeschreckt und sie kommen aus ihren Löchern und rennen vor ihnen her. Bebirjus hat das Bild, das Friederjus ihnen zeigte, im Kopf. Er freut sich drüber, denn das zeigt ihm, sie sind der Erfüllung der Bestimmung schon ganz nah. Sie nähern sich dem Dorf. Den Schutzwall, den Granog hat bauen lassen, können sie bereits erkennen. Da ertönt erneut ein donnerndes Geräusch hinter ihnen. Sie bleiben stehen und schauen sich um. Es ist ein einmaliges Schauspiel, was sie da zu Gesicht bekommen. Aus allen Himmelsrichtungen strömen Einhörner auf sie zu. Die Völker bereiten Gassen für die Einhörner, damit diese durch sie hindurch galoppieren können. Die Einhörner machen keinen Halt vor dem aufgerichteten Wall. Sie reißen ihn mit ihren Hufen ein und bleiben vor den aufgeschütteten Steinen über dem Eingang des Gewölbes stehen. Granog und seine Leute stehen verwirrt zwischen den Einhörnern. Diese Aktion hat ihnen keine Zeit gelassen zu reagieren. Das war das Letzte, womit Granog gerechnet hat.

Die Völker aus den Reichen sind nun auch alle im Dorf angekommen und haben sich in einem Kreis aufgestellt. Auch Bebirjus, Orchidea und ihre Begleiter sind angekommen. All die Befürchtungen, sich schützen zu müssen vor den gefährlichen Lieblosen, haben sich im Duft der Rosen aufgelöst. Nun ist es still. Nur das Atmen vom schnellen Laufen ist noch zu hören. Doch das lässt mit der Zeit nach. Sie schauen in alle Himmelsrichtungen, ob sie etwas erkennen können. Bei dem, was jetzt auf sie zukommt, ist eine Magie zu spüren, die alle sehr angespannt und neugierig zugleich werden lässt. Im ganzen Land beginnt eine himmlische Musik zu spielen. Dabei sind alle Musiker dieser Reiche im Kreis um das Dorf versammelt. Sie schauen sich fragend an, woher nur diese schöne Musik kommt. Sie beobachten weiter.

Friederjus schickt Marrenya los und er begibt sich auf den Berg im Norden. Hansgar ist auch schon an seinem Platz im Süden angekommen. Waniera hat sich vom Fluss in ihre Position nach Osten bringen lassen und dort aufgestellt und Beroldîn im Westen seines Gebirges. Jandelion hat sich in seinen Gedanken mit ihnen verbunden und Romos mit in seinem Energiefeld eingebunden. Dieser begibt sich durch die Steine an die Oberfläche. Im Geiste sind alle Herrscher verbunden und geben sich das Zeichen, zu beginnen. Sie stehen mit dem Blick ins Landesinnere und schauen gen Himmel. Dann breiten sie ihre Arme, mit den Handflächen nach oben, aus. Aus ihren Herzen strömt Licht in verschiedenen Farben in den Himmel. Über Granogs Dorf treffen sie zusammen und bündeln sich. Als sie aufeinander treffen, werden die Lichtstrahlen immer heller. Die vier Lichtsäulen, die von den Königen in den Himmel geschickt werden, sind Säulen, die die Erde mit dem Himmel verbinden. Es entsteht eine Kathedrale aus Licht, die ihre ganze Welt umhüllt. Alles erscheint in einem hellen, gelben magischen Licht. Aus der Mitte des Dorfes, an der Stelle wo sich der Eingang zum Kellergewölbe befindet, erstrahlt eine weiße große Lichtkugel, die, wie es scheint, aus der Erde kommt. Sie ist so hell, dass keiner mit bloßem Auge erkennen kann, was oder wer sich in dieser Kugel befindet. Nur die Einhörner sehen, wer sich im Licht befindet. Sie gehen auf die Knie. Nach ihnen gehen die Völker der Könige auf die Knie. Die Einzigen, die so tun, als sei das eine andere Geschichte und sie seien nur Beobachter, sind die Abtrünnigen und Granog. Jetzt erkennen alle, warum die Einhörner auf die Knie sind. Der Weise steht in der Mitte des Dorfes, dort, wo die Lichtkugel aus der Erde kam. Jetzt fallen auch die Abtrünnigen ehrfurchtsvoll auf die Knie. Nur Granog braucht eine extra Einladung vom Weisen. Dieser geht zu ihm hin und berührt ihn mit seinem Horn und auch Granog geht auf die Knie. In dieser ehrfurchtsvollen Stimmung nickt der Weise kaum merklich. Das war das Zeichen, die Tarnmäntel abzunehmen, und neben ihm erscheinen Jandelion mit Romos und Marrenya in ihrer Menschengestalt. Ein Raunen geht durch die Menge. „Wie ist das nur möglich?" Jandelion stellt Romos und Marrenya zusammen zum Weisen und begibt sich in den Kreis der Könige, die sich inzwischen auf den Platz teleportiert und um den Weißen gesellt haben. Der Weise steht mit Marrenya und Romos nun inmitten der Könige. Rosalia erscheint ebenfalls und gesellt sich neben ihren Mann Friederjus, Jandelion, Hansgar, Waniera und Beroldîn. Es werden auch Bebirjus und Orchidea aufgefordert, sich in den Kreis der Könige zu begeben. Alle Völker beobachten stillschweigend dieses Ereignis. Davon können sie die nächsten Jahrhunderte Geschichten erzählen.

Acht Personen mit königlichem Gemüt umkreisen nun den Weisen, Marrenya und Romos. Sie fassen sich alle bei den Händen und schließen somit den Kreis der ewigen Acht und bündeln ihre Energie.

Marrenya und Romos sind von diesem Ereignis, das sie miterleben dürfen, fasziniert. Sie schauen in die Runde der Könige und alle lächeln ihnen zu. Erst jetzt begreifen sie, was los ist. Erstaunt über das, was geschieht, sehen sie sich gegenseitig in der reinen Liebe ihres Herzens an. Romos holt seine Rose unter seinem Hemd hervor und Marrenya die ihrige, die sie von Bebirjus zurückbekommen hat. Romos Rose ist in einem tief dunkelrot und Marrenyas in einem zarten weiß. Beide Rosen ziehen sich wie Magneten an. Marrenya und Romos geben dem nach. Beide lassen die Rosen los. Langsam begeben sie sich schwebend aufeinander zu und die Rosen berühren sich. Ein weiteres Schauspiel beginnt. Schwebend kommen über Romos und Marrenya die Rosen zum Stillstand. Sie verbinden sich. Aus der roten und der weißen Rose wird eine große schwebende rosa Rose, die in einem zarten Licht Marrenya und Romos einhüllt. Beide werden sich ihrer Liebe zueinander bewusst. Endlich vereint erkennen sie, sie sind eins, aus Einem entsprungen. In diesem Augenblick wird ihnen alles bewusst, was sie in den letzten Monaten erlebt haben.

Die Könige wollen schon ihre Energie erhöhen, um mit der Energie von Marrenya und Romos die Tore zu der Menschenwelt zu öffnen. Da geschieht etwas mit dem keiner gerechnet hat. Marrenya und Romos sind so tief in ihrer Liebe verbunden, dass sich ihre Herzchakras öffnen. Das goldene Licht aus Marrenyas und silberfarbenes aus Romos Chakra verbinden sich in ihren Herzen. Dabei schauen sie sich tief in die Augen, mit dem Wissen, egal wie und wo sie sich wieder treffen, sie werden einander erkennen. Das golden-silberne Licht umhüllt nun beide in einer Kugel, die Rose schwebt über ihnen.

Der Weise gibt den Königen das Zeichen, dass es nun soweit ist, die Energie zu erhöhen, um die Tore zu öffnen. Denn diese Liebe vermag es, die Tore wieder zu öffnen. Aus den Herzen aller Acht strömt weißes Licht zu Romos und Marrenya und hebt beide an. So tief, wie sie jetzt in der Liebe verbunden sind, umarmen sie sich und steigen schwerelos immer höher und höher, sie verschmelzen mit dem Licht der Liebe und es sieht aus, als ob eine zweite Sonne aufgeht, bis unter das Dach aus Licht. Die Rose berührt es als erstes, danach die gold-silberne leuchtende Sonne mit Marrenya und Romos. Das Lichtdach öffnet sich und der Himmel ist zu sehen. Dabei erscheinen die Tore zur Menschenwelt, die vor Jahrhunderten verschlossen wurden. Sie werden vom Licht der Sonne durchflutet und öffnen sich. Marrenya und Romos gleiten durch das große Tor und sind verschwunden. Ein gewaltiger Paukenschlag zeigt an, dass beide durch das Tor hindurch sind.

Mit dem Berühren der Kuppel löst sich diese in lauter kleine, sternförmige Bestandteile auf und gleitet als Lichterregen zur Erde zurück. Dieser Regen reinigt die ganze Energie im Land und alles, was Granog mitgebracht hat, löst sich auf. Alle Untertanen Granogs wandeln sich in ihre ursprünglichen Gestalten zurück. Die neue Ordnung ist hergestellt. Alle Bewohner werden von der Energie berührt und sind mit solch einer Liebe und solch einem Vertrauen angefüllt, dass die Transformation aller Welten zum Erfolg geführt hat. Die Liebe hat gesiegt. Die Tore zur Menschenwelt sind wieder geöffnet. Marrenya und Romos sind verschwunden. Sie sind in den Kanal des Vergessens eingetaucht, um in der Menschenwelt neu geboren zu werden.

24 Sieg der Liebe

Währenddessen versucht Granog, solange alle gebannt nach oben zu Romos und Marrenya schauen, sich weg zu schleichen. Denn alle Aufmerksamkeit ist auf die beiden gerichtet, somit kümmert sich keiner um ihn. Jedoch spüren sie, dass Granog fliehen will. Der Kreis der Einhörner und des Volkes um das Dorf wird immer enger und alle rücken näher zusammen. Da es für ihn kein Entkommen gibt, gibt er auf und setzt sich vor die Mauer aus Einhörnern und den ihm verhassten Völkern der umliegenden Reiche.

Nachdem Marrenya mit Romos in der Öffnung verschwunden sind, löst sich die Spannung und die Freude aller ist sehr groß. Die Könige lösen den Energiekreis auf und drehen sich zu ihren Völkern um, die sich vor Freude in den Armen liegen und ein Freudenlied angestimmt haben. Mit Tränen der Freude und Liebe in den Augen sehen sich alle noch liebevoll nickend an. Der Weise eröffnet mit den Worten: „So. Nun lasst uns mal schauen, was wir mit Granog machen wollen." Jetzt erst sehen sie, dass er versucht hat, sich davon zu schleichen. Beroldîns Zwerge überbringen den Fliehenden dem Weisen. Granog ist nun im Bann vom Weisen gefangen. „Was machen wir mit ihm?", fragt er lächelnd die Könige. Sie teilen einen Gedanken und schauen sich an, im Humor von Granog, wie er es nennen würde, sagen alle wie aus einem Mund: „Ach, lasst ihn uns verprügeln." Ein herzzerreißendes Gelächter beginnt. Friederjus schaut dabei neugierig in die Runde. „Nein besser, stecken wir ihn mit Alexa zusammen in eine Gefängniszelle und sie kann ihre schwarze Magie an ihm ausprobieren." Hansgar zwinkert allen zu und meint: „Ich weiß es, lassen wir Bebirjus entscheiden, was mit ihm geschehen soll." Ein zustimmendes Nicken aller. Bebirjus überlegt kurz und beginnt dann zu reden. „Geben wir ihm die Chance, seine Liebe zu finden und schicken ihn auf eine Ebene, in der er seine Liebe wieder finden kann." Nach einer kurzen Denkpause fügt er noch hinzu: „Und Alexa mit ihm, so können beide heilen." Genau das zu hören hatten die anderen gehofft, denn so hat Bebirjus gezeigt, dass er alles verstanden hat und wie ein wahrer Herrscher reden und entscheiden kann. Alle stimmen der Entscheidung von Bebirjus zu und gratulieren ihm für seine weise Entscheidung. Orchidea nimmt ihren Geliebten in den Arm und fragt ihn, wo denn nun seine Eltern sind. Sie wolle die Mutter und den Vater kennenlernen, die einem so wundervollen Sohn das Geschenk des Lebens gegeben haben. Bebirjus schaut sich in der Menge um, ob er seine Eltern sieht. Von hinten tippt ihn Hansgar auf die Schultern und meinte, er hätte da noch was für ihn. Er und Orchidea möchte doch bitte mitkommen. Sie gehen ein Stück weg aus dem ganzen Trubel. In einer ruhigen Ecke spricht Hansgar zu den beiden: „Geht da drüben in das Zelt und ihr werdet eine Überraschung bekommen." Freudestrahlend nehmen sie sich bei den Händen und springen zu diesem. Vorsichtig öffnet Bebirjus das Zelt. Seine Eltern stehen schon voll Erwartung da, um ihren geliebten Sohn in die Arme zu nehmen. Aus dem Elfenjungen, den sie im Vertrauen losgeschickt haben, ist ein Mann geworden, der gezeigt hat, dass mehr in ihm steckt, als er je geglaubt hat und weise Entscheidungen treffen kann. Der Weise stimmt Bebirjus Vorschlag zu. Er bringt Alexa auf seine Weise zu ihnen, um beide, Granog und Alexa, in eine für sie richtige Ebene zu schicken. Rosalia begleitet beide, um ihnen in der anderen Dimension eine Basis zu ermöglichen, damit sie ihre Ängste vor der Liebe überwinden können. Sie schicken sie gleich los. Kein Warten. Je schneller es erledigt ist, desto schneller kann Rosalia wieder mit ihrem Mann Friederjus zusammen sein. Jandelion, der so lange in dem Verlies lebte, hat jetzt seine eigene Insel im großen See bekommen.

Bebirjus und Orchidea sind die neuen Könige des Landes in der Mitte. Die Einhörner kehren wieder zurück auf die saftigen Wiesen dieses Reiches. Alles hat sich zum Guten gewendet und das ist es, was zählt. Die Ordnung ist wieder hergestellt. Bevor Hansgar in sein Reich zurückkehrt und mit seinem Volk neue Gemüsesorten züchtet, fragt er in die Runde. „Was meinst du, Friederjus, wird die Liebe von Romos und Marrenya bestand haben?" „In ihren Herzen sind sie immer verbunden. Es liegt jetzt an ihnen, ob sie sich öffnen und sich finden." Daraufhin schaltet sich der Weise in das Gespräch. „In der Liebe ist alles möglich. Vertraut auf die Liebe."

So spielt eines ins andere hinein. Oft gibt es keine Erklärung, warum das Leben so oder so spielt, doch wenn man vertraut und am Ende das Ganze ansieht, hat alles seinen Sinn. Denn das eine hätte ohne das andere keinen Sinn gegeben. Kein Zusammenspiel der Dinge. Also, sollte es mal verwirrend werden und du keinen Sinn in irgendetwas erkennen, vertraue, dass das große Ganze größer ist als du jetzt erkennen kannst. Vertraue und geh in die Liebe. Alles hat einen Sinn und ist in der richtigen Ordnung.

Wie ist Marrenya entstanden?

Mal wieder konnte ich eine Lebenssituation nirgends zu- und einordnen. Ich war verzweifelt. An diesem Punkt, an dem ich alles Logische verloren hatte, fragte ich in mich hinein und in die Welt hinaus.

Was soll ich daraus lernen, was hat das Ganze mit mir zu tun?

In meiner Verzweiflung und Hilflosigkeit fragte ich eine damalige Freundin, ob sie mir dabei helfen würde, in einer Meditation herauszufinden, was es ist. Sie half mir in die Ruhe zu kommen und dann ging es schon los.

In dieser Meditation lief ein Film vor meinem inneren Auge ab. Ich verstand, ich begriff, ich war gerührt, ich weinte. Jetzt machte alles einen Sinn. Ich war davon so überwältigt, dass ich alles aufschrieb. Es war aber noch mehr in mir. Darum fragte ich Marrenya, die sich in der Meditation vorstellte, was davor war und wie es weiter geht, denn meine Neugierde war nun geweckt.

Ich musste mich zum Schreiben nur in einen meditationsähnlichen Zustand bringen und schon ging es ab. Meine Finger tippten und ich konnte nur am Bildschirm mitlesen. Oh wow, echt genial. Das war alles, was ich denken konnte beim Schreiblesen. In den Momenten, an denen mein Verstand zu schreiben begann, löschte der PC alles.

Wie ihr seht, ist die Geschichte durch mich gekommen und weniger aus meinem Verstand. Deswegen auch Petra Klonowski und das kleine Volk. Denn ich will auch ihnen ihren Platz geben, denn sie halfen mir mit so viel Liebe und Verständnis.

Was aus mir kam, war die Idee, dass es das Wort „nicht" in der Geschichte nicht geben sollte. Beim Lesen änderte ich alles dahingehend und das kleine Volk war so begeistert von der Idee, dass sie mir halfen, die richtigen Umschreibungen zu finden. Dass mein Sohn Benedikt mit ins Boot kam, war eine große Hilfe, denn meine Lebensumstände haben sich verändert.

Ich danke dem kleinen Volk und Benedikt für das Vertrauen zu mir und für ihre Hilfe, es jetzt an die Öffentlichkeit zu bringen.

Zeitfracht Medien GmbH
Ferdinand-Jühlke-Straße 7
99095 Erfurt, Deutschland
produktsicherheit@kolibri360.de